Manfred H. Krämer
Die Skorpionin
Odenwald-Thriller

Gesamtherstellung:
WAP Waldkirch Produktion GmbH, Mannheim
Titelidee: Manfred H. Krämer
Satz & Gestaltung: Verena Kessel

ISBN 978-3-927455-84-9

Seit 1542

Verlag Waldkirch KG
Schützenstraße 18
68259 Mannheim
Telefon 0621-79 70 65
Fax 0621-79 50 25
E-Mail: verlag@waldkirch.de
www.verlag-waldkirch.de

Manfred H. Krämer

Die Skorpionin

Odenwald-Thriller

Verlag Waldkirch

Für Monika

Key-West im September 2009
Danke für diesen Traum!

Die Frau liebt oder hasst - sie kennt kein Mittelding.
Gute Frauen sind daher besser als die besten Männer,
schlechte Frauen aber schlechter als die schlechtesten.

Pedro Calderón de la Barca (1600 - 1681)

Anmerkung des Autors

Dies ist ein Roman, die Handlung ist frei erfunden. Alle Figuren sind sämtlich meinem Geiste entsprungen. Nun ja, fast alle … Der Strafverteidiger Stephan Glimm hat ein reales Vorbild. Sollten Sie einmal selbst in die Verlegenheit kommen, einer Straftat beschuldigt zu werden, so wenden Sie sich vertrauensvoll an ihn. Er ist der Beste. Sie finden seinen richtigen Namen in der Danksagung am Schluss dieses Buches.

Das Buch wurde sorgfältig lektoriert, von Menschen. Sollten Sie dennoch Druckfehler finden, so dürfen Sie sie behalten. Wenn ich manche Straßennamen oder Orte verändert oder verlagert oder gar erfunden habe, so denken Sie an eines meiner Lieblingszitate: „Lass dir eine gute Story nicht durch Fakten verderben“ (Mark Twain).

Allerdings freue ich mich nach wie vor über Kontakt zu meinen Leserinnen und Lesern. Nutzen Sie hierzu die Kontaktadresse auf meiner Autorenhomepage:

www.kraemer-krimi.de

Ich wünsche Ihnen spannende Unterhaltung.

Ihr Manfred H. Krämer

Prolog

1992

05:28 Uhr. Der Mann war glücklich. Er umarmte und küsste seine Frau zum Abschied und eilte nach draußen. Als er den Motor seines Wagens startete, war es genau 05:30 Uhr. Der Mann in der Pilotenuniform winkte seiner Frau noch einmal kurz zu und wartete ungeduldig, bis das schmiedeeiserne Einfahrtstor sich geöffnet hatte. Lächelnd gab er Gas. Der Porsche 911 rollte mit heiser brabbelndem Boxermotor auf die schmale Straße. Der Mann hatte noch genau sechsundzwanzig Minuten zu leben.

05:31 Uhr. Das Beste an dem alten Land-Rover war die Standheizung. Der Mann in der schäbigen Armeejacke trank einen Schluck Tee und lauschte dem gleichmäßigen Summen des Luftheizers. Hinter ihm knackten und knisterten die leeren Wasserkanister, als sie sich erwärmten. Zweiundzwanzig Dreißigliter-Behälter. Der asthmatische Diesel hatte die fast siebenhundert Kilogramm schwere Fracht qualmend bis hier herauf gefahren. Jetzt waren sie leer. Die Arbeit war getan. Der Mann schraubte den lederbezogenen Flachmann auf, roch das scharfe Aroma und gab einen Schuss davon in den Thermobecher mit dem Tee. Das hatte er sich verdient. Es war eine mühsame Plackerei gewesen die schweren Kanister vom Versteck des Land-Rovers bis zur Straße schleppen. Zweiundzwanzig mal! Er konnte den Wagen ja schlecht am Straßenrand parken. Seit Tagen hatte er das Gelände observiert, aber man wusste ja nie, ob nicht doch noch irgend so ein dussliger Jäger hier auftauchte. Der Mann schaute auf die Uhr: 05:32. Er stürzte den mit Scotch veredelten Tee hinunter, griff nach den alten Bundeswehrhandschuhen und öffnete die Fahrertür. Es war Zeit. Zeit, seinen Posten einzunehmen.

05:35 Uhr. Der Öltemperaturanzeiger des Porsche näherte sich dem grünen Bereich. Der Fahrer fuhr den 911er in den unteren Gängen warm. Was für ein Auto. Geballte Technik, kompromisslos auf Leistung getrimmt. Spielerisch fuhr der Mann ein paar hektische Schlangenlinien, um die breiten Reifen schneller auf Betriebstemperatur zu bringen. Was für ein Spaß! Die Straße war trocken. Seit Tagen schon. Ein umfangreiches Hochdruckgebiet schaufelte kristallklare sibirische Kaltluft in den Odenwald. Minus 15° C in den Nächten, maximal 0° C am Tag. Im Osten zeigte sich eine erste Ahnung der nahenden Morgendämmerung. Der Mann schaltete das Fernlicht ein. Der grelle Lichtkegel riss die Begrenzungssteine und die reflektierenden Leitpfosten aus der Dunkelheit. Jetzt kam die „Grüne Hölle“. Der Mann hatte jedem Abschnitt der Straße einen Namen vom Nürburgring gegeben. Der Boxermotor brüllte heiser auf, als der Fahrer einen Gang tiefer schaltete und die Doppelkurve auf der Ideallinie passierte, schwarze Streifen auf dem rauen Belag hinterlassend. Er schaltete das Radio an, schob die Kassette in den Schacht. Led Zeppelin, Stairway To Heaven. Sein Lied. Seine Hymne!

05:36 Uhr. Saukalt! Der Mann zog sich die schwarze Wollmütze tief über die Ohren und drückte die Tür des Land-Rovers behutsam ins Schloss. Für heute hatten sie sogar bis zu minus 18° C in freien Lagen vorhergesagt. Gut. Sehr gut. Er hätte die Heizung nicht so aufdrehen sollen. Nun fror er umso mehr, trotz des dicken Pullovers und des gefütterten US-Parkas. Doch die Kälte war sein Freund. In dieser Nacht zumindest. Die Kälte und das Wasser. Seit Wochen hatte er auf das passende Wetter gewartet. Trocken musste es sein. Trocken und kalt. Saukalt. Er hatte den Geländewagen tief in einen alten Holzabfuhrweg gefahren, so dass man ihn von der Straße aus nicht sehen konnte. Nun erreichte der Mann die schmale Straße. Zufrieden musterte er sein Werk: Genau im Scheitelpunkt der weiten Rechtskurve schimmerte tückisch eine glitzernde Eisfläche. Die Kurve war nichts Besonderes. Keine Serpentine, wie weiter oben, und auch keine Doppelkurve, wie die meisten anderen auf der acht Kilometer langen Stichstraße. Sie umrundete in einem eleganten Bogen einen Ausläufer des Katzenbuckels und bot an ihrer Außenseite eine herrliche Aussicht über die bewaldeten Berge des Odenwaldes. Leitplanken gab es nicht. Niedrige, weiß angemalte Steinquader trennten die Straße vom Abgrund dahinter. Das Gelände fiel in steilem Winkel ab. Einzelne Felsbrocken ragten aus dem schütteren Gras und struppigen Gebüsch. In einer Entfernung von etwa zweihundertfünfzig Metern begann ein vom letzten Orkan ausgedünnter Fichtenwald. Wer hier aus der Kurve flog, endete entweder an einem der hausgroßen schartigen Felsblöcke oder zwischen den Stämmen der mächtigen Fichten. Der Mann testete die Eisfläche. Glatt wie Schmierseife. Er atmete tief ein. Was für eine Idee! Eine Mordwaffe, die sich im Licht der Morgensonne von selbst auflöst.

05:38 Uhr. Die Außentemperaturanzeige vermeldete minus 13° C. Der Porschefahrer trat das Gaspedal durch. Ein langes gerades Stück, dann das „Karussell“: anbremsen, zweimal zurückschalten, das Heck kurz ausbrechen lassen und wieder vollen Schub geben. Ein Auto für Piloten. War Fliegen wirklich schöner?

05:39 Uhr. Der Mann am Straßenrand rollte die Mütze ein Stück höher und lauschte. Ein fernes Röhren näherte sich. Wurde rasch lauter. Dann knallendes Ballern, als der Fahrer kurz vom Gas ging. Der Mann trat ein Stück in den Hohlweg zurück. Der Wagen war nur noch ein paar hundert Meter entfernt. Gleißendes Licht strich durch den Wald, als der Sportwagen um die letzte Biegung schoss. Die Bäume warfen schwarze Schlagschatten, schienen sich zu bewegen. Der Mann hielt den Atem an, als er das Auto wie ein Gespenst heranhuschen sah.

05:39:20 Uhr. Der Madison Square Garden kochte. Dumpf wummerten die Bässe im Takt zum Herzschlag des Fahrers. Er genoss das Zerren der Fliehkraft, das Brüllen des Motors, das Vibrieren des Lenkrads in seinen Händen. Die „Fuchsröhre", die schnellste Kurve auf der ganzen Strecke. Seiner Strecke. Sein eigener kleiner Nürburgring. Eine Zehntelsekunde vor der Katastrophe registrierte er die Spiegelung der dünnen Mondsichel mitten auf der Straße. Als sein Verstand noch nach einer Erklärung suchte, verspürte er ein vertrautes Gefühl in seinem Magen. Es war das typische Kribbeln im Augenblick des Abhebens, wenn man glaubt, das Flugzeug würde durchsacken. Doch dies hier war kein Flugzeug ...

05:39:40 Der Mann sah mit weit aufgerissenen Augen, wie der weiße Porsche die Kurve auf der physikalisch korrekten Linie verließ, zwei Begrenzungssteine mit dumpfem Knall förmlich wegsprengte um dann mit aufheulendem Triebwerk, sich seitlich überschlagend, aus dem Blickfeld zu verschwinden. Der Mann wartete, bis das Krachen, Reißen und Splittern verstummte. Stille. Selbst der Nachtwind schien den Atem anzuhalten. Kein Ast knarrte, kein Nachtvogel rief, kein Tier raschelte im Unterholz. Nichts. Nur sein Herz schlug laut und hart bis in die Halsadern. Wie ein Gefangener trommelte es gegen den Käfig seiner Rippen. Er hatte gerade einen Menschen getötet. Hatte er wirklich? Der Mann erwachte aus seiner Starre, überquerte mit vorsichtigen, schlurfenden Schritten das blanke Eis, verhielt an der Stelle, wo der Wagen die zwei Steinquader weggefetzt hatte. Tief unten erkannte er einen verformten, weißen Umriss. Der Porsche hatte sich zwischen den mächtigen Baumstämmen verfangen, war kaum mehr als Auto zu erkennen.

Der Mann holte eine Handlampe aus der Tasche seiner Armeejacke. Im weißen Lichtstrahl sah er die Stelle, wo der Wagen zum ersten Mal aufgeschlagen war. Frisch aufgewühlte Erde zwischen dem froststarren, reifbedeckten Gras, frische Bruchstellen an einem Sandsteinfelsen, weiße Kratzspuren. Der Lichtkegel reichte nicht bis hinunter. Der Mann knipste die Lampe aus, steckte sie ein und machte sich vorsichtig an den Abstieg.

05:42 Uhr. Schmerzen. Jeder Atemzug schien flüssiges Feuer durch seine Lungen zu pressen. Sein rechter Arm war taub. Er konnte seine Beine nicht bewegen, ja er spürte noch nicht einmal, dass er welche besaß. Etwas lief ihm aus den Ohren, durchnässte sein Uniformhemd. Scheiße, wie sah er bloß aus? Er würde sich blamieren. Er wollte etwas sagen, doch in seinem Mund befand sich ein pelziger Klumpen. Er schmeckte Blut, sah rote Nebel, schluckte, musste husten und verlor kurz das Bewusstsein. Als er nach einer halben Minute wieder die Augen öffnete, blendete ihn ein gleißendes Licht.

05:42:30 Uhr. Der Mann hatte endlich das Wrack erreicht. Zweimal war er ausgerutscht und auf dem Hosenboden gelandet. Dann stand er vor dem zerstörten Porsche. Der Wagen lag auf der linken Seite, gekrümmt wie eine Banane. Die Frontscheibe war weg. Sie lag zwanzig Meter weiter oben. Der Mann leuchtete ins Innere. Schlaff, zerknittert und voller Blut hing der Fahrerairbag aus dem Lenkrad. Dahinter lag der verrenkte Körper eines Mannes, das Gesicht eine einzige blutige Masse. Die ungeheuren Kräfte hatten den kompletten Sitz gegen das Lenkrad geschoben, die A-Säule mitsamt dem Dach auf das Armaturenbrett gepresst und dem Fahrer wohl das Genick gebrochen.

Doch dann durchlief den Körper ein Zucken und aus dem entstellten Gesicht blickten ihn zwei Augen an, die sich im Licht gleich wieder schlossen. Der Kerl lebte noch! Panik erfasste den Mann mit der Taschenlampe. Ruhig! Befahl er sich. Kerl, bleib ruhig. Vielleicht hatte er sich ja auch getäuscht. Er lenkte das grelle Licht zur Seite. Zwei hellblaue Augen starrten ihn an. Lebendige Augen. Glasig vor Schmerzen und doch voller Hoffnung. Er hatte sich nicht getäuscht! Die Lider flatterten. Die Pupillen waren unnatürlich weit. Etwas blubberte. Voller Entsetzen sah der Mann, wie ein Schwall Blut aus dem zerrissenen Mund quoll. Die Augen starrten immer noch. Der Mann knipste das Licht aus, wandte sich ab, hielt sich an der zerfetzten Karosserie fest. Stirb. Dachte er voller Angst. Stirb! Verreck endlich!

Dann mischte sich Hass unter die eisige Furcht. Der würde ihm das nicht versauen! Der nicht! Die ganze Arbeit, das entnervende Warten auf passendes Wetter. Das Ausspähen der Gewohnheiten, die langen Nächte im Wald hinter dem Schloss, die Recherchen bei der Fluggesellschaft. Die ganze verdammte Kacke eben. Und dann hing der da drin in seiner dämlichen Kiste und glotzt ihn auch noch an. Das Schwein. Das arrogante, Porsche fahrende Pilotenschwein. Der Zorn wurde übermächtig. Der Mann schlug mit der Faust auf den Wagen, ein stechender Schmerz fuhr ihm bis in den Ellbogen, was seine Wut nur noch vergrößerte.

„Du Schwein!“, kreischte er wie von Sinnen, „du Dreckschwein! Du wirst sie nicht mehr ficken! Du wirst überhaupt nie mehr ficken! Sie gehört mir! Sie liebt nur mich! Schon immer! Sie braucht keinen Affen in Uniform, sie braucht einen Mann!“ Seine Stimme versagte, im Wald krächzte empört ein Eichelhäher. Der Mann rieb sich schwer atmend die geprellte Hand. Speichelfäden hingen ihm aus den Mundwinkeln, seine Kehle schmerzte. Der intensive Benzingeruch verursachte ihm Übelkeit. Er spuckte aus, ging in die Hocke und musterte den Schwerverletzten mit einer plötzlichen Ruhe und Zufriedenheit, die warm in ihm aufstieg.

„Nein“, flüsterte er zu den Augen, „du wirst sie nicht mehr ficken. Ich werde das tun. Vielleicht werde ich dabei sogar an dich denken. Vielleicht werde ich mir für dich sogar einen blasen lassen. Wenn du brav stirbst, mein Freund.“ Ein irres Kichern hallte durch den Wald. Die Augen in dem verwüsteten Gesicht seines Opfers zuckten wild hin und her, wieder quoll Blut aus dem grässlichen Mund.

Ein Gurgeln folgte und etwas, das sich wie ein verstümmeltes „Hilfe“ anhörte. Wieder kicherte der Mann vor dem Wrack. Ungelenk erhob er sich aus der Hocke und umrundete den demolierten Porsche. Der Lichtfinger seiner Taschenlampe glitt über das zerschmetterte Heck, verfing sich in dem Durcheinander aus zerrissenen Schläuchen, losen Kabelenden und geborstenem Leichtmetall. Schließlich blieb der helle Kreis an einem knapp fingerdicken Schlauch hängen. Ein dünnes Rinnsal lief heraus, bahnte sich seinen Weg über Plastikdeckel, Alugehäuse und Luftschläuche ins Innere des Fahrzeugs. Der Mann hielt einen Finger in den dünnen Strahl und schnupperte daran.

Unter dem Auto hatte sich bereits eine Pfütze gebildet. Ein Bächlein floss bergab und versickerte zwischen dem dürren Gras. Der Mann griff in die Brusttasche seiner Jacke, fingerte eine Zigarette aus der zerknautschten Packung und zündete sie an. Tief inhalierte er den würzigen Rauch.

Dann hockte er sich vor die fehlende Frontscheibe. „Auch eine?“, fragte er die Augen. Er wich dem Blick aus. Das war ja furchtbar. „Ne, lass Mann“, sagte er jovial, „Rauchen kann tödlich sein.“ Ohne ihn direkt anzusehen, blies er dem Mann Rauch ins Gesicht.

„Kalt heute“, sagte er mit vor Erregung zitternder Stimme. „Zeit für ein wärmendes Feuerchen.“ Der Mann stand auf, ging um das Wrack herum und nahm einen letzten Zug. Er prüfte die Windrichtung, trat ein paar Schritte zurück und schnippte die glühende Kippe in Richtung der Benzinpfütze.

Die Verpuffung der Dämpfe holte ihn von den Füßen, so dass er sich mit versengten Augenbrauen und Haaren einige Meter weiter am Boden wiederfand.

„Scheiße“, zischte er erschrocken und fuhr sich mit der Hand über die Stirn. Er blutete! Er war verletzt! Die Hitze war fürchterlich. Unmittelbar vor ihm fraßen sich die Flammen gierig durch das Auto. Es zischte gefährlich, einer der dicken Reifen platzte mit einem dumpfen Schlag. Voller Entsetzen kroch der Mann auf allen Vieren von dem Brand weg, bergauf. Hinter ihm heulte, orgelte, pfiff und rauschte das Höllenfeuer. Dazwischen vernahm er noch ein Geräusch: Ein durchdringendes, helles Kreischen, auf und abschwellend, unterbrochen von kurzen Pausen, in denen sich Brandgase und Ruß in die Lungen des Fahrers fraßen. Der Mann drückte sein Gesicht ins kalte Gras, presste beide Hände gegen die Ohren und schüttelte sich vor Grauen.

„Hör auf, hör auf! Sei ruhig, verdammt, sei endlich ruhig, stirb endlich!“, schrie er in den gefrorenen Boden, während er die Hitze selbst durch seine dicke Kleidung spürte. Endlich endete das grässliche Kreischen. Der Mann rappelte sich auf, stürmte stolpernd, mit den Händen Büsche und dornige Ranken als Kletterhilfe nutzend, zurück zur Straße. Hinter ihm waberte ein Glutpilz in die Höhe, als der Tank explodierte. Völlig ausgepumpt, mit blutigen Händen, keuchend und spuckend, stand er endlich wieder auf der Straße. Die Dämmerung schritt voran. Vor dem langsam heller werdenden Himmel wälzte sich eine rußige, weißgraue Brandwolke in die Höhe. Es stank nach verbranntem Gummi, nach geschmolzenem Plastik, nach Öl und Benzin und etwas Unaussprechlichem. Es war diese feine, kaum wahrnehmbare Spur in dem olfaktorischen Inferno, welche dem Mann den Magen umdrehte.

Als nur noch Galle kam, erhob er sich von den schmerzenden Knien und warf einen letzten Blick auf sein Werk. Die erste Wucht des Feuers war gebrochen. Zwischen den hohen Fichten leuchtete hellrot das glühende Gerippe des ehemals schnittigen Sportwagens. Ab und zu flackerten noch einmal helle Flammen auf, wenn das glusende Feuer noch etwas entzündete. Ringsum glimmten einige Glutnester und die angesengten unteren Äste der Fichten ragten wie dürre Spinnenfinger hervor.

05:58 Uhr. Der Mörder schaute auf seine Uhr. Das Glas war zerkratzt. Er würde sich von ihr eine neue schenken lassen. Zur Verlobung. Jetzt gehörte sie ihm allein. Er spuckte in Richtung des Wracks und schlurfte zurück zu seinem Land-Rover. Es war alles getan. Eine elende Drecksarbeit, aber er hatte alles erledigt. Im Auto knipste er die Innenbeleuchtung an und reckte den Hals, um sein Gesicht im Rückspiegel zu begutachten. Er prallte entsetzt zurück, als ihn die Augen des Porschefahrers daraus anstarrten. In seinem Kopf schwoll das entsetzliche Kreischen wieder an, aus seinen Kleidern stieg ihm der fürchterliche Geruch in die Nase ...

„Scheiße!“ Mit der Faust schlug er den Spiegel ab, zerschnitt sich dabei den Handballen und brach weinend über dem Lenkrad zusammen. Doch so sehr er auch die Augen zupresste, der Blick seines Opfers bohrte sich mitten in sein Hirn. Verankerte sich dort bis ans Ende seines Lebens.

1978

Ihre Hand zitterte, ihr Herz klopfte spürbar, als sie mechanisch die verzogene Klappe des blechernen Briefkastens schloss. Die Telefonrechnung, ein Werbebrief und ein schmuckloses weißes Kuvert mit dem Logo der Orchid-Agency. Annika starrte die stilisierte Orchidee an. Die Absage. Es war sicher die Absage. Heiß und salzig stieg etwas in ihrer Kehle auf. Sie schluckte, stieg langsam und staksig die knarrenden, nach Bohnerwachs riechenden Stufen hinauf. An der Tür hing ein mit Klebeband befestigter Zettel mit sieben Namen. Sieben Namen in sieben verschiedenen Schriften. Annika Schmidt war der Einzige in Rot. Sie schloss die Tür, ging an der nach billigen Fertiggerichten riechenden chaotischen Küche vorbei, in der Robby zwischen Bergen von schmutzigem Geschirr hingebungsvoll seinen Bonsai schnitt, passierte die angelehnte Badezimmertür, hinter der zwei Föhns um die Wette heulten, wich einer der drei Katzen aus und betrat die winzige Kammer mit dem gesprungenen Fenster, die fast gänzlich von ihrem Bett ausgefüllt wurde. Ein Kleiderschrank aus Stoff, ein durchgebogener Kleiderständer, ein Schuhschrank, ein winziger Schreibtisch mit einem Mini-Fernseher und ein Drehstuhl auf Rollen, die nicht rollten, bildeten die ganze Einrichtung. Auf dem Boden stapelten sich Modezeitschriften, Versandhauskataloge und die Erzeugnisse der Yellow-Press. An den Wänden hingen ausschließlich großformatige Poster berühmter Mannequins der großen Modeschöpfer. Dazwischen Fotos von ihr selbst in rührend den Profis nachempfundenen Posen, die Richie, der „Fotograf" der WG, von ihr gemacht hatte. Im Bett war er eine einfallslose Flasche, aber er konnte mit der Kamera umgehen, und nur das zählte. Er hatte auch die Bilder gemacht, mit denen sie ihre Bewerbungsmappe ausgestattet hatte. Die Orchid-Agency war der sechzehnte Versuch. Das Unternehmen war zweite Wahl, bediente die Firma doch zumeist die großen Versandhäuser und Kaufhausketten. Aber die internationalen Label hatten sie alle ignoriert. Eine einzige Absage war gekommen. Ein vorgefertigtes Schreiben ohne Unterschrift. Es tut uns leid, Ihnen mitteilen zu müssen ...

Und nun das. Orchid-Agency, Essen. Nicht Paris, Hamburg, New York, nein, Essen würde ihr nun einen Korb geben. Sie würde heute Abend wieder ins Labo's gehen, zu schwitzenden Arschlöchern nett sein, lächelnd Drinks und Snacks servieren und Angebote von „Regisseuren", „Agenten" und „Produzenten" zum Beischlaf mit Karrieregarantie lächelnd ablehnen. Richies harmloser, unbedarfter Sex war die Grenze. Mehr war nicht drin.

Sie öffnete das Kuvert mit einem Bleistift, nestelte den Brief heraus und las den Text, ohne ihn zu verstehen. Erst beim dritten Versuch beendeten die Buchstaben ihren Tanz, formierten sich zu Worten und Sätzen und schrien sie an. Es ist vorbei! Hau ab! Scheiß auf die Typen im Labo's! Raus, raus aus dieser miefigen Bude voller bekiffter Spießer, die vorgaben, das Gegenteil zu sein und doch nur arme Schweine voller Illusionen waren! Geh, Annika, geh, die Welt wartet auf dich!

Die Welt, das war in diesem Fall Essen. Gewerbehofstraße 23 - 31. Orchid-Agency. Sie möge sich zu einem unverbindlichen Vorstellungstermin einfinden. Am 22. Mai. Um 10:30 Uhr. Herr Kaminski erwarte sie. Kaminski ... ein

Name wie ein Cordhut. Eine Wegbeschreibung war auch dabei. Zehn Gehminuten vom Hauptbahnhof, drei Minuten mit der U-Bahn.

Hallo Welt, ich komme!

Es regnete, als sie vorsichtig über das bucklige Straßenpflaster stöckelte. Der ramponierte Rollenkoffer schepperte hinter ihr her, über der Schulter hing ein Kleidersack mit ihren Schätzen, einem kleinen Schwarzen von Chanel, einer mondänen Robe aus dem Schicki-Micki-Second-Hand und einem Etui-Kleid, das ihr eine Freundin vor zwei Jahren als Gesellenstück geschneidert hatte. Unter ihrem hellen Trenchcoat trug sie ein Business-Kostüm, auch aus zweiter Hand. Nur die High-Heels von Manolo Blahnik waren nagelneu. Die Schuhe und die Fahrkarte nach Essen hatten sie fast ihre gesamten Ersparnisse gekostet. Sie würde sich heute höchstens noch einen Automatenkaffee leisten können. Im Koffer befand sich ihre komplette Habe, nachdem sie alles andere ihren Ex-Mitbewohnern für ein paar Mark überlassen hatte. Damit besaß sie wohl weniger als der Stadtstreicher, der sein mit prallen Plastiktüten behängtes Fahrrad über die Straße schob.

Doch das war ihr gleichgültig. Heute begann ihr neues Leben. Der „unverbindliche Vorstellungstermin“ würde die Leute von Orchid überzeugen. Sie war das Gesicht des neuen Jahrzehnts. Nach ihr würden sich die Modeschöpfer der Welt die Finger lecken. Sie war die Beste!

Die Gewerbehofstraße entpuppte sich als ein ganzes Industriegebiet und sie hatte Blasen an den Füßen, als sie endlich die richtige Adresse gefunden hatte. Hausnummer 23-31 entpuppte sich als ehemalige Spedition. Eine Ansammlung trister Backsteinbauten mit Rolltoren, Rampen und zersplitterten Scheiben, die besser zu einem Schmuddel-Krimi passten, als zum Start einer Mannequin-Karriere. Sie ging zwischen verrosteten Anhängern, verbeulten Ölfässern und Stapeln von Paletten hindurch und erreichte einen Innenhof, in dem vor einem hässlichen Bürogebäude ein paar PKW standen. Ein schmutziger Ford Escort-Kombi trug die Aufschrift „Foto-Konen", ein Opel-Kadett und ein VW-Bus in Kommunal-Orange standen neben einem silbernen Siebener BMW. Immerhin. Eine recht neu aussehende Messingtafel neben der Eingangstür trug die Aufschriften *Belinda Marketing; Import-Export Kanoucchi* und *Orchid-Agency.*

Sie betrat den tristen Flur mit den fleckigen Wänden. Irgendwo dudelte ein Radio, es roch nach kaltem Rauch und einer Mischung aus Heizöl und verdorbenem Obst. Ein handgemaltes Schild mit der Aufschrift *Orchid* wies ihr den Weg über eine breite Steintreppe in den ersten Stock.

Annika Schmidt versenkte den Griff ihres Trolleys, nahm den Koffer seufzend hoch und schleppte ihn nach oben. Vor einer weiteren Milchglastür blieb sie kurz stehen, um wieder Luft zu holen. Schließlich wollte sie ihrem Entdecker nicht schnaufend und mit roten Wangen gegenüberstehen. Als sie dann durch die Tür trat, hielt sie für einen Augenblick überrascht inne. Das verwahrloste Gelände und das schmuddelige Treppenhaus hatte sie einen schmierigen,

Zigarre rauchenden Kerl hinter einem chaotischen Schreibtisch erwarten lassen. Stattdessen fand sie sich in einem eleganten Foyer mit cremefarbenen Wänden, dunkelblauem Teppichboden und einem chromglänzenden Tresen wieder.

Hinter der Theke saß eine elegante Frau in den Fünfzigern und lächelte sie freundlich an. „Willkommen bei Orchid, Sie kommen sicher zum Vorstellungstermin?" Annika nickte, stellte sich vor und erhielt einen Fragebogen.

„Wenn Sie das ausgefüllt haben, gehen Sie bitte den Gang rechts bis zum Ende. Hinter der Doppeltür können Sie sich umziehen und vorbereiten. Sie werden dann einzeln aufgerufen." Annika stutzte. Sie war anscheinend nicht die Einzige, die heute die Chance ihres Lebens erwartete. Diese Befürchtung wurde noch übertroffen, als sie die schwere Stahltür öffnete. Dahinter befand sich ein Raum von den Ausmaßen einer Turnhalle. Etwa ein Drittel davon diente wohl als Kantine. Billige Plastikstühle und Stahlrohrtische mit Resopalplatten, sowie eine Reihe von Snack- und Getränkeautomaten erinnerten nun wieder an die frühere Bestimmung des Gebäudes. An einer der Längsseiten standen Bänke mit Gestellen zum Aufhängen von Kleidern, wie sie normalerweise in Theatergarderoben zu finden waren. Zwei Türen mit der Aufschrift WC befanden sich dahinter. Der Raum war erfüllt von Stimmengewirr, zu lautem Lachen, Giggeln und zischelndem Geflüster von schätzungsweise drei Dutzend Frauen, die auf den Stühlen lümmelten, sich zwischen den Garderobenständern umzogen, Dehnübungen machten, Füße abklebten, sich kämmten und schminkten oder nervös Zeitschriften durchblätterten. Vereinzelt trafen taxierende Blicke die neu Angekommene. Mundwinkel verzogen sich verächtlich, Augen wurden gerollt und mit Gekicher auf gemurmelte Bemerkungen reagiert. Es roch nach Schweiß, Nagellack, teurem Parfüm und Deo.

Annika stellte ihre Tasche unter einen unbenutzten Garderobenhaken und befestigte ihren Kleidersack daran. Dabei streifte sie ein daneben hängendes Oberteil.

„Hey!“, ertönte eine kehlige Vorstadtstimme. Eine hübsche Rothaarige mit riesigen Brüsten funkelte sie böse an. „Schaff den Müllsack bloß weg, Schatzi, das ist von Dior!“

Annika schaute sich das angebliche Dior-Teil interessiert an, wandte sich dann betont langsam zu der aufgeplusterten Roten um und sagte mit bedauerndem Kopfschütteln: „Das würde ich an deiner Stelle aber nicht anziehen, der Ausschnitt ... man sieht die Narben noch.“ Instinktiv wanderte der Blick der rothaarigen auf ihren Busen. Als sie Annika wieder in die Augen sah, zuckte sie zusammen. Etwas Eisiges schien sich in ihren Körper zu bohren. Unter der dicken Schicht Make-up wich alle Farbe aus ihrem Gesicht.

„Sorry, war nicht so gemeint“, stammelte sie. „Ich bin Kelly. Willkommen im Club.“

„Nimm den Fetzen und verpiss dich. Dior würde niemals so tief sinken.“

Annika musterte den Kreis neugieriger Augen, die auf sie gerichtet waren. „Was ist? Soll ich’n Hut rumgehen lassen, oder was?“ Nach und nach senkten alle den Blick, wandten sich ab oder griffen wieder zur Lektüre. Das Gemurmel kam stockend wieder in Gang. Annika wollte sich schon ihrem Gepäck zuwenden, da spürte sie, dass nicht alle von ihrem Auftritt beeindruckt waren. Sie hob den Blick und spürte augenblicklich eine unheimliche Präsenz.

Sie stand am anderen Ende des Saales, lässig an die Reihe der metallenen Schließfächer gelehnt, die man dort wohl erst kürzlich eingebaut hatte. Dazwischen befanden sich die Sitzgruppen der „Kantine“ mitsamt dem blonden, brünetten, schwarzen und rothaarigen Gewusel.

Sie war schön. Nicht nur hübsch, nein, sie war eine natürliche Schönheit, etwa Mitte zwanzig, mit langen dunklen Haaren, einer Figur, an der noch niemand herumgeschnippelt hatte und einer fast greifbaren Aura, bestehend aus enormem Selbstbewusstsein, gepaart mit einer unverschämten Arroganz. Die junge Frau auf der anderen Seite der Halle war eine Feindin. Kein rotznäsiges, freches Kind wie die Rote mit ihren Plastiktitten oder all die anderen Gören, die sich hier ihre kleinen Revierscharmützel leisteten.

Annika wandte den Blick ab. Als sie wieder hinschaute war die Frau weg. So sehr sie auch ihre Augen wandern ließ, sie war einfach weg. Ihr war mulmig zumute. Wenn es hier jemanden gab, der ihr ebenbürtig war, dann war sie **es**.

Egal, nun stand sie hier, am Wendepunkt ihres Lebens, hatte sämtliche Brücken hinter sich abgebrochen, ihr letztes Geld ausgegeben und pokerte um alles oder nichts.

Sie zog sich bis auf die Unterwäsche aus, registrierte befriedigt die neidischen Blicke der bösen kleinen Mädchen und öffnete den Kleidersack. Ihre Wahl fiel auf das schwarze Chanel. Sie holte den Kosmetikkoffer aus dem Trolley, stellte den Spiegel auf den Kofferdeckel und begann mit raschen geübten Bewegungen ihr Make-up zu vervollständigen. Mittlerweile wurden in unregelmäßigen Abständen Nummern aufgerufen. Aus kühlen, arrogant blickenden Stars wurden nervöse, unsichere Probandinnen, die mit wackligen Knien durch die Tür mit der Aufschrift „Betreten nur nach Aufforderung“ stöckelten. Begleitet von heuchlerischen guten Wünschen, falschem Lächeln und aufgeregtem Getuschel blieben sie meist nur wenige Minuten. Zurück kamen sie ausnahmslos alle mit mühsam aufrechterhaltenem Lächeln, trotzig erhobenem Kopf und verächtlichen Blicken für den armseligen Rest der Welt.

Annika, die von ihrem Platz aus durch eines der schmutzigen Fenster den Hof übersehen konnte, sah sie dann mit eingefallenen Schultern, gesenktem Kopf und müden Schritten zwischen den Palettenstapeln auf das verrostete Eingangstor zutrotten.

Aus der Traum. Sie können gehen Nummer 23, danke. Das war alles, viel Erfolg bei Ihren weiteren Bewerbungen. Danke, einen schönen Tag noch ... Worte wie Messer, Sätze wie Urteile.

Langsam lichteten sich die Reihen der Mitbewerberinnen. Längst war das Kichern und übertriebene Lachen verstummt. Auch die taxierenden Blicke waren seltener geworden. Annika roch die Angst unter den Wolken aus ätherischen Ölen und aromatischen Verbindungen, witterte den Stress und die Unsicherheit, sah das Zittern der manikürten Hände, das Flackern dramatisch geschminkter Augen, das Beben wohlmodellierter Brüste.

Plötzlich war sie wieder da. Die Andere ... Der Himmel, oder in ihrem Fall wohl die Hölle, mochte gewusst haben, wo sie sich versteckt gehalten hatte. Doch nun war sie wieder hier, schwebte mit einer Siegesgewissheit durch den Raum, die niemand auf dieser Welt spielen konnte. Die anderen jungen Frauen entlang ihres Weges schienen hinter ihr zu verwelken und zu verkümmern wie verdorrte Pflanzen. Sie zog sich eine Flasche Wasser aus einem der Automaten, nahm auf einem der Plastikstühle Platz, als sei es der Thron der Kleopatra und fixierte Annika hochmütig.

„Nummer 34. Nummer 34, bitte!“ Annika schrak zusammen. Die Lautsprecherstimme plärrte wohl schon eine ganze Weile, das *Bitte* klang bereits bedrohlich genervt. Nummer 34. Ihre Nummer! Das war sie! Hastig strich sie ihr Haar zurück, hob den Kopf und ging mit energischen Schritten zur Tür. Ihr könnt jetzt gehen. Alle. Annika Schmidt hat den Job. Tschüss und einen schönen Tag noch. Alles Gute.

„Bitte ganz nach rechts gehen und bei der Markierung stehen bleiben.“ Ihnen auch einen guten Tag, dachte Annika verbittert. Wer war sie denn? Eine Sklavin? Doch sie tat wie ihr geheißen, stellte sich vor eine blaue Leinwand und versuchte zu lächeln.

„Nicht lächeln, das Foto ist für die Kartei, danke.“ Immerhin, danke hat er gesagt. Sie entspannte sich etwas und registrierte das Auditorium. Der Sprecher war ein südländisch aussehender Mann in Anzug und Krawatte, der wie ein Hafenlude wirkte und leichten Kölner Singsang sprach. Er saß hinter einer Reihe von drei Kantinentischen. Rechts von ihm kritzelte eine dürre, etwa fünfzigjährige Frau mit strassbesetzter Lesebrille und arrogantem Gouvernantenblick etwas auf einen Block. Links vom Hafenluden saß eine dralle Blondine mit gewaltig auftoupierter Mähne, die in ein schreiend buntes Gewand gekleidet, geballten Mutti-Charme versprühte. Zwei Meter vor Annika hockte Don Quichotte auf einem Stuhl, die Beine weit von sich gestreckt und das Gesicht hinter einer gewaltigen Mittelformatkamera versteckt. Der Mann von La Mancha trug eine armeegrüne Pudelmütze, ein Holzfällerhemd und Lederhosen, die in martialisch aussehenden Motorradstiefeln steckten. Nachdem er ein halbes Dutzend Aufnahmen gemacht hatte, ließ er die Kamera sinken und grinste Annika anzüglich an.

„Danke, Schätzchen."

„Haben Sie Erfahrung auf dem Laufsteg?" Der Hafenlude beobachtete sie lauernd, als sie auf seinen Wink hin den Platz vor der Leinwand verließ und nun vor den drei Tischen stand.

„Ich bin vor drei Jahren einen Monat für Seeger gelaufen, habe Aufnahmen mit Pete Ferris gemacht und verfüge über ein Angebot von C&A."

Seeger war eine südbadische Textilfabrik, die hauptsächlich Kittelschürzen, Umstandsmode und Arbeitskleidung für medizinische Berufe herstellte, Pete Ferris war ein international angesehener Modefotograf, der an der Berufsfachschule für Mode sämtliche Abschlussklassen fotografiert hatte und C&A hatte ihr einen Job als Aushilfsdekorateurin angeboten.

„Gehen Sie bitte bis zur Wand, drehen Sie um und gehen Sie bis zum Ende des Raumes." Die Dürre. Ihre Stimme kratzte mit Fingernägeln auf einer Schiefertafel. Annika spürte, wie die Blicke des Luden an ihrem Rocksaum hingen, darunter krochen und ihren Arsch befleckten. Sollte er es haben. Während der Drehung brachte sie den Rock dazu, noch ein Stück höher zu rutschen. Die dralle Mutti zog eine Schnute, der Lude begann zu schwitzen. Recht so. Sie spürte förmlich seine feisten Finger auf ihren Schenkeln.

„Danke." Das Fallbeil. Die Dürre kritzelte wieder, der dicke Lude beugte sich zu ihr hinüber, als wolle er ihr etwas zuflüstern, doch sie hob ihren Vogelkopf und schnarrte: „Schönen Tag noch."

Wie in Watte gepackt wandelte Annika durch den Raum, in dem die anderen warteten. Das Siegerlächeln, ermahnte sie sich. Du wurdest soeben für die Herbstsaison verpflichtet! Lass diese Weiber das spüren! Armani, Dolce, Dior! Du bist das Gesicht des Jahres! Es wurde eine klägliche Vorstellung. Beim Umziehen verhedderte sie sich und hätte das kostbare Schwarze beinahe zerrissen.

Die nächste Nummer wurde aufgerufen. Die 2. Jemand ging an ihr vorbei. Sie spürte einen kalten Hauch. Trotz des warmen, pochenden Blutes in ihrem Kopf. Die Tür ging auf und wieder zu. Sie war jetzt da drin. Die Andere. Die Feindin ...

Annika stürzte durch die Tür mit der Aufschrift WC, erreichte gerade noch die Kabine, bevor es heiß und brennend aus ihrem Magen aufstieg.

Ihr Schädel brummte, als sie endlich ihren Trolley über den Hof zog. „Schönen Tag noch", hatte der Drachen gesagt. Die bunte Mutti war wohl beleidigt wegen der Ludenshow und der Lude selbst war wohl gar nicht der Cheffe. Sie lehnte sich an den klapprigen Escort von Foto-Konen und nestelte eine Zigarette aus der Packung. Scheiße. Die

Letzte. Geld alle, keine Kippen, keine Stretch-Limo, die sie nach Florenz oder wenigstens nach Berlin brachte, nix. Das Feuerzeug fiel ihr aus den zitternden Fingern und landete in einer Öl schillernden Pfütze.

Sie hätte beinahe aufgeschrien, als neben ihr plötzlich ein haariger Arm mit einem Zippo auftauchte und der Geruch von verbranntem Benzin in ihre Nase stieg. Don Quichotte. Der Typ, der mit Motorradstiefeln Auto fuhr.

„Danke“. Schniefen. Es war kalt. Kalt und nass. Ein Schnupfen. Sonst nichts. Die Menthols waren gut gegen so was.

Der Fotograf drehte sich mit unglaublicher Geschicklichkeit eine zerknitterte, lächerlich dünne Zigarette und schaute Annika hinter dem Qualm prüfend an.

„Wenn wir die geraucht haben, gehen wir wieder rauf.“ Annika vermutete plumpe Anmache und blies verächtlich Rauch aus der Nase.

„Danke, ich geh zu C&A“

„Mach das mal. Aber in Marokko is wärmer.“ Irritiert schaute sie den Mann an. Das Grinsen hatte nichts Anzügliches mehr, so wie vorhin. Der unrasierte Typ sah aus wie ein Schuljunge, dem ein richtig guter Streich gelungen war.

„Marokko?“

„Marokko. Ich nehm’ mein Moped mit. Ne GS. Richtig was für im Sandkasten zu spielen. Eine Woche Arbeit, eine Woche Klapperschlangen platt fahr’n.“

„Die gibt’s da gar nicht.“

„Oh, wir sind gebildet? Macht ja nix. Aber wenn du lieber zu C&A gehst. Deine Sache. Wir arbeiten bei dieser Session übrigens mit Charles Kessler zusammen. Er bringt

Katy mit. Gut möglich, dass was von ihr bei euch Mädels hängen bleibt. Also dann, mach's gut."

Charles Kessler! Katy ... niemand anders als die göttliche Katy Rowland war damit gemeint. Die Rowland war das zurzeit angesagteste Mannequin[1], Kessler ihr Entdecker und Manager. Misstrauisch beäugte Annika ihre Zigarette. Was zog sie sich da eigentlich rein?

„Die haben mich weggeschickt", murmelte sie trotzig und trat ihre Kippe aus.

„Und mich haben sie losgejagt, damit ich dich wieder einfange."

„Warum?"

„Komm mit und schau's dir an. Du wirst staunen. Ich heiße übrigens Al."

„Albert?"

„Alfred."

„Okay, dann doch lieber Al."

Im Treppenhaus begegneten sie einer Reihe von finster und enttäuscht blickenden jungen Frauen. Manche weinten sich dunkle Streifen auf die Wangen, andere schnieften, eine spuckte vor Annika aus.

Sie betraten das Auditorium durch eine separate Tür. Der Fotograf winkte dem Trio hinter den Tischen fröhlich zu und knarzte in den klobigen Stiefeln zu seinem Platz, wo er damit anfing, Objektive zu sortieren und seine Kamera zu überprüfen. Annika blieb hinter der Tür stehen, als sei sie gegen eine Wand gelaufen.

Die Atmosphäre hatte sich spürbar verändert. Der Ludentyp hatte sein Jackett ausgezogen, präsentierte knallrote

1 Der Begriff „Model" wurde erst in den 80ern verwendet

Hosenträger zum zerknitterten Hemd, die dürre Gouvernante paffte genüsslich ein Zigarillo und die „Mutti" griente Annika zu wie ein sattes Baby. Man hatte noch zwei Stühle geholt. Einer war unbesetzt, auf dem anderen saß sie.

„Nehmen Sie doch bitte Platz, Annika." Sieh an, die Nummer hatte plötzlich einen Namen. Die Stimme der hageren Gouvernante klang jetzt nur noch nach knisternder Seide.

Unter den taxierenden Blicken der Anderen stakste Annika zu dem freien Stuhl, rückte ihn ein Stück zur Seite und versuchte, möglichst viel Verachtung auszustrahlen. Es misslang ihr. Zu groß war die ängstliche Erwartung, die wiederauferstandene Hoffnung, die pure Neugier. Was sollte dieses Theater? Was tat diese arrogante Kuh hier?

„Das ist Sophia", die Stimme der „Mutti" troff vor Stolz. „Ich ...", sie stockte kurz und warf den anderen vielsagende Blicke zu, „wir haben eine Idee, die wir gern mit Ihnen beiden besprechen wollen. Sophia, würden Sie bitte diese Perücke aufsetzen?" Al, der Fotograf, der wohl auf dieses Stichwort gewartet hatte, reichte Sophia eine blonde Perücke.

Ungläubig verfolgte Annika, wie sich Sophia die Perücke aufzog, die Haare zurecht zupfte und ihr mit triumphierendem Grinsen das Gesicht zuwandte.

„Perfekt, nicht wahr?" der „Lude" fletschte die Zähne und sah nun aus wie ein mexikanischer Pistolero in einem Sechziger-Jahre-Western. Annika reagierte nicht. Sie starrte immer noch diese Sophia an, als wäre sie ein Wesen aus einer anderen Welt. Doch das war sie nicht. Sie war ein Mensch wie du und ich. Sie war ... Annika. Ein Spiegelbild ihrer selbst, ein Klon, eine Zwillingsschwester. Annika erkannte, dass es diese frappante Ähnlichkeit war, die vorhin ihre Aufmerksamkeit auf Sophia gelenkt hatte. Das dunkle Haar hatte sie getäuscht. Nun, mit dieser grässlichen Nuttenperücke, war es, als sei ein Vorhang gelüftet worden. Sophia sah ihr nicht nur ähnlich. Sie war eine perfekte Kopie. Das durfte, das konnte nicht sein!

„Was soll das Theater?“ Annika war aufgesprungen, ihre Brüste hoben und senkten sich, sie schnappte nach Luft. „Sie schicken mich fort wie einen lästigen Straßenköter, lassen mich von diesem Menschen zurückholen, damit ich mir solche Kindereien anschaue? Danke, schönen Tag noch!“ Als sie die Tür hinter sich zuschlagen wollte, wurde sie daran gehindert. Der „Lude“ war aufgesprungen und ihr gefolgt.

„Annika, hören Sie mir zwei Minuten zu. Zwei Minuten, dann können Sie von mir aus beleidigt abrauschen. Zwei Minuten! Bitte!“ Seine Stimme klang beschwörend, das Grinsen war einem besorgten Bernhardinerausdruck gewichen. Der Mann schloss die Tür. Sie waren alleine auf dem Flur. Er deutete auf zwei Stapelstühle vor dem schmutzigen Fenster.

„Kommen Sie, Annika, setzen Sie sich. Zigarette?“ Dankbar griff sie zu.

„Ich bin Theo, Theo Kaminski, ich arbeite als freier Agent für verschiedene Häuser. Vergessen Sie die Sache mit den Versandhauskatalogen. GEtTO sucht ein Zwillingspärchen...“

„GEtTO?“

Theo nickte. Die braunen Augen glänzten. Der Mann witterte das große Geschäft und sie sollte eine Rolle darin spielen.

„Mit dieser ... Sophia?“

„Ihr beide oder keine von euch. GEtTO hat da glasklare Vorgaben.“

GEtTO war Annika ein Begriff. Das kleine ehemalige Underground-Label aus Köln-Porz hatte sich in den letzten zwei Jahren zum neuen Stern am Modehimmel gemausert. Zwei junge Kerlchen, deren Eltern noch mit Pappkoffern per Bus aus Anatolien gekommen waren, ließen sich von ihren Schwestern und Cousinen extravagante Klamotten schneidern, die durch den anarchischen Mix aus Hippie-Stil und Eleganz die Jugend und die, welche ihr atemlos hinterher hechelten, in Ekstase versetzten.

Mittlerweile beschäftigten die smarten Buben über sechshundert Mitarbeiter, besaßen eine europaweite Vertriebsstruktur und planten in naher Zukunft den Weltmarkt aufzurollen. Eine rotzfreche Werbekampagne, prominente Kundschaft und juristisches Gezoffe mit den etablierten Platzhirschen sorgten dafür, dass aus dem blinkenden Sternchen eine Supernova wurde.

„Wenn Sie zusagen, arrangiere ich noch heute ein Treffen mit Gencer und Tolga.“

„Sie sind hier?“ Annika schaute Theo ungläubig an. Ein belustigter Ausdruck erschien auf seinem breiten Gesicht. „Sie sind in Mailand, Mädchen. Sie verhandeln dort mit Silvio Delaggio. Wir fliegen mit der Abendmaschine ab Düsseldorf. Sie haben“, er schaute auf seine protzige Armbanduhr, „noch eine Stunde. Dann können sie ihren Termin bei C&A machen.“ Es war der Blick aus seinen Mexikaneraugen, der ihr die Entscheidung abnahm: Mitleid, Herablassung und eine Prise Bedauern spiegelten sich darin. Bedauern darüber, wie eine junge Frau so sensationell dumm sein konnte, über dieses Angebot auch nur eine Sekunde nachzudenken.

„Ich bin dabei.“ Fast erschrak sie über den Klang der eigenen Stimme, lauschte einen Wimpernschlag lang dem Klang der Worte nach und schaute dann Kaminski an. „Was soll ich tun?“

Theos weiße Zähne blitzten triumphierend. „Was Sie tun sollen? Sie sollen sich freuen, dass Sie eine Zwillingsschwester haben und ein gottverdammter Star werden. Das ist es, was Sie tun sollen.“

Die Maschine der Alitalia war nur zur Hälfte besetzt. Annika saß so weit wie möglich entfernt von Sophia. Sophia ... Der Name war garantiert so echt wie das Lächeln, das sie gezeigt hatte, als Theo die „Zwillinge“ miteinander bekannt gemacht hatte. Auch Annika hatte gelächelt. Auch Krokodile lächeln.

Von allen Tussen, Gören, und vor Selbstüberschätzung schier platzenden Möchtegernstars, denen sie an diesem Tag begegnet war, musste ausgerechnet dieses arrogante Miststück der Schlüssel zu ihrem Durchbruch sein. Das Leben war ein Arschloch. Aber Annika würde tun, was Theo ihr geraten hatte. Sie würde ein Star werden. Wenn sie dazu

Sophia brauchte, na schön. Wenn sie ihr Ziel erreicht hatte, würde sie die aufgeblasene Schnecke in den Staub treten.

Gencer war verhindert, aber Tolga besaß Selbstbewusstsein für eine ganze Armee türkischer Herzensbrecher und barst fast vor Freude, als man ihm die beiden „Schwestern" vorführte wie Vieh auf einer Schlachtauktion.

Tolga war, wie sein älterer Bruder, ein typischer Vertreter ehrgeiziger Einwandererkinder, der es mit Fleiß und unbändiger Willenskraft zum erfolgreichen Unternehmer geschafft hatte. Dabei verleugnete er niemals seine Herkunft, verehrte seine Eltern und war strenggläubiger Muslim, ohne jedoch das Klischee des intoleranten Fanatikers zu bedienen. Die Familie war von jeher als weltoffen und kontaktfreudig bekannt, was 1962 Yakup Akbulut bewogen hatte, seine Frau zu überreden, ihm in den „goldenen Westen" zu folgen.

Tolga versprühte seinen John-Travolta-Charme mit dem Feuerwehrschlauch, ließ pausenlos Leckereien und erlesene Getränke auffahren und stellte seine Pläne für die neue Kampagne mit leuchtenden Augen und dem Redeschwall eines Rheumadeckenverkäufers vor.

Annika konnte nicht anders, sie wurde einfach mitgerissen, trank zu viel und fand sich zu später Stunde Arm in Arm mit Sophia, blöde grinsend und ein leeres Champagnerglas schwenkend, wieder. „Al" Alfred knipste sich die Finger wund, Theo quatschte eine üppige Visagistin bewusstlos und Tolga zog sich lächelnd zurück. Die Sache war im Kasten, morgen ging es nach Marrakesch.

Annika erwachte mit brummendem Schädel mitten in einem Straßenbahndepot, durch das ein wahnsinniger Verkehrsplaner eine sechsspurige Autobahn gebaut hatte. Benommen tastete sie sich aus dem Bett und schleppte sich zum Fenster.

„A star is born“, murmelte sie vor sich hin und lugte durch die vergilbten, nach Staub und Nikotin riechenden Vorhänge auf die Straßenkreuzung direkt vor dem Hotel.

Gleich fünf mehrspurige Straßenzüge mündeten in einen riesigen Kreisverkehr, dessen Markierungen längst von den ständig quietschenden Reifen der italienischen Kamikaze-Fahrer wegradiert worden waren. Wie gestrandete Wale standen eingekeilte Busse dazwischen, während Motorroller und Mopeds wie Fliegen alles umschwärmten. Straßenbahnen untermalten das Schlachtengemälde kreischend, bimmelnd und ihre absolute Herrschaft rigoros ausnutzend.

Der Lärm wurde zum ohrenbetäubendem Crescendo, als Annika das Fenster öffnete und sich eine Zigarette anzündete. Rührend hilflos paffte sie gegen den Brodem aus Abgasen und der ranzigen Abluft eines China-Restaurants an.

Trotzdem. Das schäbige Hotelzimmer, die miese Lage und die Aussicht auf Reklametafeln, Stromleitungen und Industrieschlote waren für sie der Beginn eines wunderbaren Traumes. GEtTO wollte sie. Annika Schmidt. Ihre Beine, Ihre Brüste, ihren Arsch und ... ihr Gesicht!

Zur Hölle mit Sophia. Sie war ihr Trittbrett. Der Hocker, den amerikanische Zugbegleiter immer ihren Fahrgästen auf den Bahnsteig stellen.

Annika wusch sich in dem spucknapfgroßen Handwaschbecken so gut es ging. Die Etagendusche hatte sie schaudernd bereits am Vorabend in Augenschein genommen. Schlimm genug, die gesprungene Toilette mit dem fleckigen Holzdeckel benutzen zu müssen. Sie schrak zusammen, als es laut an der Tür klopfte.

„Frühstück in zwanzig Minuten, Abfahrt um neun!“, sang Theos Kölsche Stimme. Annika krächzte ein Okay und putzte sich die Zähne mit Mineralwasser. Die milchige Brühe aus dem Wasserhahn gehorchte garantiert einer weit längeren chemischen Formel, als Sophias Blondierung. Der Gedanke an Frühstück machte sie munter. Sie konnte den ganzen Tag ohne Essen auskommen, aber ein Tag ohne Frühstück war zum Scheitern verurteilt.

Tatsächlich kontrastierte das kleine, aber wohlsortierte Buffet mit duftenden Croissants, Brötchen, frischem Obst und einem herrlich starken Kaffee deutlich mit dem gammeligen Ambiente des Hauses.

Annika begann gerade sich wohl zu fühlen, als Sophia den Raum betrat. Der dunkle Raum schien noch düsterer zu werden und Annika hatte die Vision von Schwefelgeruch und dem Klacken eines Hufes.

Sophia hatte sich die Haare gefärbt und wirkte, als käme sie geradewegs aus einem Wellnessurlaub.

Wie ein Skalpell traf ein spöttischer Blick den winzigen Pickel an Annikas linkem Nasenflügel, den die Abdeckcreme doch so perfekt wegretuschiert hatte.

Mit den abgezirkelten Bewegungen eines Industrieroboters bestrich Sophia die Hälfte eines winzigen Brötchens hauchdünn mit Marmelade und führte es derart affektiert zum Mund, dass Annikas Blick nicht davon lassen konnte. In ihren Gedanken schwoll das Brötchen zu einem riesigen

Schleimklumpen, der Sophias Mund und Rachen verstopfte, so dass sie sich zuckend und röchelnd mit blau angelaufenem Gesicht auf dem Boden wand. Eine Vorstellung, an die sich Annika noch sehr oft erinnern sollte ...

„Keinen Hunger?“, flötete Sophia anzüglich grinsend über den Tisch. Ihre Reptilienaugen brannten sich wie glühende Nadeln in Annikas Kopf. Wieder spürte sie jene unerklärliche Kälte, die diese Frau umgab wie ein wehender Mantel.

„Jetzt nicht mehr, die Marmelade ist übrigens seit dem Frühjahr abgelaufen ...“ Sophias Kehle bewegte sich, die Pythonaugen flackerten kurz, doch das Biest hatte sich fantastisch im Griff.

„Und wenn schon, ich habe einen Magen wie ein Zuchthaus. Noch Kaffee, Theo?“ Der Angesprochene musterte argwöhnisch die Beschriftung der kleinen Aufreißpackung Nugat-Creme, die er gerade in der Hand hielt und legte sie wieder in den Korb zurück. Er nickte jovial und hielt seiner Tischnachbarin die Tasse hin.

„Ja, bitte. Ich hoffe, ihr Mädels habt gut geschlafen, wir haben heute einen anstrengenden Tag vor uns.“

Das war, wenn nicht glatt gelogen, zumindest die Untertreibung des Jahres für die kommenden zwei Tage. Annika, Sophia, Theo und ein hünenhafter Italiener namens Carlo Cicchella, der als Vertreter von GEtTO fungierte und Organisator, Dolmetscher, und Fahrer in Personalunion war, flogen mit einer klapprigen 737 der Royal Air Maroc zunächst nach Tanger und rumpelten dann mit der Eisenbahn nach Marrakesch. Der Nachtzug besaß zwar Liegeabteile, diese waren aber alle belegt, und so verbrachte die kleine Gruppe die Nacht im Großraumwagen, zwischen dudelnden Radios, brüllenden Kleinkindern und aufdringlichen Marokko-Boys, die sich allesamt an Carlo die Zähne ausbissen.

In Marrakesch wartete am Bahnhof ein ehemaliger Militärlaster auf sie, der von einem Kerl im Berbergewand gesteuert wurde. Die „Passagiere“ mussten sich die Ladefläche mit ihrem Gepäck teilen und nahmen auf den harten Bänken Platz. Annika fragte sich, ob das nun eine Geiselnahme war oder der Shuttleservice ins Hotel. Nach Sheraton oder Hilton sah es jedoch nicht aus.

Carlos spöttisches Grinsen und Theos gelangweilte Miene beruhigten sie ein wenig. Voller Genugtuung registrierte sie, das Sophia sichtlich unter den Strapazen zu leiden schien. Sie wirkte apathisch, versteckte ihre verquollenen Augen hinter einer Sonnenbrille und sprach kein einziges Wort.

Mit heulendem Motor und schwarzer Dieselfahne ruckelte der antike Berliet-Laster aus der Stadt und folgte einer gewundenen Landstraße in Richtung Gebirge.

Auch Annika war erschöpft, verschwitzt und müde. Mechanisch trank sie das beinahe kochend warme Wasser aus einer Plastikflasche. Mehr als ein Dutzend lagen in einer Kiste zwischen einem Kanister Diesel und ölverschmiertem Werkzeug.

Ab und zu floh ihr Gehirn in minutenlange Schlafperioden, aus denen sie immer wieder aufschrak, wenn der Wagen über eine Bodenwelle hoppelte oder sich in eine Kurve neigte. Es dämmerte bereits, als sie ihr Ziel erreichten.

„Das glaub ich jetzt nicht“, waren die ersten Worte, die Sophia von sich gab, seit sie in Tanger in den überfüllten

Zug gestiegen waren. Ihre Stimme klang rau, wie nach durchzechter Nacht und der Ausruf galt dem Panorama, welches sich den Ankömmlingen bot: Vor einem blutroten Abendhimmel zeichneten sich wild gezackte Berge ab. Von Mineralien rot, gelb und orange gefärbtes Gestein gestaltete einen Farbrausch, der Annika an Fotos vom Grand Canyon erinnerte. Über allem lag eine Ahnung eisiger Wüstennacht, gepaart mit dem monotonen und doch seltsam majestätisch wirkenden hohlen Brausen des Windes.

Doch es war nicht die Erhabenheit der Natur, die Sophias Stimme wiedererweckt hatte. Es war die Ansammlung von Gebäuden unmittelbar vor ihnen: Baracken aus Wellblech scharten sich um ein halbverfallenes dreistöckiges Haus aus ockergelben Lehmziegeln. Auf einem rostigen Gittermast drehte sich apathisch ein Windrad und im Hintergrund war eine Reihe relativ neu aussehender Militärzelte zu erkennen. Ein Sattelschlepper mit einem Überseecontainer stand daneben und ein rundnasiger Mercedes-Benz-LKW trug ein klobiges Stromaggregat, dessen Auspuff wabernde Heißluft ausstieß. Daneben schraubte eine Gestalt mit Pudelmütze, die Annika merkwürdig bekannt vorkam, an einem unförmigen Geländemotorrad herum.

„Willkommen in Beverly Hills!", kölschte Theo und feixte die beiden Frauen an.

Der Fahrer nahm ihnen das Gepäck ab, warf es achtlos in den Sand und half ihnen beim Herunterklettern von der hohen Pritsche.

Müde und mit brennenden Augen trottete die kleine Gruppe auf die sandfarbenen Zelte zu. Annika summte eine

Melodie aus Nabucco. Der Chor der Gefangenen. Wenigstens funktionierte ihr Fatalismus noch.

Hinter den Zelten stand ein Wasserwagen, an dessen Seiten sich durch Planen abgeteilte „Badezimmer" befanden.

„Links Männlein, rechts Weiblein!", gluckste Theo sichtlich amüsiert, als er die ungläubigen Gesichter der Gruppe bemerkte. „Der Brunnen wurde im letzten Bürgerkrieg vergiftet, also geht sparsam mit dem kostbaren Nass um, es werden nur die Körperteile gewaschen, die der Fotograf braucht!" Er lachte um zu zeigen, dass er einen Witz gemacht hatte. Annika war sich da nicht so sicher.

Als die Dämmerung hereinbrach, sprang ein weiterer Generator an, der die unwirkliche Szenerie in gleißendes Scheinwerferlicht tauchte, was dem Ganzen noch mehr das Ambiente eines Gefangenenlagers verlieh.

Man wies ihnen ihre Zelte zu und Annika bezog eines der äußeren, gemeinsam mit Sophia. Die Einrichtung bestand aus Feldbetten mit Moskitonetzen, staubdichten Aluminiumschränken, einem Klapptisch mit zwei Hockern und zischenden Gaslaternen. Für Notfälle befand sich in einer durch einen Paravent abgetrennten Ecke ein Campingklo.

„Nur für die Nacht, capito?", erklärte Carlo freundlich, „Wegen der kleinen Tiere draußen, eh?"

„Schlangen?", fragte Sophia ängstlich. Carlo winkte ab.

„Schlangen siehst du. Gehst du aus die Weg. Nein, Scorpio, verstehst du? Große Blaue kannst du sehen. Trittst du molto kaputt. Aber gibt Kleine, siehst du nicht. Stechen in süße Popo, dann du molto kaputt. In halbe Stund gibt Essen. Ciao bella!"

Nachdem sie sich unter der Feldddusche erfrischt hatten, staunten die Frauen über die reich gedeckte Tafel, welche die Mannschaft, die schon einen Tag vorher hier eingetroffen war, zwischen den Zelten angerichtet hatte. Es gab alles, was der riesige Gasgrill hergab, inklusive Sekt und eiskaltem Bier aus dem ebenfalls gasbetriebenen Kühlschrank.

Annika genoss den Abend und langte kräftig zu, während Sophia mit spitzen Fingern jeden Bissen untersuchte und kaum etwas zu sich nahm.

„Wo soll ich mich schminken? Ich brauche einen Spiegel, einen Stromanschluss im Zelt und richtiges Licht!" Ihre Stimme klang fordernd, ihre Augen streiften abfällig über Annikas noch feuchte Haare.

Theo Kaminski legte einen fetttriefenden Hähnchenschlegel auf den Teller und schaute sie an wie ein großmütiger Vater seine verwöhnte Tochter.

„Ihr werdet geschminkt und frisiert. Kessler trifft morgen früh um neun mit seinem Stab hier ein. GEtTO macht hübsche Mäuse aus euch. Hört bloß auf, an euch selber rumzuzauseln. Das kann Charles absolut nicht ab. Noch etwas: Lasst die hübschen Pfötchen vom Visagisten. Ist eh zwecklos, ich hätte da noch die besseren Chancen."

„In welchem Zelt wird Katy wohnen?" Annikas Fantasie ging mit ihr durch. Sie sah sich schon Seite an Seite mit dem weltberühmten Supermodel an der Blechrinne Zähne putzen.

„Ha!", prustend spuckte Theo ein Stück Hähnchen aus und tupfte sich den Mund ab, „Katy wohnt im La Sultana in Marrakesch und wird jeweils für das Shooting eingeflogen. Mit einem klimatisierten Helikopter. Fünf Mann schleppen ihr das Perrier hinterher, fächeln ihr Luft zu und wischen in der Wüste Staub, bevor ihr zartes Füßlein irgendwo hintritt. Mädels, Katy ist nicht mehr auf dem Weg. Sie ist angekommen. Da wo sie ist, geht es nicht mehr weiter. Schaut sie euch an, staunt, und haltet eure süßen Schnuten.“ Ein verhaltener Rülpser beendete den Monolog.

Annika schwieg betroffen und Sophia schenkte ihr einen Blick der Marke „Naives Landei!“

Am ersten Abend ging das Team früh zu Bett. Annika, die sich zunächst über die Daunenschlafsäcke gewundert hatte, lernte die Isolation in der kriechenden, beißenden Kälte der Wüstennacht dann doch zu schätzen.

Sophia, die alleine fast eine ganze Flasche Sekt geleert hatte, schnarchte leise. Annika lag noch lange wach. Ein Traum. Der Nachtwind sang sein fremdes Lied, ab und zu drang leises Murmeln aus den anderen Zelten. Die Scheinwerfer waren bis auf einen ausgeschaltet. Wachen patrouillierten um das Gelände und vermittelten ein Gefühl trügerischer Sicherheit. Morgen war das Shooting. Sie würden zurechtgemacht, in die verrücktesten Fetzen gesteckt und mitten in der Einöde für eine Horde Anweisungen brüllender Typen lächerliche Posen aufführen. Die GEtTO-Twins. Der Clou der kommenden Saison. Sie hatte es geschafft. Fast geschafft. Halb geschafft. Dank dieser schnarchenden Schlampe auf dem Feldbett neben ihr. Sie musste es ganz schaffen. Ganz oder gar nicht. Annika hatte Kompromisse noch nie ausstehen können. Sie musste Sophia ausbooten. Je eher, desto besser. Voll düsterer Gedanken schlief sie schließlich erschöpft ein.

Sie erwachte um drei Uhr achtzehn von einem merkwürdigen Geräusch. Sie konnte es nicht zuordnen und schlug die Augen auf. Im blauen Dämmerlicht sah sie Sophias zusammengekauerte Silhouette unter dem Schleier des Moskitonetzes. Sie hatte die Beine an den Leib gezogen und die Arme um die Knie geschlungen. Das rhythmische Pfeifen kam aus ihrem offenstehenden Mund. Sie hyperventilierte und starrte auf das Netz, an dessen Außenseite ein erbärmlich dürres Spinnlein unverdrossen nach oben wanderte.

„Hey!“ Keine Reaktion. Das stoßweise Atmen wurde schneller. Annika musste etwas tun. Sie kroch aus dem Schlafsack, schlüpfte in die Schuhe, nicht ohne sie vorher, wie Theo es empfohlen hatte, auszuklopfen und tappte zu Sophia.

„Hey, Sophia!“ Die Frau war trotz der Kälte schweißgebadet, ihre Schultern zuckten, die Knöchel ihrer verkrampften Hände leuchteten weiß.

Annika raffte das Moskitonetz zur Seite. Klatsch! Sie musste sich nicht groß überwinden. Klatsch! Einmal links, einmal rechts. Das Stakkato brach ab, wurde abgelöst durch unkontrolliertes Zittern von Armen und Beinen.

„Es ist nur eine Spinne! Eine gottverdammte, dämliche, winzig kleine Spinne! Hörst du? Es ist nur eine Spinne!“

„Mach sie weg! Mach sie weg! Um Gottes willen, mach sie weg!“

Scheiße, wie war die denn drauf? Annika nahm einen Fetzen Klopapier und pflückte den armen Achtbeiner vom Netz.

„Und tschüß, mein kleiner Freund“, verabschiedete sie das Tier ins Chemieklo.

„Kannst dich wieder einkriegen, das Monstrum sitzt jetzt voll in der Scheiße.“ Sophias weit aufgerissene Augen flackerten unstet. „Sorry, ich kann da nichts für. Trauma. Alles, was mehr als vier Beine hat oder was gar keine Beine hat. Gibst du mir bitte meine Tasche?“ Mit fahrigen Bewegungen kramte Sophia in ihrer Umhängetasche, förderte eine Pillendose zutage und warf zwei winzige Tabletten ein. Annika reichte ihr noch die Wasserflasche.

„Tut mir leid, wenn ich dich geweckt habe.“ Mürrisch, ärgerlich. Annika merkte, wie sehr Sophia sich schämte, derartig die Contenance verloren zu haben.

„Ist okay.“

„Ich bin allergisch gegen Insektengift, weißt du? Ich habe nichts davon erwähnt, weil ich Angst hatte, dass sie mich dann nicht mitnehmen. Hör mal, ich bin nicht deine allerbeste Freundin. Werde es wohl auch niemals werden, aber ich möchte dich um eines bitten ...“

Annika schaute Sophia nur stumm ins Gesicht.

„Wenn mich mal etwas beißt oder sticht, dann ...“ sie nestelte wieder in ihrer Tasche herum. „Dann bekomme ich Atemnot, ein allergischer Schock. Hier, ein spezieller Aspirator, das muss ich dann innerhalb von zwei Minuten haben. So sieht das aus, schau, hier!“ Sie hielt Annika das kleine Gerät mit dem Mundstück hin. „Ich habe es immer bei mir. Ich möchte, dass du das weißt. Du musst mir dann helfen. Wirst du das für mich tun?“

„Viermal täglich oder was?“

„Nein, nur, wenn, wenn ich es nicht mehr selber tun kann. Wirst du es tun?“ Sophia bebte vor unterdrücktem

Zorn, ihre Beherrschung bestand nur noch aus einem Fetzen Seidenpapier.

„Natürlich helfe ich dir. Wir sind Kolleginnen. Wir müssen uns deshalb nicht heiraten. Lass uns die Sache professionell betrachten. Wir machen hier unsere Arbeit, jede von uns hat was davon und wenn du Probleme mit dem Ungeziefer hast, zischen wir dem was, egal ob es acht oder zwei Beine hat.“

„Danke, Anni.“ Anni? Hört, hört!

„Keine Ursache.“

„Nacht, Anni.“

„Nacht.“

Müde schlüpfte Annika aus den Stiefeln, kuschelte sich in ihren Schlafsack und schloss die Augen. Das diffuse Dämmerlicht verhinderte, dass ihre Mitbewohnerin das entspannte Lächeln sah, das um ihre Mundwinkel spielte. Gute Nacht, süße kleine Sophia. Dumme kleine Sophia. Tote kleine Sophia ...

Annika wachte noch einmal kurz auf, als ein tiefes Dröhnen, gefolgt vom Zischen mächtiger Druckluftbremsen die samtschwarze Nacht durchdrang. Sie tappte zum Zelteingang und spähte hinaus. Ein chromblitzender amerikanischer Truck rangierte unter den lautstarken Rufen der Helfer in einiger Entfernung der Zeltreihen. Er zog ein schneeweißes Wohnmobil mit zwei Klimaanlagen auf dem Dach und ausfahrbaren Räumen, ein sogenannter Slider, wie ihn auch manche Schausteller nutzten. Aus einem geländegängigen Van stiegen vier Mann mit breitkrempigen Cowboyhüten und begannen, Sichtblenden rund um das Mobil aufzubauen.

Katy kam um kurz vor zehn. Ein fernes Pochen am Himmel, ein rasch größer werdender dunkler Punkt, der sich in einen weißen Helikopter verwandelte, der mit singender Turbine, eine riesige rote Staubwolke aufwirbelnd, unmittelbar hinter dem monströsen Wohntruck landete.

Erst als sich auch der letzte Staub wieder gelegt hatte, ging die Schiebetür auf. Ein kleiner fetter Kerl in einem idiotischen weißen Dandy-Anzug sprang heraus wie ein übergewichtiger Basset. Ihm folgte ein braungebrannter Athlet mit einer roten Baseballmütze. Ein rot-weiß gestreiftes T-Shirt umspannte einen mächtigen Brustkorb, ausgebleichte Jeans betonten die schmalen Hüften und die verspiegelte Sonnenbrille sandte blitzende Reflexe zu den wenigen Zuschauern.

„Das ist Charles Kessler“, erklärte Theo, „Schweinchen Dick daneben ist Simon Bufort Henstridge. Katys Anwalt und Charles’ Lebensgefährte.“ Theo weidete sich an den ungläubigen Gesichtern der Umstehenden.

Kessler ließ sich zwei schimmernde Aluminiumkoffer reichen und ging zielstrebig zu der wartenden Gruppe. Henstridge reichte Katy Rowland die Hand und mit geschmeidigen Bewegungen verließ der Star den Helikopter. Es war ein seltsamer Anblick, wie der kleine Anwalt den Kopf einzog und die zwei Köpfe größere Frau mit hocherhobenem Haupt unter den noch langsam kreisenden Rotorblättern hindurch schritt. Sie trug weite sandfarbene

Hosen, eine ebensolche Bluse und ein weißes Kopftuch zu einer überdimensionalen Sonnenbrille. Eine moderne Grace Kelly.

„Schaut sie euch an, da wollt ihr hin, meine Damen", murmelte Theo. Annika nickte unmerklich und Sophia drehte sich mit einem leisen Schnauben um.

Das Shooting war ernüchternd. Kessler und die Rowland arbeiteten in mehreren hundert Metern Entfernung, während Al und ein weiterer Fotograf von GEtTO Annika und Sophia im Sand herumscheuchten, auf Felsen klettern ließen und vor den verfallenen Mauern der ehemaligen Kaserne ablichteten.

Abends saß man gemeinsam um die große Feuerstelle im windgeschützten Innenhof der Ruine. Al erzählte von seinen Erlebnissen als Kriegsfotograf im nahen Osten und seiner zweimaligen Teilnahme an der Rallye Paris-Dakkar, wobei er seine Augen nicht von Annika ließ.

Sie hatte bereits während der Fotoaufnahmen sein Interesse bemerkt und baute den hageren Fotografen geschickt in ihren Plan ein. Ein Mann, der die Wüste wie seine Gürteltasche kannte. Der unabhängig war und der, nun ja, auf eine verdammt attraktive Art hässlich war. Gut zu gebrauchen, so einer. Flexibel einsetzbar, hilfreich und nützlich, sollte sie einmal hier in diesem Sandkasten ein Alibi benötigen.

Das Team würde noch drei Tage hier verbringen. Morgen träfen neue Klamotten aus Mailand ein und Tolga wollte auf einen Sprung vorbeischauen. Dann gäbe es wohl auch eine Gelegenheit, die legendäre Katy Rowland etwas näher zu beschnuppern.

„Kennst du die Wüste bei Nacht?“, baggerte Al und rückte etwas näher zu Annika.

„Saukalt.“

„Saukalt, samtblau und zum Sterben schön.“ Sterben. Genau. Der Mann war ein lebendes Orakel.

Annika ließ sich gegen seine Schulter sinken und starrte sinnend ins Feuer. „Zeig mir deine Wüste.“

„Jetzt gleich?“

„Ja.“

Das sonore Wummern des großen Zweizylinders wurde rasch leiser, als die schwere Maschine in Richtung Norden das Lager verließ. Annika schmiegte sich eng an den Fahrer. Al hatte ihr eine viel zu große Lederjacke gegeben. Die Hitze des Boxermotors wärmte ihr angenehm die Knöchel. Erst als auch der letzte Lichtschein am Horizont versunken war, stoppte Al das Motorrad auf dem Kamm einer gewaltigen Düne. Am Himmel stand eine schmale Mondsichel und die Sterne sahen aus wie dicke Stahlnieten. Annika fröstelte und Al legte den Arm um ihre Taille.

„Lass uns ein paar Aufnahmen machen.“

„Ich habe keine Klamotten dabei.“

„Eben ...“

„Es ist kalt.“

„Ich wärme dich.“ Sein Atem roch leicht nach Knoblauch, seine Bartstoppeln kratzten und seine Augen blitzten mit den merkwürdig greifbaren Sternen um die Wette.

Als sie nach kurzem, rauschhaften Wälzen, Umklammern, Stöhnen und ineinander Kriechen entspannt auf dem Rücken lagen, erhob sich Al, tappte zur Maschine und kramte in einer der großen Aluminiumboxen am Heck des

Motorrads. Er kam mit einer Kamera in der Hand zurück. Annika machte eine abwehrende Handbewegung, aber der Fotograf nahm ihre Hände, küsste sie und schaute ihr tief in die Augen.

„Es verfliegt so schnell", flüsterte er, „Ich will den Augenblick nutzen."

„Was verfliegt?"

„Die überirdische Schönheit deines Gesichts unmittelbar danach. Verstehe mich nicht falsch. Du bist immer schön. Mehr als andere. Mehr als Sophia, die viel Arbeit in die Ähnlichkeit stecken muss, aber ich will diesen Augenblick. Ich jage ihn, seit ich Menschen fotografiere."

„Ach deshalb hast du mich hier raus geschleppt." Annika spielte die Beleidigte, genoss aber insgeheim die Anspielung auf Sophia.

Al zückte die Kamera. „Wenn wir zu lange warten, müssen wir noch mal ..."

Annika spürte die Kälte kaum. Der Wind trocknete den Schweiß ihrer kurzen Ekstase, ihr Herz klopfte und sie folgte den halblauten Anweisungen des Fotografen. Sie tanzte im blausilbernen Glanz der Wüstennacht wie eine Elfe aus einem Fantasy-Roman. Der Motor der Kamera sirrte, der Verschluss klickte, bis sie schließlich beide erschöpft im Sand saßen.

„GEtTO wird nicht viel dafür zahlen", sagte sie lächelnd, „Das Kleid hat jeder im Schrank."

„Aber nur die wenigsten können es tragen."

„Was machst du mit den Bildern?"

„Ich übergebe sie einem Anwalt und wenn du später ein Weltstar bist, erpresse ich dich damit und werde stinkreich."

„Dann töte ich dich. Ich bin Skorpion."

„Tatsächlich? Hast du Angst vor ihnen? Den echten, den Krabblern, meine ich?"

„Hast du Angst vor mir?" Sie verschloss seine Lippen mit ihrem Mund, ihre Zungen neckten, kämpften, rangen miteinander.

Als sie zum zweiten Mal in dieser Nacht heftig atmend nebeneinander im Sand lagen, ergriff Al als Erster das Wort.

„Willst du sie tanzen sehen?"

„Wen?"

„Die blauen Skorpione. Sie führen Paarungstänze auf. Vielleicht haben wir Glück. Ich weiß, wo man sie findet."

Sie fuhren auf ein steiniges Plateau ganz in der Nähe. Al stellte die Maschine mit eingeschaltetem Scheinwerfer ab und schwenkte den Lenker. Nachdem er die Position der BMW mehrmals verändert hatte, winkte er Annika zu sich.

„Dort sind zwei. Entweder sie jagen sich oder es ist ein Paar. Das Licht hat sie erschreckt. Siehst du sie?" Annika schüttelte den Kopf. Al schaltete die schwere Taschenlampe ein, die an seinem Gürtel hing und leuchtete unter einen überhängenden Felsen, etwa zehn Meter von ihnen entfernt. Etwas wuselte undeutlich aus dem Lichtkegel. Es sah aus wie eine zu groß geratene Kellerassel. Dann erkannte Annika die mächtigen Scheren und den steil aufgerichteten, gegliederten Schwanz. Fasziniert beobachtete sie ein zweites Exemplar, welches sich dem ersten näherte. Die Tiere bewegten sich erstaunlich flink und begannen sich zu umkreisen. Eines der Tiere begann zu zucken und wenig später hielten sich die Skorpione an den Scheren wie zwei Schulkinder an den Händen und begannen tatsächlich eine

Art Tanz aufzuführen. Ein eindrucksvolles, völlig fremdes und bizarres Schauspiel.

„Keine Angst, die sind jetzt mit sich selbst beschäftigt.“ Al versuchte Annika zu beruhigen, doch das aufgeregte Beben ihrer Nasenflügel hatte andere Ursachen. Annika hatte noch niemals Angst vor irgendwelchen Viechern gehabt. Als kleines Kind hatte sie jedem heimatlosen Tausendfüßler, jeder verwitweten Weinbergschnecke und jedem kriegsversehrten Maikäfer bereitwillig Asyl in ihren Hosentaschen und ihrem Mädchenzimmer gewährt, bis es ihrer Mutter zu bunt wurde und sie die Auffanglager kurzerhand die Toilette hinunterspülte. Annika beobachtete gebannt das Verhalten der Skorpione.

„Normalerweise trennen sie sich wieder sang und klanglos voneinander, wenn es vorüber ist, aber manchmal zieht sich die Lady ihren Lover auch hinterher zum Frühstück rein.“, erklärte Al und Annika lächelte.

„Gibt es hier eigentlich viele Skorpione?“

„Relativ gesehen schon. Sie sind allerdings nachtaktiv. Am Tag kriegst du sie kaum zu sehen. Bleib aber von den Ruinen der Kaserne weg. In den Mauerritzen und rund um den vergifteten Brunnen habe ich schon ein paar von den Kameraden gesehen. Gehst zwar nicht kaputt, wenn dich einer sticht, aber hässliche Beulen gibt’s und weh tut’s wie die Hölle.“

„Lass uns fahren, ja?“ Annika hatte es plötzlich eilig wieder zurückzukehren.

„Noch ein Tänzchen, kleine Skorpionin?“

„Heute nicht. Ein andermal vielleicht!“ Kichernd rannte sie zu der wartenden Maschine.

Sophia lag zusammengekauert in ihrem Schlafsack, das Moskitonetz sorgfältig rundherum festgesteckt. Bestimmt hatte sie es zehnmal überprüft, bevor sie eingeschlafen war, die hysterische Tussi.

Am nächsten Abend verabschiedete Annika sich als eine der Ersten von der Runde am Lagerfeuer. Sie sei müde und das geschmuggelte Bier sei ihr wohl auf den Magen geschlagen. Sie verschwand zwischen den Zelten und suchte die Latrine auf, die sich in einiger Entfernung zum Lager befand. Das Glas mit dem Schraubdeckel war noch am Platz. Sie hatte es nach dem Mittagessen unbemerkt eingesteckt. Vom Feuer her erklangen Gitarrenklänge und Carlos' schmachtende Tenorstimme erklang. Die Rowland war längst fort, das Wohnmobil am frühen Abend wieder gestartet.

Die starken Scheinwerfer im Lager hatten auch einen Vorteil: Wo sie nicht hinreichten, herrschte rabenschwarzer Schlagschatten. Annika schlich vorsichtig, um die Wachen nicht auf sich aufmerksam zu machen, in einem großen Bogen auf die andere Seite des Lagers. Nach zehn Minuten erreichte sie den Brunnen. Sie ging in die Hocke und lauerte. Kindheitserinnerungen kamen wieder hoch. Stundenlang hatte sie als Siebenjährige vor einem Kaninchenbau sitzen können. Sie war eine geduldige Jägerin. Doch die Skorpione dachten überhaupt nicht daran, ihr zu Ehren einen Ballettabend zu veranstalten. Nachdem ihr zum dritten Mal die Beine eingeschlafen waren, suchte sich Annika einen dürren Ast und begann flache Steine umzudrehen. Einmal stockte ihr der Atem, als sie eine dünne, gelbe Schlange aufscheuchte, die sich träge in der kühlen Steifheit wand. Dann lachte ihr das Glück des Waidmanns. Ein etwa zehn Zentimeter großer Skorpion richtete drohend seinen stachelbewehrten Schwanz gegen das Stöckchen.

„Folge mir unauffällig“, zischte Annika und stülpte das Glas über das Spinnentier. Mit einer geschickten Bewegung kippte sie es nach hinten und schloss den Deckel. Lautlos huschte sie zurück ins Zelt, drapierte das Glas in ihrem Schlafsack und zog sich aus. Eine halbe Stunde später erschien Sophia, beträchtlich angeschickert, und machte Bemerkungen über Annikas gestrigen Ausflug mit Al.

„Isser gut?“

„Der Beste.“

„Hat er mit dir ...?“

„Wir waren tanzen.“

„Tanzen?“ Sophia glotzte wie ein Mondfisch. Plötzlich breitete sie die Arme aus und begann sich zu drehen.

„Tanzen! Sie waren tanzen, die Zwei!“ Sie lachte rau, verlor die Balance, wollte sich irgendwo festhalten und riss das Moskitonetz herunter. Krachend landete sie auf dem Feldbett, stieß sich den Beckenknochen und fluchte gotteslästerlich. Wie eine Fliege in einem Spinnennetz zappelte sie unter der weißen Gaze.

„Los, Tanzmaus, hilf mir raus! Verdammte Kacke, du sollst mir helfen, sag ich!“

Annika befreite Sophia und half ihr noch, den Insektenschutz wieder anzubringen. Sie packte ihre betrunkene

Kollegin sogar noch in den Schlafsack und steckte das Netz sorgfältig fest, damit der armen Sophia ja nichts Böses widerfahren sollte. Annika war wie eine Mutter zu ihr. Sophia bedankte sich mit einem unwirschen Brummen und begann fast augenblicklich zu schnarchen wie ein Holzfäller.

Annika wartete eine Stunde. Das Leben im Lager schlief ein. Theo und Carlo lallten schwerzüngig zu ihrem Zelt, eine Flasche kollerte gegen einen der Zeltpfosten und irgendwo furzte einer. Fast wie früher im Landschulheim, dachte Annika und tastete nach dem Marmeladenglas. Bloß, dass die Streiche damals meist harmloser waren ...

Die alte Minox war genial. Der Mann kauerte an der Rückseite des Zeltes und hielt die winzige Kamera an das Gazenetz der Luftklappe. Der fast lautlose Verschluss der Minikamera hatte ganz beträchtlich zu ihrer Karriere als Agentenwerkzeug beigetragen. Die Bilder, die der Mann in den nächsten Minuten schoss, waren nicht für irgendwelche Modemagazine bestimmt. Sie waren ein Andenken. Nur für ihn. Eine Versicherung sozusagen. Für schlechte Zeiten ...

Was für eine Frau. Was für ein Biest. Damit meinte er jedoch nicht den schwarzblauen Skorpion ...

Er lächelte dünn, steckte die Kamera ein und schlich zurück zum Feuer.

„Wo kommst du denn jetzt noch her?“ Al hockte vor dem erloschenen Feuer und stocherte mit einem Ast in der Glut.

„Kann nicht schlafen. Sophia schnarcht.“

„Ich schnarche auch.“

„Du schläfst aber nicht.“

In der Dunkelheit schimmerten ihre Augen wie schwarze Bergseen.

„Lust auf ein kleines Tänzchen?“ Al klimperte mit den Motorradschlüsseln. Mit einer blitzschnellen Bewegung griff Annika danach und grinste den langen Fotografen an.

„Wenn du morgen eine Serie nur für mich machst.“

„Ich habe einen Vertrag. Ich bin hier nur ein Angestellter.“

„Dann gute Nacht.“ Die Schlüssel landeten im Sand.

„Okay, okay, okay, sei nicht gleich beleidigt!“ Al war aufgesprungen und hielt Annika fest. „Wenn wir morgen Mittag fertig sind, mache ich mit dir’n Mini-Shooting drüben bei den alten Lastern. So richtig was aus’m wilden Westen, einverstanden? Zerfetzte Tops, offenes Haar, verruchte Blicke und alte Jeans.“

„Nur für mich?“

„Nur für uns, ich will ja auch leben.“

„Ich fahre!“ Annika marschierte auf die schwere BMW zu, schwang sich auf die Sitzbank und klappte den Seitenständer hoch. Al packte den breiten Lenker und drehte den Schlüssel wieder um.

„Bist du so was schon mal gefahren?“

„Nö, is was für Opas. Ich hatte mal ne Kawa. 750er. Zweitakter.“

„Scheiße!“

„Korrekt, und jetzt lass los und schwing deinen Arsch hinten drauf.“

Bullernd erwachte der große Zweizylinder zum Leben. Das Getriebe krachte protestierend, als Annika den ersten Gang einlegte, und unter den Stollen des Hinterrads stob eine Sandfontäne hervor.

„Scheiße!“ Al umklammerte Annikas schmale Taille und fühlte sich genauso. Nach wenigen Minuten hatte Annika ein Gefühl für die Maschine und steuerte sie sicher durch die blaue Wüstennacht. Al brüllte ihr Anweisungen zu und sie folgten einem Wadi, einem ausgetrockneten Flussbett, etwa eine halbe Stunde lang.

„Hier raus!“, rief Al und mit einem beherzten Gasstoß trieb Annika die BMW den Uferhang hinauf. Nach weiteren zehn Minuten erreichten sie eine jener Gegenden, von der die meisten Menschen glauben, die ganze Sahara sehe so aus, obwohl der Anteil reiner Sandwüste mit den elegant geschwungenen Dünen nur einen Bruchteil ausmacht.

„Nicht übel für ne Gummikuh!“ Annika tätschelte den unförmigen Tank der GS. Der Motor knackte und knisterte. Sie standen in einer Senke zwischen zwei gewaltigen Dünenkämmen. Die gewellten Ränder der Dünen waren das Ende der Welt. Ein riesiges natürliches Amphitheater, geformt von Sand und Wind. Hier unten hielt sich noch ein letzter Rest der Tageshitze.

„Komm ...“, Annika zog Al hinter sich her. Ihre Körper glühten, als sie eng umschlungen in den weichen Sand fielen.

Der Skorpion spürte Wärme. Instinktiv bewegte er sich darauf zu, verharrte, als Bewegung in seinem Umfeld entstand. Etwas streifte seinen gepanzerten Körper. Drohend richtete er den Schwanz auf. Nichts geschah. Wärme. Unmittelbar in seiner Nähe. Wärme und Dunkelheit. Schutz. Er huschte unter das leichte Leintuch. Seine Sinne führten ihn entlang des entspannt ausgestreckten menschlichen Armes bis hinauf in die Achselhöhle. Salz. Dunkelheit. Angenehm ...

„Warte!“ Al löste sich von Annika und ging zurück zu seinem Motorrad. Aus einer der Gepäckboxen holte er eine zusammengerollte Decke.

„Beim letzten Mal hatte ich noch Tage später Sand im Getriebe.“

„Hey, du hast das geplant!“ Annika tat entrüstet.

„Du wolltest doch unbedingt Motorradfahren. Die Decke habe ich immer dabei. Gehört zur Ausrüstung. Hier draußen muss man mit allem rechnen.“

„Mit allem, ja?“

„Mit allem ...“ Seine Lippen verschlossen ihren Mund, seine rauen Hände krochen unter ihr T-Shirt, schoben es bis unter ihren Hals hinauf, fanden ihre harten Brustwarzen, umkreisten sie zärtlich, wanderten tiefer. Sie spürte seinen heißen Mund auf ihren Brüsten, fühlte das Saugen und Züngeln, während seine linke Hand mit dem Knopf ihrer Jeans kämpfte.

Etwas bewegte sich an ihrem Körper ... Etwas Hartes, Kleines ... Sophia erwachte mit wild klopfendem Herzen. Eine Gänsehaut überlief sie. Sämtliche Härchen an ihren Armen stellten sich auf. Ein Traum. Einbildung. Eine Falte des Betttuches, ein Sandkorn, was auch immer.

Da! Ganz deutlich registrierte sie das Kratzen in ihrer Achsel. Das Tasten, Sondieren, Krabbeln ... Ein eiserner Ring legte sich um ihre Kehle, zog sich langsam und unerbittlich immer weiter zu. Sie wollte schreien. Ihr Entsetzen und ihre Panik durch das ganze Lager kreischen, doch dazu brauchte sie zunächst einmal Luft. Luft, die nicht durch ihre abgeschnürte Kehle konnte, Luft, die sie doch so dringend brauchte. Zum Leben, zum Schreien! Ihre Arme und Beine zuckten unkontrolliert. Das Krabbeln hörte auf. Der rasende, wie flüssiges Feuer wütende Schmerz, ließ sie kurzzeitig das Bewusstsein verlieren.

Annika holte tief Luft, Schauer wellten durch ihren Körper. Sie half Al beim Abstreifen der engen Jeans, roch den Duft ihrer Erregung und schlang ihre Beine um sein Becken. Ihre Münder fanden sich, ihre Lippen troffen und ihre Zungen streichelten, drängten, drückten und stießen sich im immer stärker werdenden Rausch der Hormone.

Endlich gelang es auch Al seine Hose zu öffnen. Annika umfasste Als Becken, zog ihn weiter nach oben zwischen ihre Brüste.

Luft! Schmerz! In Sophias Brust galoppierte eine Herde durchgehender Pferde. Sie merkte nicht mehr, wie sie aus dem Bett stürzte, wie das leichte Alugestell zusammen mit ihr umfiel, merkte nicht mehr, wie sie sich auf dem Boden wand, spürte nicht, wie der Panzer des Skorpions unter ihrem Rücken zerbarst. Rote Nebel waberten vor ihren Augen, ihre Kehle schien ein unförmiger, knotiger Wulst aus Hartgummi zu sein, ihre Fingernägel rissen tiefe Wunden in ihren Hals. Luft! Ihr Mund öffnete und schloss sich in dem hilflosen Versuch, lebenswichtigen Sauerstoff einzusaugen. Ihre Lungen zerbarsten in einer Explosion aus Schmerz, roter Schaum quoll aus Nase und Mund, die Augäpfel rollten nach hinten, die Schließmuskeln entspannten sich als letzte Reaktion auf das erlöschende Gehirn. Die linke Hand zitterte noch einige Sekunden, bevor auch das letzte Quäntchen elektrischer Energie aus den Nervenbahnen verschwand. Sophia war tot. Ihr ehemals schönes, feingeschnittenes Gesicht eine abstoßende Fratze, ihr Körper beschmutzt und verrenkt auf dem staubigen Boden eines alten Armeezeltes irgendwo in Nordafrika.

Annika spürte Al tief in sich, Schauer liefen durch ihren Körper. Längst war die Decke voller Sand, ihre schweißnassen Körper paniert. Sie hob ihm ihr Becken entgegen, spürte seinen pochenden Orgasmus und ließ sich ebenfalls in die heiße, feuchte Entspannung gleiten.

Während der ganzen Zeit hatte sie die Augen fest geschlossen, hatte ihrem Geist die Freiheit gegeben und den Tanz der Skorpione gesehen. Als die Muskulatur ihres Beckenbodens den Höhepunkt erahnen ließ, sah sie Sophias verdrehten Körper so deutlich vor sich, als betrachte sie ein Foto. Ein kehliger Laut drang aus ihrem Mund, als die Erregung über ihr brach wie eine Brandungswelle.

Lange Minuten lagen sie übereinander gesunken auf der kratzigen Decke, spürten ihre langsam wieder ruhiger werdenden Herzschläge, den kühlen Nachtwind auf ihren erhitzten Körpern, rochen die schweren Düfte der Liebe.

Seufzend wälzte Annika sich von Al herunter, legte sich auf den Rücken und streckte fordernd die Arme aus. „Komm!“

Al brachte sich in Position. Im Mondschein sah er ihr Gesicht. Das verklebte, wirre Haar, voller Sand. Die glänzenden Augen, groß wie nie, der leicht geöffnete Mund. Es wurde ein leiser, langsamer Akt voller Hingabe. Fern von jeder Ekstase, ein einziges hochsensibles ineinander Versinken, einander Anschauen, Eintauchen in die Seele des Partners.

Der Morgen kündigte sich bereits durch einen violetten Streifen am östlichen Horizont an, als der Motor der BMW wieder ansprang. Diesmal fuhr Al. Annika hockte zusammengesunken hinter ihm, den Kopf an seinen Rücken gelegt, die Arme um seine Taille geschlungen.

Ein tief fliegender Hubschrauber dröhnte über ihre Köpfe. Er flog wohl auch in Richtung Lager.

„Was will der denn um diese Zeit hier draußen?“, brüllte Al gegen den Fahrtwind und das Dröhnen des Boxers.

Annika antwortete nicht. In ihrem Kopf formte sich das Bild eines verkrümmten Frauenkörpers. Lächelnd schloss sie wieder ihre Augen.

In den Staub. Ich habe sie in den Staub getreten ...

Gencer und Tolga Akbulut bedauerten Sophias Tod zutiefst, sprachen von einem großen Unglück und legten persönlich einen schreiend bunten und obszön riesigen Kranz am Grab der jungen Frau in Lüneburg nieder. Die dunklen Anzüge waren Bestandteil der jüngsten „Extress“ genannten Linie aus dem Hause GEtTO. Im Sucherfeld einer ganzen Batterie von Teleobjektiven und Kameralinsen kondolierten die ernst blickenden jungen Männer den Angehörigen, bevor sie ihre Gesichter wieder hinter Sonnenbrillen verbargen und abgeschirmt von bulligen Leibwächtern hinter den schwarzen Scheiben eines gepanzerten Mercedes verschwanden.

Noch im Auto klappten sie ihre Laptops auf und riefen die aktuellen Zahlen aus der Zentrale ab. Champagner verklebte die edlen Ledersitze, als der Wagen über eine Bodenschwelle an der Friedhofsausfahrt wippte.

Der bizarre Tod von Josepha „Sophia“ Pawlitschko, katapultierte das anfangs oft als Gossenlabel bespöttelte Unternehmen endgültig in den Olymp der internationalen Coutouriers. Die Boulevardpresse überschlug sich, dank großzügiger „Spenden“, die Yellow-Press erhielt reihenweise geheime „Insiderinformationen“ und die Korrespondenten der Hochglanzmagazine warteten geduldig im Vorzimmer der Mailänder Zentrale.

Im fernen Osten liefen die Nähmaschinen rund um die Uhr, versiegelte Überseecontainer umrundeten die halbe Welt und die Agenten von GEtTO kauften tonnenweise Stoffe, um den Hunger der Welt nach der „Twin-Line“ genannten Serie zu stillen.

Die Agentur Barroso-Tricordo in Bologna montierte aus den Tausenden von Fotos aus der marokkanischen Wüste immer wieder neue „Zwillingsbilder“, so dass schließlich Material für eine ganzjährige Kampagne dabei herauskam.

Annika Schmidt erhielt einen Exklusivvertrag in einer Höhe, die selbst italienischen Politikern die Tränen in die Augen treiben würde und den guten Rat, sich einen griffigen, international klingenden Künstlernamen zuzulegen.

Weinend und mit tiefstem Respekt vor ihrer auf solch schreckliche Weise ums Leben gekommene Kollegin und Freundin, unterschrieb sie den Vertrag mit ihrem neuen Namen: Anna-Sophia Smith.

Es war ein eher unterbelichtetes marktschreierisches Käseblatt aus der niedersächsischen Provinz, das herausfand, dass der aufgehende Stern am Modehimmel am 22.10.1959 geboren worden war. Im Zeichen des Skorpions.

„Die Skorpionin“ betitelte der Klatschkolumnist Meinrad Lechterbacher eine von vorne bis hinten erfundene, aber durchaus fesselnd erzählte Biografie der Anna-Sophia Smith, dem Mädchen aus der grauen Industriestadt, das durch den Stich eines Skorpions zum weltweit gefragtesten Model wurde.

GEtTO erwog eine Unterlassungsklage anzustrengen, entschied sich dann jedoch im Verlauf einer turbulenten Sitzung dafür, den Namen „Die Skorpionin“ als Markenzeichen weltweit schützen zu lassen. Einer der GEtTO-Anwälte kaufte dem Fallingbosteler Society-Report sämtliche Rechte der Fabel-Biografie für lächerliche fünfundachtzigtausend Mark ab und eine Werbeagentur in Los Angeles erhielt den Auftrag, eine globale Werbestrategie für GEtTOs neuesten Star zu entwickeln.

2006

Er war fort. Sie hatte die Geräusche genauestens verfolgt. Seine Schritte in den klobigen Arbeitsstiefeln, das federnde Tapsen großer Hundetatzen, das Reiben und Schleifen von Riegeln und das Rasseln von Schlüsseln. Dann, weiter weg, der hohle Klang, als er über den Steg an Land ging. Ein kurzes Kommando an den Hund, das Öffnen und Schließen der Heckklappe des alten Kombis, das Zuschlagen der Fahrertür und das vom Quietschen eines maroden Keilriemens begleitete Anfahren.

Stille. Dunkelheit. Ihr eigenes Atmen übertönte das leise Glucksen des Flusses. Sie lag stocksteif auf dem Bett. Ihr Unterleib brannte wie Feuer. Der ledrige Geruch seines Spermas mischte sich mit dem ranzigen Schweißaroma und den Ausdünstungen übermäßigen Alkoholkonsums. Sie betastete ihre linke Brust. Der blutige Riss, gerade erst frisch verschorft, war unter seinen hornig-rauen, groben Händen mit den schwarz geränderten Fingernägeln wieder aufgebrochen. Sie fühlte feuchtes Blut, roch den typischen Kupfergeruch.

Wimmernd vor Schmerzen versuchte sie sich aufzurichten, scheiterte einige Male, bis sie es schließlich fertig brachte, ihre Beine über die Bettkante zu lavieren. Erschöpft sank sie zusammen. Voller Ekel schob sie das durchnässte Laken von sich, erhob sich schwankend und schleppte sich zum Waschbecken. Das gnadenlose weiße Licht einer vergitterten Industrie-Neonlampe erleuchtete ihr Gefängnis. Der Schalter dazu befand sich auf der anderen Seite der Tür. Unerreichbar. Ihr Peiniger bestimmte damit über Nacht und Tag in ihrer winzigen schmutzigen

Welt. Sie wagte nicht, an sich herabzuschauen. Etwas floss aus ihr heraus. Die Wunde an ihrem kleinen Busen pochte. Überwältigt von Schmerz, Abscheu und Hoffnungslosigkeit stützte sie sich auf das schmutzstarrende Waschbecken und ließ ihren Tränen freien Lauf.

Sie würde hier sterben. Sie hatte es in seinen Augen gesehen. Sie war ihm nicht mehr hübsch genug. Nicht mehr jung genug. Heute war ihr 16. Geburtstag. Doch das wusste sie nicht. Ihr Zeitgefühl war bereits vor Wochen verloren gegangen. Sie lebte nur noch im Rhythmus seiner Besuche. Brannte die grelle Neonröhre, so war dies ihr Tag. Voll bangem Warten, voller Demütigungen, voller Schmerzen. War das Licht aus, schlief sie. Dumpf, traumlos, zwischendurch immer wieder von brennendem Schmerz aufschreckend. Er gab ihr oft noch etwas Süßes zu trinken, bevor er ging. Da war etwas drin. Etwas, das sie müde und schwer machte. Sie trank es ohne Widerspruch. Einmal hatte sie es ausgespuckt. Das würde sie nie wieder tun. Die Kissen, die stinkende Decke. Alles war voller Blut gewesen.

„Wasch dich, du Sau!“, hatte er sie angebrüllt und ihr ein nach Schimmel riechendes Handtuch hingeworfen. Auf dem Rand des Waschbeckens stand ein Plastikbecher mit Waschpulver. Der halb blinde Spiegel zeigte ihr glücklicherweise nur ein unscharfes Bild. Das schmale ausgezehrte Gesicht, umrahmt von zottigen dunklen Haaren, die aufgesprungenen Lippen, die verschwollenen Augen. Sie war einmal ein schönes Mädchen gewesen, wunderschön. Feingliedrig, zart, mit ausdrucksvollen glänzenden Augen. Lange her - viel zu lange - Wochen ...

Sie hockte sich über den Eimer, der in der Ecke der winzigen Kabine stand. Der Gestank war fürchterlich. Sie kämpfte gegen das Würgen in ihrer Kehle an, zwang sich mit letzter Willenskraft dazu, sich notdürftig zu säubern und trank mit kleinen Schlucken aus der großen Plastikflasche.

Sie war nackt. Seit er sie in diesen muffigen, nach Teer, Öl und Farbe stinkenden Raum gestoßen hatte. So lange war sie schon hier unten eingesperrt. Nur ein einziges Mal hatte er ihr Kleidung auf den Boden geworfen und „Anziehen!" gebrüllt. Es war tief in der Nacht. Er hatte ihr den Arm auf den Rücken gedreht und sie vor sich her getrieben. Da hatte sie das Schiff, auf dem er lebte, zum ersten Mal gesehen. Als er sie damals hergebracht hatte, befand sie sich in einer Kiste.

Das Schiff war ein alter, stillgelegter Frachtkahn, der am Ufer eines ihr unbekannten Flusses vertäut war. Ein ehemaliger Campingplatz, auf dem zwei verrottete Wohnwagen standen, befand sich direkt neben dem Liegeplatz. Über einen holprigen Feldweg gelangte man zu einer Straße. Er verband ihr die Augen, stieß sie in den hinteren Fußraum des Kombis und legte eine nach Hund riechende Decke auf sie.

„Wenn ich auch nur deine Nasenspitze sehe, haue ich dir die Fresse ein!", schnarrte er mit seiner vom Alkohol rauen Stimme. Sie fuhren etwa eine halbe Stunde, durchquerten dabei auch mehrere Ortschaften, wie sie an den Geräuschen erkennen konnte. Hoffnung glomm in ihr auf wie ein Stückchen Holzkohle in einem verlöschenden Grill. Hoffnung, die sich noch verstärkte, als sie die lächelnde Frau sah, die ihr die Binde abnahm.

Doch es war das Lächeln einer Muräne. Zwei Tage verbrachte sie in dem Haus dieser Frau. Zwei Tage, nach denen sie ihren Peiniger wie einen Retter empfand, als er sie wieder abholte.

Seit damals war sie nicht mehr aus dem stinkenden Verlies im Bugraum des Frachters herausgekommen. Nackt, schmutzig, blutend und täglich auf abartigste und unvorstellbare Weise missbraucht, hatte sie schon oft an Selbstmord gedacht. Hatte es sogar schon versucht. Eine Wasserflasche zerschlagen um sich mit den Scherben die Pulsadern aufzuschneiden. Er gab ihr Plastikflaschen. Die Luft angehalten, bis ihr schwarz vor Augen wurde. Er brach ihr die Nase. Die Finger in die Steckdose gesteckt. Er schnitt ein Verlängerungskabel durch und quälte sie mit elektrischen Schlägen.

Sie ging zu dem runden Fenster, dessen Glas längst entfernt worden war. Dahinter waren massive Bretter befestigt. Von außen. Dicke Bretter. Richtige Bohlen. Sie hatte sich schon öfter die Fäuste blutig getrommelt, wenn er fort war. Hoffend, dass es da draußen jemand hörte, hoffend, dass sie mit ihren dünnen Armen das Hindernis zerstören könnte. Hoffend, dass sie sich aus diesem Bullauge fallen lassen könnte. Hinein in die dunklen, geheimnisvoll glucksenden Fluten dieses Flusses. Sie konnte nicht schwimmen. In der Schule hatte man sie deswegen immer aufgezogen. Aber sie brauchte ja nicht zu schwimmen. Sie wollte nur untergehen. Untergehen und sterben und frei sein ...

Voller Frust schlug sie wieder gegen das dunkle, nach Teer und Öl riechende Holz. Und diesmal geschah das Unerwartete: Eines der Bretter gab leicht nach. Nur ein wenig. Es verschob sich knarrend, kehrte aber nicht in seine vorherige Lage zurück. Völlig verdutzt hieb sie noch einmal darauf. Wieder gab das Holz einen halben Zentimeter nach.

Horst hatte einen schlechten Tag. Erst hatte er seiner Frau beim frühmorgendlichen Frühstückskuss mit seiner Lesebrille fast das linke Auge ausgestochen, dann war ihm unterwegs auch noch der Eimer mit den Würmern umgefallen, die sich daraufhin im Fußraum des neuen Astra tummelten. Die Reinigungsaktion an der Tanke dauerte runde 15 Minuten, was zur Folge hatte, dass „sein" Platz am Neckarufer schon von einem anderen Petrijünger belegt war. So einem Hightech-Penner, der sich ausstaffiert hatte, als ginge es für drei Wochen an den Yukon. Also fuhr Horst Schober die drei Kilometer in Richtung Neckarhäuserhof und besetzte einen weniger vielversprechenden Platz, an dem er aber wenigstens alleine war. Nun saß er schon seit über einer Stunde hier und nichts biss an. Vielleicht schmeckte den Fischen der Geruch des neuen Wagens nicht, den die Mehlwürmer jetzt gewiss an sich hatten.

Als er in einiger Entfernung ein Platschen hörte, schrak er auf. Aber kein silbrig glänzender Fischleib blitzte in der Sonne. Konzentrische Kreise gingen vom Bug des maroden alten Frachters aus, der am gegenüberliegenden Ufer für immer festgemacht hatte. Irgendetwas war von dem Schrotthaufen anscheinend abgefallen. Da, schon wieder! Unmittelbar hinter dem altertümlichen steilen Bug löste sich eine Bohle und klatschte ins Wasser.

Gelangweilt schaute Schober dem Treiben zu. War wohl irgendein Knallkopf am Umbauen da drüben.

Die Langeweile wich ungläubigem Entsetzen, als aus der dunklen Öffnung, welche die abgeworfenen Bohlen freigaben, ein kleiner blasser Körper glitt und schweigend ins Wasser fiel. Der Körper war nackt. Soviel hatte Schober mitbekommen. Nackt und erschreckend dünn. Ausgemergelt. Was den Angler aber am meisten erschreckte, war das Schweigen. Ohne einen Laut, ohne panisches Fuchteln, versank da drüben, gerade mal vierzig oder fünfzig Meter von ihm entfernt, ein Mensch im Wasser. Horst Schober wusste nicht mehr, wie er die schweren Gummistiefel losgeworden war, den regendichten Umhang und den dicken Pullover ausgezogen hatte. Seine Jeans hatte er anbehalten. Keine Zeit. Mit verzweifelter Kraft kraulte er auf den alten Kahn zu, merkte sich genau die Stelle, an welcher der Körper untergegangen war, tauchte ab und tastete in dem trüben, kaum einen Meter Sichtweite aufweisenden Wasser herum. Drei Mal musste er wieder hoch. Drei Mal die brennenden Lungen mit Luft aufpumpen. Dann bekam er etwas zu fassen. Etwas Dünnes, Kaltes. Er hatte keine Ahnung was es war, bis er endlich die Oberfläche wieder erreicht hatte, aber er ließ nicht los. Rote Kreise vor den Augen kämpfte er sich ans Ufer, im Arm den leblosen Körper eines jungen Mädchens. So kalt. So still ...

Landgericht Mannheim, 3.Große Strafkammer.

Ein Raunen ging durch den Gerichtsaal, als das Mädchen, gestützt von ihrer Mutter und einer Krankenschwester, hereingeführt wurde.

„Einspruch!“, der Anwalt des Angeklagten sprang auf, „Mein Mandant hat ein Geständnis abgelegt, die Vernehmung von Frau Beck als Zeugin ist nicht notwendig!“ Der massige Verteidiger schritt mit wehender Robe auf den Richtertisch zu. Rechtsanwalt Stephan Glimm wirkte aufgebracht. Schließlich hatte er seinen Mandanten förmlich genötigt zu gestehen, die 16-jährige Nadja Beck entführt und missbraucht zu haben. Das Geständnis diente einzig und allein dem Zweck, das Opfer von der Verhandlung fernzuhalten. Glimm wusste sehr gut, dass er ganz schlechte Karten hatte, wenn das junge Mädchen, dem man die durchlittenen Qualen noch deutlich ansah, vor der 3. Großen Strafkammer des Mannheimer Landgerichts erschien. Der Prozess war öffentlich. Draußen mussten Polizeikräfte den Verkehr regeln, da ein gutes Dutzend Übertragungswagen Gehsteig und sogar eine Fahrbahn der Bismarckstraße blockierten.

„Abgewiesen!“ Richter Burgner lehnte sich entspannt zurück, „Frau Beck ist auf eigenen Wunsch hier. Außerdem ...“, er musterte Glimm, der jetzt direkt vor ihm stand, „entscheidet das Gericht, was notwendig ist und was nicht. Es ist zum Beispiel nicht nötig, dass Sie jetzt hier stehen,

Herr Anwalt. Bitte setzen Sie sich." Glimm wandte sich so abrupt um, dass sein dunkler Pferdeschwanz flog und rauschte zurück an seinen Platz. Nicht ohne der Staatsanwältin, die ihn schadenfroh anlächelte, einen finsteren Blick über seine Lesebrille zuzuwerfen. Glimm hatte sie im Verdacht, den Auftritt des Opfers eigenhändig inszeniert zu haben. Garantiert hatte Susanne Arkadi die Pressemeute da draußen auf Nadja Becks Eintreffen vorbereitet. Garantiert wurde das Opfer nicht wie üblich durch einen Seiteneingang herein gelotst und garantiert würden die Bilder des hohlwangigen, blassen Mädchens mit den kurzen, struppigen Haaren und den großen, dunkel umschatteten Augen bereits als JPEG-Dateien mit Lichtgeschwindigkeit in alle Welt katapultiert werden.

Glimm ließ ein letztes Mal seine der theatralischen Wirkung wegen innen mit rosa Samt ausgeschlagene Robe aufklaffen, bevor er sich kopfschüttelnd neben den gut aussehenden jungen Mann im dunklen Anzug setzte.

Der Anwalt hegte keinen Groll gegenüber der Staatsanwältin. Im Gegenteil, er schätzte ihren Sinn für beißende Ironie genauso wie ihren etwas bizarren Humor. Sie mussten mal wieder zusammen durch die Musikkneipen Heidelbergs ziehen. Eine schöne Frau, die wusste, dass Dave Brubeck aus Concord/Kalifornien stammte, durfte einfach nicht alleine trinken.

Glimm warf seinem Mandanten einen prüfenden Blick zu, den der mit flackernden Augen erwiderte. Wenigstens hatte er sich beim Rasieren nicht guillotiniert. Überhaupt sah der Mann mit dem vollen dunklen Haar und dem südländisch-attraktiv wirkenden Gesicht absolut nicht so aus wie die bösartige, unmenschliche Bestie, als die ihn die Staatsanwältin hinstellte. Das war Glimms Werk. Er hatte das versoffene, stinkende Wrack, das die Beamten der Polizeistation Sinsheim aus einem zerbeulten Ford zogen, wieder zu einem Menschen gemacht. Einem Menschen, der bedingungslos seiner Choreografie gehorchte. Es war ein Spiel. Eine Art riesiges Monopoly. Stephan Glimm spielte das Spiel mit absoluter Hingabe. „Sein" Angeklagter hatte gefälligst mitzuspielen, so oft wie möglich über Los zu gehen und es tunlichst zu vermeiden, die falschen Karten zu ziehen. „Gehe in das Gefängnis" war an diesem Ort allerdings die meistgezogene Karte.

Die Arkadi war eine Kanaille. Knallte ihm dieses Mädchen vor den Latz. Aber Stephan Glimm würde es trotzdem schaffen. Er wusste auch schon wie. Er war ein Schwein. Er erhob sich.

„Herr Vorsitzender, ich bitte darum, der Zeugin einige Fragen stellen zu dürfen." Richter Burgner nickte und machte eine einladende Handbewegung.

„Fragen Sie, Herr Verteidiger." Glimm nickte knapp, nahm die Lesebrille ab und wandelte mit gesenktem Blick in Richtung des Zeugenstandes. Etwa einen Meter vor dem unsicher umherblickenden Mädchen blieb er stehen. Er schürzte die Lippen, führte einen Bügel der Brille an sein Kinn und schaute Nadja Beck ernst an. Ungeduldiges Scharren und Murmeln aus dem Zuschauerraum kam auf. Der Richter holte Luft.

„Herr Verteidiger ...", eine Handbewegung von Glimm ließ ihn verstummen. Normalerweise war das ein Affront, aber Burgner erteilte dem Anwalt keinen Verweis. Man kannte sich. Inklusive aller möglichen Macken.

„Frau Beck", Glimm sprach leise, fast zärtlich. Die unsteten Augen blieben stehen, Die Blicke trafen sich. „Sie erheben schwere Vorwürfe gegen meinen Mandanten Gernot Marks." Glimm machte eine Pause und registrierte zufrieden, wie das Mädchen sichtlich widerstrebend zur Anklagebank schaute. Sie war noch einen Tick blasser geworden. Ihr Teint erinnerte Glimm an handgezupften Mozzarella aus Domodossola.

„Ist dieser Mann dort", Glimm hob die Stimme und deutete auf Marks, ohne die Augen von dem verhärmten Gesicht des Mädchens zu nehmen, „der Mann, der Sie am 21. Mai 2006 entführte und Sie bis zu ihrer Flucht am 5. Juli in seiner Gewalt hatte?" Nadja Beck schluckte und starrte den Anwalt aus fiebrig glänzenden Augen an.

„Bitte beantworten Sie die Frage, Frau Beck", ermahnte sie der Richter mit sanfter Stimme.

„Ja." Gehaucht, kaum wahrnehmbar.

„Ich kann Sie nicht verstehen! Würden Sie bitte etwas lauter sprechen?", trompetete Glimm und registrierte befriedigt, wie das schmale Mädchen noch weiter in sich zusammensank.

„Einspruch! Der Verteidiger versucht die Zeugin einzuschüchtern!" Virtuelle Messer kamen aus der Richtung, in der die Staatsanwältin saß, geflogen.

„Abgewiesen! Die Zeugin ist auf eigenen Wunsch hier!" Der Richter hatte mit ruhiger Stimme gesprochen, jedoch grollte tief im Hintergrund dunkle Missbilligung. Richter mochten keine Überraschungsgäste. Gustav-Ephraim Burgner machte da keine Ausnahme.

Stephan Glimm hatte sich währenddessen umgedreht, hob beide Arme in die Waagrechte, so dass er aussah wie die Christusstatue auf dem Corcovado. Etwas übergewichtig wohl, aber genauso bereit, allen Schmerz und alles Elend dieser Welt auf sich zu laden. Seine Robe klaffte weit auseinander und unterstrich den Auftritt, den Insider gern in selbstgestricktem Latein als „Vulva Justitiae“ bezeichneten. Glimms Gesichtsausdruck glich dem eines Säuglings, dem man sein Fläschchen vorenthält. Er wandte sich wieder der Zeugin zu. „Ich wiederhole meine Frage noch einmal: Ist das dieser Mann dort?“

Was er da tat, gefiel ihm ganz und gar nicht. Vor ihm saß schließlich das Opfer. Ein Mensch, ein junges Mädchen, gerade erst Frau, wahrscheinlich für den Rest ihres Lebens traumatisiert.

Doch Nadja Beck musste hier weg. So schnell wie möglich. Schlimm genug, dass die Arkadi sie überhaupt angeschleppt hatte.

Stephan Glimm holte zum nächsten Schlag aus: „Frau Beck, beschreiben Sie dem Gericht den letzten Tag vor Ihrer Flucht.“ Das Mädchen starrte ihn an. Glimms Augen bohrten sich in die ihren. Er war tatsächlich ein Schwein. Das war ihm noch nie so klar gewesen wie jetzt. Doch das makabre Monopoly bestrafte Fairness und Rücksicht stets mit Bankrott. Keine Hotels auf Schlossallee und Parkstraße. Gehe in das Gefängnis ... Nadja Beck schwieg.

Glimm lud nach. „Erzählen Sie dem Gericht von den brutalen Praktiken meines Mandanten. Berichten Sie von den

Kabelbindern, mit denen er sie fesselte, von den Vergewaltigungen mehrmals am Tag. Stündlich fast ..."

„Einspruch!"

Zu spät. Nadja Beck schlug die Hände vors Gesicht, ihre Schultern zuckten, sie drohte vom Stuhl zu rutschen. Ihre Mutter drängte den Wachtmeister grob zur Seite und stürzte ihrer Tochter zu Hilfe. Ein Tumult entstand, in dem das „Stattgegeben!" des Richters beinahe unterging.

Mit grimmiger Miene winkte Richter Burgner den Verteidiger zu sich wie einen Schulbuben, den der Rektor beim Rauchen ertappt hatte. Äußerlich resigniert wirkend, innerlich breit grinsend, steckte Glimm die leise aber intensiv vorgebrachte Ermahnung weg. Aus dem Augenwinkel sah er, wie das hemmungslos weinende Mädchen, gestützt auf seine Mutter und die Krankenschwester, hinausgeleitet wurde.

Die Mutter sandte giftige Blicke in Glimms Richtung. Böses Gezische von den Zuschauerbänken, auf denen hauptsächlich Verwandte des Opfers, akkreditierte Journalisten und an den Ermittlungen beteiligte Personen saßen.

Gernot Marks wirkte wie erstarrt. Mit einer Mischung aus Angst, Wut und Verständnislosigkeit schaute er seinem Anwalt entgegen, als der vom Richtertisch zurückkam. Die Staatsanwältin sah aus, als wollte sie gleich auf den massigen Mann losgehen. Zumindest heute würde er die Anklagevertreterin besser nicht zu einem Drink einladen.

Glimm nahm Platz und tat Marks erregtes Geflüster mit unwirscher Handbewegung ab. Geschickt verbarg er seinen innerlichen Triumph hinter betont finsterer Miene, als die Arkadi bereitwillig in die Falle tappte: Sie nahm den Köder auf und schlug in die gleiche Kerbe wie Stephan Glimm. Auch sie sprach von Kabelbindern und abscheulichen Praktiken. Da das Opfer nicht mehr anwesend war, zitierte sie noch fleißig aus Marks Vernehmungsprotokollen. Kälberstricke kamen darin vor, Handschellen, Augenbinden, Rasiermesser, Wäscheklammern und das komplette Arsenal einschlägiger Sexshops.

Glimm tat gelangweilt. Innerlich frohlockte er. Vielleicht war ja doch noch was zu retten. Zunächst brauchte er eine Vertagung. Morgen würde das Abbild des bedauernswerten Mädchens nicht mehr gar so intensiv in den Hirnen der Prozessbeteiligten leuchten. Er beugte sich zu seinem Mandanten und gab ihm eine kurze Anweisung.

Als der Richter den Verteidiger um sein Plädoyer bat, sprang Marks auf und begann mit tränenerstickter Stimme zu stammeln: „Es tut mir leid! Es tut mir ja so leid! Ja, ich habe das alles getan. Ich habe mich schuldig bekannt. Ich bin schuldig! Schuldig! Schuldig!“ Noch bevor die beiden Wachtmeister bei ihm waren, wand sich Marks schluchzend auf dem Boden. Als die Männer ihn mit großer Mühe wieder auf den Stuhl gezwungen hatten, begann er zu hyperventilieren, bis er mit blau angelaufenem Gesicht das Bewusstsein verlor.

„Einen Arzt! Schnell, einen Arzt!“, rief jemand und ein Mann bahnte sich einen Weg durch die aufgeregte Menge.

Glimm trat zum Richtertisch und sagte mit ruhiger Stimme: „Die Verteidigung beantragt eine Unterbrechung von mindestens zwölf Stunden. Mein Mandant ist im Augenblick nicht in der Lage, dem Prozess zu folgen.“ Der Richter schloss den Ordner, den er vor sich liegen hatte, nickte und schloss die Sitzung.

Der nächste Tag.

Nichts erinnerte in dem schmucklosen Gerichtssaal an die turbulenten Szenen des vergangenen Tages. Es herrschte eine professionell kühle Atmosphäre. Die Wachtmeister standen an ihren Positionen und bemühten sich, wie Marines auszusehen, die den Präsidenten der USA bewachten. Glimm wirkte entspannt. Sein Mandant, frisch rasiert und augenscheinlich bester Kunde des Knastfriseurs, hatte sich wieder in seine Schwiegersohnrolle hineingefunden.

Die Staatsanwältin trug ein enges Kostüm, dass Glimm noch nie an ihr gesehen hatte. Es war, bis auf den Ausschnitt, der bis zum Leberfleck auf der rechten Brust reichte, sehr seriös. Der Ausschnitt sollte wohl ein Friedensangebot an Glimm darstellen. Er glaubte sogar ein hauchzartes Lächeln erkannt zu haben, als er ihr ein anerkennendes Grinsen hinüberschickte.

Schade, denn wenn alles so lief wie Glimm sich das vorstellte, würde sie seinen Namen heute Abend ganz oben auf ihre persönliche MHP-Liste setzen, der „Most-Hated-Persons“.

Glimms Plan war einfach. Die Darstellung seines Mandanten am gestrigen Verhandlungstag als hemmungsloser triebgesteuerter Perversling gehörte dazu. Genauso wie sein gespielter Zusammenbruch inklusive dem albernen „Schuldig, schuldig, schuldig“ Gestammel.

Stephan Glimm, der in fröhlicher Runde gerne mit dem Spruch „Je schlimmer, desto Glimmer“ aufwartete, plädierte tatsächlich auf schuldig. Aufgrund der erdrückenden Beweislast blieb ihm gar nichts anderes übrig, als die Täterschaft seines Mandanten einzuräumen. Glimm war es auch gewesen, der Marks zu dessen umfassendem Geständnis geraten hatte. Dass Marks die 16-jährige Nadja entführt und wie eine Sklavin gehalten hatte, war so sicher wie das Prosit in einer Kneipe. Glimm hatte jetzt lediglich dafür Sorge zu tragen, dass Marks, die „Bestie vom Fluss“, wie ihn die Boulevardpresse gerne nannte, eine gute Bestie wurde. So was ähnliches wie ein Pitbull-Terrier, der von seinem Herrchen als kinderlieb und verschmust gepriesen wurde.

Marks würde einfahren. Sein Verteidiger hatte nun die Aufgabe, das Strafmaß so weit wie möglich nach unten zu drücken. Glimm konnte das. Es war seine Spezialität. Er würde aus diesem brutalen, gefühllosen Soziopathen einen Heiligen machen. Heute. In diesem Gerichtssaal. Jetzt.

„Herr Verteidiger, Ihr Plädoyer!“ Der Richter lehnte sich entspannt zurück. Er kannte Glimms Taktik. Wusste, dass die Show durchaus „abendfüllend“ sein konnte.

„Mein Mandant bekennt sich schuldig im Sinne der Anklage.“ Glimm wusste, dass dies wohl nicht gerade die Standarderöffnung für das Plädoyer eines Verteidigers war und registrierte zufrieden das Gemurmel im Zuschauerbereich. Er machte eine wohlbedachte Pause, gönnte allen ein kurzes Aufleuchten seiner extravaganten Robe und fuhr fort: „Dies tat er bereits während der ersten Anhörung und deshalb war es auch absolut unnötig, dass die Frau Staatsanwältin das jugendliche Opfer hier vorführen ließ..."

„Einspruch!" Die Frau Staatsanwältin kiekste vor Aufregung. „Frau Beck war auf ihren eigenen Wunsch hier, sie wurde nicht vorgeladen!"

„Stattgegeben. Herr Anwalt, bleiben Sie bitte sachlich."

Vulva Justitiae, das volle Programm: Arme ausgebreitet, Schmollmund, unsagbar trauriger Blick über den Rand der Lesebrille, pastorales Kopfschütteln.

„Ich entschuldige mich. Eine unglückliche Formulierung. Natürlich war Frau Beck von ganz alleine auf die Idee gekommen hier im Gericht zu erscheinen. Niemand hat sie dazu überredet, niemandem ist es eingefallen, diese unglückliche junge Frau als taktische Waffe zu gebrauchen. Nicht wahr, Frau Staatsanwältin?"

„Ein...!" (Kieks)

Der Richter blockte den Ruf mit einer Handbewegung ab, „Herr Verteidiger, fahren sie bitte mit dem Plädoyer fort." Ein Blick auf die Armbanduhr. Glimm wusste, wann es besser war, die Stückpforten wieder zu schließen. Glimm-Pause. Halbe Drehung auf dem Absatz seiner abgewetzten spitzen Beatles-Schuhe. Bedächtige Wanderung entlang des Richtertisches. Dann, eine Millisekunde bevor der Richter den Mund öffnete um seiner Ungeduld Ausdruck zu verleihen, ergriff der Verteidiger wieder das Wort.

Er sprach diesmal leise und mit der betonten Sachlichkeit eines Nachrichtenmoderators: „Frau Beck wäre gestern nicht hier gewesen, wenn mein Mandant dies nicht gewollt hätte." KGP (Kleine Glimm-Pause). „Auch Gernot Marks säße nicht hier, wenn sein Plan funktioniert hätte (KGP). „Dieser Mann hier", Glimm deutete auf den gefasst wirkenden Angeklagten, „dieser Mann hatte eines Tages erkannt, was er da tat. Er hat gemerkt, was für ein Unmensch er ist. Gemerkt, was er Nadja Beck angetan hatte. Er hat sich selbst gesehen. Vielleicht zum ersten Mal in seinem Leben. Er blickte in den Spiegel und erschrak vor sich selbst. Das war der Augenblick, meine Damen und Herren, in welchem sich Gernot Marks entschloss, seinem abscheulichen Treiben ein Ende zu bereiten. Nicht in dem er, wie andere vielleicht in ähnlicher Situation, sein Opfer einfach tötete, nein!" Glimm wechselte vom Tagesschausprecher zum Talkshowmaster, „Mord war niemals eine Option für Gernot Marks! Niemals! Dieser Mann ist kein Mörder. Noch nie starb ein Mensch durch seine Hand. Nein, meine Damen und Herren, dieser Mann ist kein kaltblütiger Mörder, kein dumpfer Totschläger, kein blutrünstiger Killer." Glimm holte tief Luft.

Im Gerichtssaal war es so still, das man das Gurren der Tauben auf dem Dach des Gebäudes hören konnte.

„Gernot Marks wollte Schluss machen. Schluss mit dem übermächtigen Trieb, der ihn steuerte, Schluss mit dem Leid, welches er über sein unglückliches Opfer gebracht hatte, Schluss ...", Glimm schaute jedem intensiv in die Augen, der gerade in Reichweite war, „mit sich selbst." Alle Augen wandten sich zu dem jungen Mann im zerknitterten Anzug, der jetzt, den Kopf gesenkt, die Hände im Schoß rang. Glimms Eröffnung schien Marks äußerst peinlich zu sein.

„Ja, meine Damen und Herren“, Glimm gab jetzt den jovialen Fernsehpfarrer, „Gernot Marks plante seinen Selbstmord. Vorher allerdings“, der Anwalt hob Stimme und rechte Hand um die aufkommende Unruhe zu dämpfen, „verhalf er seiner Gefangenen zur Flucht.“ Tusch. Das Flüstern und Raunen verstärkte sich zu lauten Zwischenrufen und ungläubigen Worten. Glimm ließ seine Worte wirken bis der Vorsitzende für Ruhe sorgte.

„Sie haben richtig gehört.“ Nun sprach der Vollblutanwalt. Keine Koketterie, keine Schau, kein Spiel. Stephan Glimm zeigte, warum er einer der gefragtesten Strafverteidiger Deutschlands war und Mitglied im internationalen Referenten-Verzeichnis *Speakers International, USA*. Mit eindringlicher Stimme, aber dennoch professioneller Distanz, schilderte er Marks' verzweifelten Plan, aus dem Teufelskreis seiner Besessenheit ein für allemal auszubrechen. Glimm erzählte seinem gebannt lauschenden Publikum, wie der Angeklagte selbst die schweren Bohlen vor dem Fenster gelockert hatte. Wie er sehr wohl bemerkt hatte, dass am gegenüberliegenden Ufer fast immer ein oder mehrere Angler saßen, wie er immer häufiger zusammen mit dem Hund weggefahren war, damit Nadja Gelegenheit zur Flucht hatte. Es war immer derselbe einfache Plan: Marks sorgte dafür, dass sein Weggehen von seiner Gefangenen auch bemerkt wurde, fuhr in ein unbewohntes Seitental des Odenwaldes und wartete einige Stunden. Dann fuhr er auf Umwegen zurück, hielt auf der Straße am Südufer des Neckars an und schaute durch sein altes Fernglas, ob die Bohlen noch an Ort und Stelle waren. Beim vierten Versuch brauchte er kein Fernglas mehr. Eine wahre Armada aus Einsatzfahrzeugen bevölkerte den ehemaligen Campingplatz, den kleinen Parkplatz vor der Laufplanke, die auf das Schiff führte und die oberhalb verlaufende B37. Ein Polizeihubschrauber kreiste über der Einsatzstelle und ein Boot der Wasserschutzpolizei hatte an dem alten Frachter festgemacht. Der erste Teil des Planes war geglückt. Marks tastete nach dem altertümlichen Revolver unter der Fußmatte des Beifahrersitzes, beruhigte den Hund und startete den Motor.

„Herr Verteidiger, eine Frage bitte!" Die Stimme der Staatsanwältin zerriss den Film, den Glimm in den Köpfen der Anwesenden zum Laufen gebracht hatte wie einen geschmacklosen Werbespot.

„Warum all der Aufwand? Warum hat ihr Mandant nicht einfach die Tür aufgemacht und Nadja gehen lassen?" Die Arkadi war nicht umsonst schon mit siebenunddreißig Oberstaatsanwältin. Glimm hatte mit diesem Einwand gerechnet. Die Frage hatte sich ihm natürlich auch gestellt und er hatte Nächte wach gelegen, bis er eine Erklärung zurechtgebastelt hatte, die den Fragen dieses verdammt hübschen, verdammt klugen und verdammt arroganten Miststücks standhalten würde.

„Frau Staatsanwalt," manchmal vergaß Glimm vorsätzlich das „in", um seine Kontrahentin zu brüskieren, „vergessen wir nicht, mit wem wir es hier zu tun haben. Gernot Marks ist krank. Er ist ein psychisch äußerst labiler Grenzgänger, dessen Planungen und Taten nicht immer der Ratio eines Durchschnittsbürgers gleichkommen. Mein Mandant ist extrem ritualisiert. Er ist nicht Herr seines Körpers und Geistes. Die Vorstellung, sein Opfer habe sich selbst befreit, war für ihn sehr wichtig. Aus diesem Grunde hat er sogar mir erst vor kurzem den wahren Sachverhalt dargelegt." Die Arkadi kniff die Augen zu schmalen Schlitzen zusammen und blies in ihren Pony. Eine Angewohnheit, die in Anwaltskreisen gern und oft imitiert wurde.

„Aha", sie stemmte die Arme in die Hüften und drückte das Kreuz durch. Glimm bewunderte wie schon so oft ihre wohlgeformten Brüste.

Sie bemerkte es und ließ sekundenlang das rechte Augenlid etwas hängen. „Na, Bubi?", schien die Geste ausdrücken zu wollen.

Mit überbetont gesetzten Worten fuhr sie fort: „Ein offenbar nicht zurechnungsfähiger Triebtäter hat sich nach intensivsten Beratungen mit seinem Anwalt also eine Geschichte ausgedacht, die genauso schwer zu beweisen, wie zu glauben ist. Herr Verteidiger, ich bin beeindruckt. Als nächstes werden Sie uns erzählen, dass nur der Einsatz zahlloser Polizisten verhinderte, dass sich der Beschuldigte selbst das Leben nahm. Für das Stück würde ich sogar Eintritt bezahlen!" Im Zuschauerraum begann doch tatsächlich jemand zu applaudieren. Richter Burgner, der immer bedauerte, dass es auf deutschen Richtertischen keine Hämmer gab, klopfte mit der rechten Handfläche flach auf den Tisch. Den gewaltigen Herrenring mit der gefassten Münze hatte er nach innen gedreht, so dass dies einen trefflichen Hammerersatz ergab.

Glimm bedankte sich gönnerhaft beim Richter und begann ungerührt, genau diese Geschichte zu erzählen. Doch was heißt hier erzählen? Glimm spielte das Drama, als gelte es, Othello vor fachkundigstem Publikum darzubieten. Es war ein denkwürdiger Monolog. Glimm flüsterte, heulte, brummte mit sonorem Bass und sang das hohe Lied auf die menschlichen Anwandlungen seines Mandanten, als würde er geradewegs mit ihm zusammen aufgeknüpft werden, wenn er nicht auch noch den letzten Strohhalm bis an die Grenze der Belastbarkeit ausreizen würde.

Nach einer Dreiviertelstunde kam Glimm zum Schluss. Er forderte ein Strafmaß an der unteren Grenze des Bemessungsspielraumes, betonte noch einmal, wie reumütig sein Mandant sei, dass er sogar den eigenen Tod als Erlösung von seiner Triebhaftigkeit in Erwägung gezogen hatte, und dass er bereit und willens war, sämtliche in Frage kommenden Therapien anzuwenden. Marks spielte brav mit, hockte wie das viel zitierte Häuflein Elend auf seinem Platz und drückte sich bisweilen sogar ein oder zwei Tränchen heraus.

„Eine wirklich schöne Geschichte, Herr Verteidiger." Die Staatsanwältin verzog ihre herrlich vollen Lippen zu einem spöttischen Lächeln. „Schade, dass Sie keine Beweise für Ihr anrührendes Märchen von der Selbstlosigkeit und der wiederentdeckten Menschlichkeit Ihres Mandanten haben. Ich hätte sonst wahrscheinlich tatsächlich echte Schwierigkeiten, Gernot Marks vor dem Bundesverdienstkreuz zu bewahren." Ihr Hüftschwung war sehenswert und eindeutig eleganter als das schwerfällige Schreiten des Verteidigers, als der zu seinem Tisch zurückkehrte und etwas aus seinem Aktenkoffer holte.

Glimm schenkte der Anklägerin einen bedauernden Blick und trug einen dicken Aktendeckel mit einer Feierlichkeit zum Richtertisch, als befände sich darin tatsächlich der höchste deutsche Orden.

„Ich beantrage die Aufnahme dieser Gutachten in die Prozessakten. Sie wurden nach eingehender Untersuchung des Frachtschiffes gefertigt, in dem mein Mandant bis zu seiner Verhaftung lebte und in welchem er Nadja Beck gefangen hielt." Richter Burgner bedachte den Verteidiger mit einem langen nachdenklichen Blick. Glimm erwiderte ihn mit der Gelassenheit des Siegers.

Viel Arbeit steckte in den mehr als 300 Seiten. Viel Arbeit und viele Runden auf dem Golfplatz von St. Leon-Rot. Dr. Kerschner vom Speyerer Institut für Materialprüfung hatte ein lausiges Handicap. Glimm musste sich wirklich anstrengen, um noch schlechter als der weißhaarige Physiker zu spielen. Mittlerweile war man allerdings schon per Du und hatte so manche Vorlieben entdeckt, die man gemeinsam hatte. Tagelang auf einem stinkenden Wrack am Neckarufer herumzuklettern, gehörte sicher nicht dazu. Auch das Bergen der Holzbohlen, welche sich glücklicherweise im Ufergestrüpp verfangen hatten, war nicht wirklich vergnüglich. In einer davon steckten noch zwei lange Schrauben. Massive Messingbolzen, deren Gewinde nicht beschädigt war. Von einer Dimension, die ein Herausschlagen der Bohle von der Innenseite des Schiffes her unmöglich scheinen ließ. Dass es nicht beim Schein blieb, dafür sorgte Kerschners Institut. Seitenweise Formeln, Diagramme, Drehmomenttabellen und Dokumentationen von Versuchen unter verschiedensten Bedingungen.

Ein anderer Ordner befasste sich mit der Psyche des Beschuldigten. Professorin Gerlinde Hackl-Röhnshagen von der Ruprecht-Karls-Universität in Heidelberg bescheinigte Glimms Mandanten eine ausgewachsene Borderline-Störung, die autoaggressives Verhalten, Depersonalisations- und Derealisationsgefühle, Depressionen sowie extreme Idealisierungen oder Entwertungen als Hauptmerkmale aufwies. Sie bekräftigte ausdrücklich Marks' Hang zu extremen Entscheidungen und schloss auch latente Suizidbereitschaft mit ein.

„Das Gericht zieht sich zur Beratung zurück. Die Verhandlung wird am morgigen Tag fortgesetzt!"

Rücke vor bis auf Los!

Das Urteil gegen Gernot Marks erging drei Tage später. Im Namen des Volkes wurde Gernot Marks zu einer Freiheitsstrafe von fünf Jahren und drei Monaten verurteilt. Stephan Glimm verzichtete auf einen Revisionsantrag, beglückwünschte sich selbst und seinen Mandanten zu diesem Ergebnis und holte sich am Abend eine blutige Nase beim Versuch, Sabine Arkadi abzuschleppen. Im übertragenen Sinne natürlich. Die Staatsanwältin hatte ihm deutlich zu verstehen gegeben, dass sie ihn für ein Arschloch hielt. Dave Brubeck hin oder her. Glimm tröstete sich mit einer Flasche Merlot, etlichen Willis und der gespannten Erwartung der morgigen Schlagzeilen.

Skandal war auf den Titelseiten der großen Blätter das meistgesetzte Wort. Die Redaktionen übten sich in seltener Einmütigkeit in Justizschelte. Die Abonnementzeitungen meist zurückhaltend und in gestelztem Journalistendeutsch, die Kollegen vom Boulevard bodenständig vulgär und mit großformatigen Bildern von Nadja Beck und dem „Advokat des Teufels". Von Glimm verwandte man ein Archivbild, das ihn mit breitem Grinsen und einem Champagnerglas in der Hand zeigte. Ein Schwein. Seht ihn euch an.

2007

Sie hatte es gespürt. Sie hatte genau gewusst, dass sie heute nicht umsonst hergekommen war. Das Mädchen war da. Seine Schultasche lag achtlos auf dem Boden, ihre langen hellen Haare flogen, ihr Mund schien die ganze Schönheit dieses Frühlingstages aufnehmen zu wollen. Sie schaukelte mit mächtigem Schwung, die kleinen Hände um die Ketten gekrallt. Das Quietschen der maroden Konstruktion drang bis zu der mit Graffiti vollgeschmierten Bank, auf der die Frau saß.

Außer ihr und dem etwa zwölfjährigen Mädchen auf der Schaukel war nicht viel los auf dem trostlosen Vorstadtspielplatz. Auf der anderen Seite saßen zwei dunkel gekleidete Frauen mit Kopftüchern und beaufsichtigten drei kleine Buben, die mit dem übel zerbeulten Blechbagger Sand umgruben.

Das Mädchen auf der Schaukel war wieder allein gekommen. Wie immer. Wenigstens seit die Frau sie zum ersten Mal bemerkt hatte. Vor drei Wochen. Auch an einem Mittwoch.

Damals hatte sie gelangweilt durch die getönten Scheiben der dunklen Limousine geschaut. Sie kam vom Flughafen und der neue Chauffeur hatte nichts Besseres zu tun, als sie auf der A67 in einen nicht enden wollenden Stau zu fahren. Sie hatte ihn angewiesen, die Autobahn an der nächsten Ausfahrt zu verlassen und über Nebenstraßen in Richtung Süden zu fahren. Doch diese Idee hatten einige hundert andere auch. Stockend ruckelten die Autos hintereinander her. Wieder ein verlorener Tag. Ein grauer, dumpfer Tag voller Erinnerungen an längst vergangene Zeit. Ein Gewerbegebiet zog vorbei. Anonyme Hallen, Lastwagen, brachliegende Grundstücke voller Schutt. Dann Mietskasernen. Blocks, lieblos geometrisch um verwahrloste Plätze gruppiert, auf denen in Waschbetonkübeln Unkraut wucherte, Jugendliche Dosen umherkickten und sich auf rituelle Art begrüßten. Ein Spielplatz. Tummelplatz für Hundehalter mit ihren gefährlich wirkenden Tieren und ein paar ärmlich aussehende Frauen, die alte Kinderwägen schoben und deren Sprösslinge noch zu klein waren, um sich ihrer Discounterklamotten zu schämen.

Das Mädchen stand neben dem rostigen Klettergerüst, eine riesige Schultasche auf ihrem schmalen Rücken. Die Frau in der schweren Limousine sah sie nur für wenige Augenblicke. Sekunden nur, doch es war lange genug. Lange genug um ihr Herz für zwei, drei Schläge aussetzen zu lassen, ihren Atem zu stoppen und ihre Hand gegen die Scheibe zu pressen. Sie war es! Sie war es wirklich! Ihre Ratio kämpfte gegen eine Gefühlswoge, die sie durchflutete wie ein mentaler Tsunami. Natürlich konnte sie es nicht sein. Niemals. Aber was war schon Logik und Vernunft, verglichen mit haselnussbraunen Kinderaugen, unbändiger Lockenpracht und diesem seltsam erwachsen wirkenden Ernst im Gesicht. Es schien, als hätte das Mädchen sie angeschaut. Absurd.

„Stopp! Halten Sie sofort an!“, befahl sie dem Fahrer. Er widmete ihr einen kurzen, verwunderten Blick, hütete sich jedoch davor, etwas zu sagen. Die Chefin war heute nicht gut drauf. Ein Narr, wer eine schwarze Mamba kitzelte. Es waren mehrere hundert Meter von der Straße bis zu der kleinen Person in der roten Kapuzenjacke. Ein verwischter Eindruck. Flüchtig, und doch von der Intensität eines Blitzschlags. Eine Art Déjà-vu auf einer Ebene, die ihre Augen zu Zoom-Objektiven machten und ihr eine Gewissheit in die Seele impfte, gegen die alles andere verblasste.

Sie war es! Wie in Trance stieg die Frau aus. Gehetzt schaute sie sich um. Rechts eine lange Reihe buntscheckig besprühter Garagen. Dahinter, wie ein Gebirgsmassiv in den Himmel wuchtende Plattenbaufassaden, gespickt mit unzähligen Satellitenschüsseln. Der Wagen parkte an einer Bushaltestelle. Links hinter den zersplitterten Scheiben des Wartehäuschens, war wucherndes Gesträuch einer halb verwilderte Schrebergartenkolonie zu erkennen, eher an eine südamerikanische Favela erinnernd, als an bundesdeutsches Kleinbürgeridyll.

„Warten Sie hier!“

Sie klemmte sich ihre Louis-Vuitton-Tasche unter den Arm, wischte sich eine Haarsträhne aus dem Gesicht und ging mit kurzen, hastigen Schritten los. Vorbei an einem verbogenen Fahrradrahmen, der trotzig an einem dicken Seilschloss hing und an zerfetzten Plakaten, von denen sie Robby Williams fragmentarisch angrinste.

Das Mädchen war weg. Enttäuscht sank die Frau auf eine Metallbank und zündete sich mit fahrigen Bewegungen eine Zigarette an. Ihre Augen wanderten ruhelos hin und her. Wo war sie? Wie konnte sie einfach so verschwinden? Sicher war sie nach Hause gegangen. Zur Mutter, die ihr ein leckeres Mittagessen gekocht hatte, zu ihren Geschwistern, die sie freudig begrüßten. Zum Freund der Mutter, der die Flasche absetzte, ihr einen stummen Wink gab, dem sie folgsam gehorchte und der die Schlafzimmertür hinter ihr abschloss…

Es begann zu regnen. Die Frau trat die Zigarette aus, bückte sich nach der Kippe und warf sie in den angesengten Papierkorb. Dies war schließlich ein Spielplatz. Eine Spritze knirschte unter ihrem Absatz. Im Sandkasten verrichtete ein hässlicher Köter sein Geschäft. Sein Besitzer, ein rotgesichtiger Fettwanst, glotzte ihr abschätzig hinterher.

Sie würde wiederkommen. Sie schaute auf ihre Armbanduhr: 14:40 Uhr. Sie musste das Mädchen wiedersehen. Sie hatte auch schon einen Plan.

Wieder im Wagen, führte sie drei Telefongespräche und sagte die restlichen Termine für diesen Tag ab. Sie brauchte die Zeit für wichtigere Dinge. Auf dem Weg in den grünen Süden der Stadt mit seinen hinter üppigen Gärten versteckten Villen, wies sie den Fahrer an, sie an einem großen Einkaufszentrum abzusetzen. Sie gab ihm den Rest des Tages frei. Sie würde sich nachher ein Taxi nehmen.

Sie kaufte bei einer Billigkette mehrere Kleider, Jeans und einen schlammgrauen Mantel, verunsicherte den katzbuckelnden Verkäufer eines Schuhladens mit ihren Wünschen nach flachen, billigen Allerweltslatschen und erwarb für 14,90 Euro noch eine genauso geräumige wie geschmacklose Handtasche aus Kunststoff. Zwei Blusen, einige T-Shirts, Tennissocken und ein halbes Dutzend billige Strumpfhosen kamen noch dazu, dann suchte sie, beladen mit Tüten und Taschen, den Taxistand auf.

Zuhause angekommen, brachte sie alles in ihr Ankleidezimmer, setzte sich anschließend in ihrem Arbeitsraum an den riesigen Schreibtisch und fuhr den Computer hoch. Am liebsten hätte sie an jedem Tag den trostlosen Spielplatz aufgesucht, um das Mädchen abzupassen. Am Ende war sie froh, an drei Tagen in der Woche einige Stunden aus ihrem prallvollen Terminkalender zu schneiden. Sie sandte alles per E-mail an ihren Sekretär in die Zentrale. Jean-Patrice würde sich um den Feinschliff kümmern. Kunden anrufen, Castings verschieben, Agenten vertrösten. Jean-Patrice war ein Schatz.

Am Nachmittag des nächsten Tages stand sie bereits am Straßenrand, als das Taxi kam. Der Fahrer war mit Sicherheit davon überzeugt, die Putzfrau in die Stadt zu fahren und war froh, als die ärmlich wirkende Frau mit den strähnigen Haaren und den unmöglichen Klamotten hinten einstieg.

„Wo du wolle?“, fragte er mit schrägem Blick in den Innenspiegel.

„Vogelstang“ war die Antwort. Der Taxler nickte und setzte den Blinker. ‚Vogelstang, das passt zu dir’, dachte er und war in Gedanken bei seinem eigenen schmucken Häuschen, das er sich zusammen mit seinem Onkel im vorigen Jahr gekauft hatte. Ugur Yilmaz hatte fünf Autos laufen, sein Onkel Mehmet besaß eine kleine Spedition. Man hatte es zu was gebracht in diesem Land. Jeder konnte hier die Früchte seiner Arbeit ernten, wenn er schuften konnte und wenn er unternehmerisch dachte. Diese arme Seele dahinten kam garantiert aus Russland oder Litauen und würde es niemals zu eigenen vier Wänden bringen. Aber er hatte es bald geschafft. Die Übernahme eines lästigen Konkurrenten stand kurz vor dem Abschluss. Allah ist groß!

Ugur schürzte die Lippen, als er das großzügige Trinkgeld bemerkte, das die Frau ihm gegeben hatte, als er sie vor einem verwahrlosten Spielplatz zwischen tristen Plattenbauten absetzte. Gepflegte Hände hatte die olle Putze ...

Seitdem saß die Frau dreimal in der Woche auf der Bank und wartete. Auf die Vergangenheit. Eine Woche verging, ohne dass sich die Erscheinung wiederholte. War es das gewesen? Eine Erscheinung? War das Mädchen nur eine höhnische Projektion ihres gepeinigten Gehirns? Fiktion? Während des Wartens und der schmerzvollen Beobachtung von Müttern und vereinzelt auch Vätern mit ihren Kindern, hatte sie sich auch einen Namen zugelegt. Sie konnte sich ja schlecht unter ihrem richtigen Namen vorstellen. Unmöglich. Absolut unmöglich! Lange hatte sie gegrübelt. Er sollte zu ihr passen. Nicht zu ihr natürlich, sondern zu dieser verhärmten schlaksigen Gestalt mit den verrutschten Socken und dem kindischen Reif in den zauseligen Haaren. Eva sollte sie heißen, ein schöner Name. Der erste Frauenname der Welt. Wenn man den Herren im Vatikan glauben durfte. Ein Name, vor dem kleine Mädchen keine Angst haben würden. Die Aufschrift auf einem Handwerkerauto brachte sie auch auf einen Nachnamen. Kottke. Ein Name wie eine Wurstbude. Da saß sie nun und wartete auf das Mädchen, das sie so begehrte. Nach dem sie sich in schlaflosen Nächten verzehrte, von dem sie immer wieder träumte.

Doch das Mädchen kam nicht wieder. Es schien, als hätte sie eine geheime Stimme gewarnt. Nicht vor den bösen Onkeln ... Nein, es sind nicht immer die Onkel, die Brüder, die Männer, die Väter und Cousins ... Die Tanten sind es, auf die ihr aufpassen müsst! Hört ihr: die Tanten!

Lieber Papa

Das schreib ich für Dich. Das ist jetzt unser Buch. Ich weiß, dass Du das lesen kannst. Meine Lehrerin hat gesagt, wenn man etwas aufschreibt, dann bleibt das für immer. Ich glaube, sie denkt dabei eher an Hausaufgaben und so. Ich denk dabei an Dich. Weil ich Dich so lieb habe. Auch wenn Du nicht mehr bei uns bist. Du weißt, dass ich immer noch traurig bin, weil Du fort bist. Manchmal weine ich auch. Aber nur wenn ich alleine bin. Mama hat gesagt, dass Du schon weißt, wer Tom ist. Sie redet auch noch oft mit Dir und ich glaube, manchmal weint sie auch, obwohl sie doch schon groß ist. Tom ist nicht sein richtiger Name, aber ich nenne ihn so, weil er ein bisschen wie der Kater von Tom und Jerry aussieht. Er sagt auch immer Maus zu mir. Das ist dann unser Spiel. Tom wohnt jetzt bei uns und er ist ganz doll nett. Er kauft mir alles, was ich will, bis die Mama schimpft. Du darfst nicht böse sein wegen Tom. Er hat gesagt, dass Du wohl ein ganz besonderer Papa warst, weil Du so eine hübsche Prinzessin zur Tochter hast. Das bin ich. Tom sagt, vor dreihundert Jahren wäre ich bestimmt eine ganz richtige Prinzessin gewesen. Tom kann ganz tolle

Geschichten erzählen. Sogar ohne ein Buch! Er hat zwar nicht so schöne Haare wie Du, aber dafür einen komischen Schnurrbart. Wie Tom der Kater. Er ist jetzt mein Freund. Mein großer guter Freund. Lieber Papa. Sei nicht traurig. Denn Du bist der einzige richtige Papa, den ich habe. Mama hat gesagt, Menschen wären nicht dafür da, alleine zu sein. Tom war aber ganz alleine gewesen. Er hatte nicht einmal mehr eine Mama. Aber jetzt hat er ja uns und ich glaube, dass er sich deswegen ganz arg freut. Er ist nicht mehr alleine und Mama und ich auch nicht. Ich glaube, das freut dich auch. Deine Cap. Die ganz glücklich ist.

An einem trüben Mittwoch war das Mädchen plötzlich wieder da. An der gleichen Stelle. Nur ein Lidschlag und die schmächtige Gestalt war scheinbar aus dem Boden gefahren. Eva hielt den Atem an aus Angst, die leiseste Bewegung könnte den Traum zerstören. Der Blick des Mädchens war zur Schaukel gerichtet. Eine alte Frau schubste ein quietschendes, etwa fünfjähriges Mädchen an. Daneben hing noch eine zweite Schaukel, doch das Mädchen am Klettergerüst wartete, bis die Frau mit dem Kind wieder gegangen war. Dann legte sie ihre Schultasche ab und schaukelte. Manchmal schloss sie dabei die Augen, warf den Kopf in den Nacken und öffnete den Mund. Doch kein Ton kam heraus. Kein Jauchzer, kein ausgelassenes Lachen. Sie war ein ernstes Mädchen. Das hatte Eva längst bemerkt.

Ab und zu streifte sie ein Blick aus den großen Kinderaugen: prüfend, einordnend, doch stets auch Fluchtbereitschaft signalisierend. Das Mädchen kam nur mittwochs. Immer zur gleichen Zeit. Es blieb eine Stunde und ging dann wieder. Einmal war Eva ihr gefolgt. Ein Bus. Der Siebenundfünfziger. Sie hatte es nicht gewagt, zusammen mit dem Kind in den fast leeren Bus zu steigen. Auf dem Zielschild stand Lerchengrund. Auch eine dieser seelenlosen Trabantenstädte mit ausgebrannten Müllcontainern, verklebten Schaufenstern und demolierten Telefonzellen. Wohnte sie dort? War dort, sicher hinter Schloss und Sperrkette, ihr kleiner gemütlicher Hort mit Tierpostern, lustig bedruckter Bettwäsche und Bonbon-Schublade? Was mochte der Grund für diesen so unpassend erwachsen wirkenden Ernst in dem hübschen kleinen Gesicht sein?

Eva nahm sich vor, das Mädchen anzusprechen. Doch wieder verging eine stumme Woche. Bis zu jenem Tag, als der Zufall in Gestalt dreier gelangweilter Bengels die Weichen stellte. Sie kamen aus einem Gebüsch, in dem sie wohl schon eine Zeit lang die Situation beobachtet hatten. Ein maßlos fetter Kerl von vielleicht zwölf oder dreizehn Jahren. Ein dunkelhäutiger Lockenkopf mit hübschem Gesicht, in dem nur die Zigarette deplatziert wirkte, im gleichen Alter und ein winziges Kerlchen, das mit seinen hektischen Gesten und dem verschlagenen Grinsen wie ein Wiesel wirkte, das einen Elefanten und einen Tiger beeindrucken wollte. Alle drei schlurften in einem Trott zu den Schaukeln, der wohl Coolness und Männlichkeit vermitteln sollte, aber viel mehr den Eindruck einer akuten Hodenentzündung erweckte.

Die Frau auf der Bank beachteten sie nicht. Das Mädchen schaukelte in seiner anderen Welt, während die Dreiergruppe sich um den auf dem Boden liegenden Schulrucksack scharte. Mit gesenkten Köpfen, die Hände tief in den Taschen ihrer Schlabberkluft vergraben, standen sie da, als trauerten sie um ein totes Tier.

Das Wiesel trat gegen die Tasche. Etwas klapperte.

Das Mädchen auf der Schaukel öffnete die Augen, „Hey!" Zum ersten Mal hörte Eva ihre Stimme. Fest und klar mit leicht zornigem Klang. Der Fette drehte seinen halslosen Kopf wie einen Geschützturm und fixierte die Kleine aus schmalen Schlitzen. Die Schaukel schwang aus.

Das Mädchen funkelte die drei wütend an: „Haut ab!"

Der Fette hob abwehrend beide Hände. „Okay, okay, mach keinen Stress, Prinzessin. Wir gehen ja schon." Er machte seinen Kumpels ein Zeichen und der Dunkelhaarige schulterte die Schultasche. Betont langsam drehte sich der dicke Junge um und schlurfte zu seinen Kumpels, die sich nun auch feixend zum Gehen wandten.

„Das ist meine Tasche, lasst sie liegen, ihr Penner!" Die drei Halbstarken erstarrten.

Das Mädchen war von der Schaukel gesprungen und stemmte ihre dünnen Ärmchen herausfordernd in die Hüften. „Los, hinlegen!" Das Stimmchen war ein typisches Mädchenpiepsen, die Autorität darin entsprach allerdings der eines US-Marshals samt gezogener Waffe.

„Tu, was die Lady sagt!", befahl der Fette und der Dunkelhaarige öffnete die Klappe der Tasche. Schulhefte, Bücher, eine bunte Lunchbox und alle möglichen Kleinteile landeten im Matsch. Eva erhob sich.

„Ihr Idioten!“ Die Kleine sprang den Übeltäter an wie eine Wildkatze, so dass seine Kumpels erschrocken zurückwichen. Doch der Junge wog mindestens doppelt so viel wie die Angreiferin. Er schüttelte das nun hysterisch kreischende Mädchen ab wie ein lästiges Insekt. Sie landete auf dem Rücken zwischen den aufgeweichten Schulheften, den angeschmutzten Büchern und all dem Krimskrams, den Schülerinnen üblicherweise mit sich herumschleppen.

Die Frau war die letzten Meter gelaufen. Das Wiesel bemerkte sie zuerst. Er gab seinen Kumpels ein Zeichen. Die drei Burschen rannten lachend und grölend davon. Das Wiesel brüllte die einschlägigen Obszönitäten, die sich samt und sonders auf weibliche Genitalien bezogen und wedelte mit seinem dürren Mittelfinger.

Die Frau stellte ihre Tüte auf den Boden und half dem völlig verdreckten Mädchen wieder auf die Beine.

„Ich heiße Eva. Hier, er hat glücklicherweise nichts abgekriegt.“ Sie hielt dem Mädchen einen kleinen Plüschhund hin, der nicht in die Pfütze gefallen war. Die Kleine riss ihn ihr aus der Hand und presste ihn schützend an sich. Schniefend und zitternd vor Scham und Wut starrte das Kind die Frau an.

Misstrauen löste den Zorn ab; die braunen Augen verengten sich zu schmalen Schlitzen.

„Was wollen Sie?“ Die Stimme klang jetzt dünn und gepresst. Die Frau fasste das Mädchen an den Schultern, doch die Kleine trat rasch einen Schritt zurück. Mitten in die Pfütze. Braunes Dreckwasser lief in ihren Schuh.

„Ich will dir helfen. Tut mir leid, was da passiert ist.“

„Idioten, Penner von der Schillerschule." Mit trotzig vorgeschobener Unterlippe begann das Mädchen ihre Sachen aus dem Dreck zu holen. Die Frau half ihr dabei.

„Kennst du die Jungen?"

Ein kurzer scheuer Blick, „Vom sehen. Normalerweise sind die zu viert. Ziehen Handys und Jacken und so."

„Hast du auch ein Handy?" Kopfschütteln.

Eva bemerkte wie dicke Tränen über die Wangen des Kindes rollten, „Jetzt muss Mama die Bücher neu kaufen", schniefte das Mädchen.

„Kriegst du deswegen Ärger zu Hause?" Wieder Kopfschütteln, die schlammverschmierten Haare flogen.

„Wie heißt du überhaupt? Willst du es mir verraten?" Ein taxierender Blick. Eva kämpfte gegen den Drang, das Mädchen an sich zu pressen und zu küssen. Dieser Blick! Sie war es! Mein Gott, sie war es!

„Ich heiße Paula, Paula Boskow, mit „W" hinten, aber das spricht man nicht aus. Mama sagt, wir sind ja keine Russen." Der tiefe Ernst, mit dem das Kind diesen Satz aussprach, zauberte ein erlösendes Lächeln in Evas Gesicht. Dann lachte sie befreit.

„Natürlich. Keine Russen." Das Mädchen lächelte unter Tränen und Eva Kottkes Magen krampfte sich zusammen. Sie bot Paula an, sie nach Hause zu begleiten. Schweigend trotteten sie nebeneinander her. Wie Eva schon vermutet hatte, wohnte Paula ganz in der Nähe. Zwei Haltestellen später stiegen sie aus dem Siebenundfünfziger Bus. Sie begleitete das Mädchen bis vor die ziemlich zerschrammte Eingangstür eines Wohnblocks. Hannoversche Straße 28d, lautete die Adresse. Dutzende von Klingelknöpfen, die meisten Namensschilder leer oder verschmiert. Wer hier lebte, erwartete wohl selten Besuch.

„Ist deine Mutter zu Hause, oder dein Vater?“ fragte Eva und der Blick des Mädchens wurde wieder abweisend. „Ich hab’n Schlüssel. Meine Mama kommt gleich. Papa ist weg.“ Eva verkniff sich ein Nachhaken. „Papa ist weg“ klang nicht danach, als sei er gerade Bier holen.

„Soll ich bei dir bleiben, bis deine Mama heimkommt?“ Entschiedenes Kopfschütteln.

„Das geht nicht. Ich darf nicht mit Fremden sprechen. Gehen Sie jetzt lieber.“ „Kriegst du keinen Ärger wegen der schmutzigen Sachen?“ Paula zog geräuschvoll die Nase hoch und schüttelte wieder den Kopf.

„Dann geh ich wohl besser.“ Eva zögerte, „Paula?“

„Ja?“

„Darf ich dich mal besuchen? Ich meine, wenn deine Mama zu Hause ist.“

„Warum?“ Eva biss sich auf die Lippen. Warum? Der wahre Grund, warum sie seit Wochen auf dem Spielplatz hockte, würde das Kind nur verstören.

„Weil ich dich nett finde. Nett und ...“

„Sie kennen mich ja gar nicht!“

„Ich würde dich aber gerne ...“ Scheppernd fiel die Haustür ins Schloss. Eva Kottke trat einige Schritte zurück, legte den Kopf in den Nacken und blickte an der abweisenden grauen Fassade hinauf. Paula. Ein bemerkenswertes Mädchen.

Müde aber seltsam zufrieden wandte sie sich zum Gehen. Dunkle Wolken zogen auf. Es würde bald wieder regnen. Egal. Eva tastete nach dem Gegenstand in ihrer Tasche. Die ersten Tropfen fielen. Sie lächelte. Ihre Finger schlossen sich um das leuchtend rote Etui in Herzform. Unbemerkt hatte sie es während der Einsammelaktion auf dem Spielplatz eingesteckt. Paula hatte den Verlust gar nicht bemerkt. Kein Wunder, bei dem Wust aus nassen und verdreckten Schulsachen, die sie in aller Eile in den ramponierten Rucksack gestopft hatten.

In der Nähe gab es ein kleines, heruntergekommenes Einkaufszentrum. Zwei Taxen standen vor dem Haupteingang, die Fahrer rauchend daneben. Im Taxi nestelte Eva das kleine Plastikherz hervor. Sie rieb Reste von angetrocknetem Schlamm ab und klappte es auf. Fast hatte sie so etwas erwartet: Im Inneren befanden sich zwei kleine Klarsichtfächer. In einem steckte ein Zettel, auf dem in akkurater Schrift zwei Telefonnummern standen. Das andere enthielt ein Foto. Es zeigte Paula und eine Frau, die einmal sehr hübsch gewesen sein musste. Bevor Jahre voller Sorgen ihre Züge verhärteten und tiefe Falten in das schmale Gesicht gefurcht hatten. Das aschblonde Haar war straff zurückgekämmt und Eva Kottke vermutete, dass es mit einem Gummiband gebändigt wurde. Graublaue Augen und das verkniffene Lächeln, das man oft bei Menschen mit schlechten Zähnen fand. Keine Ohrringe und, soweit sie das auf dem Foto erkennen konnte, auch kein Make-up. Nicht einmal Lippenstift. Paulas Mama.

Eva Kottke besaß eine gute Menschenkenntnis. Auch an ihr hatte das Leben seine Spuren hinterlassen. Tiefe Spuren. Tiefer als die harten Falten, die sich nun bildeten, als sie ein Schluchzen unterdrückte. Die Frau auf dem Foto war höchstens Mitte dreißig. Obwohl sie durchaus glücklich wirkte, wie sie da mit ihrer lachenden Tochter in die Kamera eines Fotoautomaten schaute, so bemerkte Eva doch den Abglanz von Kummer und Verzweiflung hinter der dünnen Maske. Die zwei hatten nur sich. Immerhin. Eva Kottke hatte niemanden. Bis heute.

Sie schloss das Etui und kramte in ihrer Tasche nach der Geldbörse. Sie würde Paula das kleine Herz zurückbringen. Gleich morgen. Nachdem sie eine Nacht darüber geweint hatte.

„Das bringt mein ganzes Weltbild durcheinander." Marliese Studer schüttelte nachdenklich den Kopf. Die junge Polizeimeisterin saß hinter dem Steuer des Streifenwagens und beobachtete zusammen mit ihrem Kollegen Sebastian Keller das Kommen und Gehen auf dem Spielplatz.

Keller setzte die Dose Cola ab und blickte sie fragend an. „Was? Dass wir jetzt schon Muttis und Kleinkinder observieren?"

„Dass es eine Frau ist, auf die wir warten. Meine Eltern haben mich immer vor bösen Onkels gewarnt."

„Das kommt vom Antidiskriminierungsgesetz. Demnächst werden in Damen-Toiletten Urinale eingebaut, damit sich niemand beschweren kann."

„Nasenbär. Aber eine Frau mittleren Alters, die sich an kleine Mädchen ranmacht, ist zumindest ungewöhnlich." Sie brach abrupt ab, als ihr Kollege die Augen zusammenkniff und sie mit einer ungeduldigen Handbewegung zum Schweigen brachte.

„Das Zeichen! Los!“ Kellers Stimme klang aufgeregt. Marliese schaute zu der kleinen Sitzgruppe in der Nähe des Klettergerüstes. Eine korpulente Frau hatte sich gerade erhoben und einen Pappbecher in den danebenstehenden Abfalleimer geworfen. Sie bewegte sich wie ferngesteuert, hob den rechten Arm mit dem Gefäß hoch über den Kopf und schleuderte es in den Behälter, als sei es der Korb der NewYork-Nicks. Anschließend drehte sie sich um und starrte zu ihnen herüber.

„Fehlt nur noch, dass sie mit den Armen wedelt oder auf den Fingern pfeift“, brummte Keller und setzte die Dienstmütze auf. Das Kind, um das es ging, trug eine neongrüne Regenjacke, mit der es auch gefahrlos auf dem Rollfeld eines Flughafens hätte spielen können. Es stand an einer der Wasserspritzen, mit denen man Tischtennisbälle in ein Loch bugsieren konnte. Eine Frau stand daneben und sprach mit dem etwa zwölfjährigen Mädchen.

„Das ist sie“, zischelte die rundliche Frau, als die beiden Polizisten sie erreicht hatten, „Meine kleine Rina hat erzählt, dass sie hier öfter auftaucht. Sie sagt, sie hieße Eva und sei ihre Freundin.“ Entrüstet stemmte sie die Arme in die Würste, die über den metallic blauen Leggings hervorquollen und sich deutlich unter dem dünnen Pulli mit DKNY Aufdruck abzeichneten. Die strassbesetzte Brille hätte an der Loren elegant gewirkt, hier vergrößerte sie nur die stechenden grauen Augen zwischen argwöhnisch zusammengekniffenen Lidern.

„Die Dame mit dem hellen Mantel?", fragte Marliese und die modebewusste Mutti nickte, was ihrem Kinn zu vielen Duplikaten verhalf.

„Dame! Dass ich nicht lache. Die is'n Lockvogel oder was. Die ködert kleine Mädchen für so nen dreckigen Duttrux oder so."

„Für wen?" Keller hob belustigt die Brauen.

„Na, der Duttrux, der Mädchenmörder aus Belgien. Den sie immer im Fernsehen gezeigt ham."

„Sie meint Dutroux", half Marliese aus und deutete in Richtung der Wasserkanonen. „Stellen wir uns der Frau doch mal vor."

„Bitte, warten sie hier." Keller konnte die vor Neugier fast berstende Frau nur mit Mühe davon abhalten, triumphierend vorneweg zu marschieren.

Die fremde Frau war jetzt vor dem Mädchen in die Hocke gegangen, hielt es an den Oberarmen und redete lächelnd auf es ein. Sie bemerkte weder die beiden Polizisten noch die neugierigen Blicke der anderen Leute.

„Guten Tag." Verwundert wandte die Frau den Kopf als sie angesprochen wurde. Marliese registrierte kein Erschrecken und auch keine Anzeichen für eine Fluchtreaktion. Die Frau runzelte die Stirn, ließ das Kind los und erhob sich aus der Hocke. Sie war erstaunlich groß. Marliese, die die Mindestgröße für den Polizeidienst um genau einen halben Zentimeter überschritten hatte, musste zu ihr aufblicken. Sie blickte in ein Gesicht, das alles Leid dieser Welt zu spiegeln schien. Scharfe Falten zwischen Mund und Nase, dunkle Schatten unter den Augen, zerzaustes, strähniges blondes Haar.

„Ja, bitte?“ Lupenreines Hochdeutsch, allerdings mit achtzig-Zigaretten-Tonlage.

„Mein Name ist Studer, das ist mein Kollege Keller. Allgemeine Personenkontrolle. Bitte zeigen Sie uns Ihren Ausweis.“

„Ist etwas passiert?“

„Reine Routine. Wir machen schwerpunktmäßige Stichproben“, erklärte Keller, der mit seinen ein Meter sechsundsiebzig noch ein Stück kleiner war als die verhärmt wirkende Frau in dem abgeschossenen dünnen Mantel.

„Wirst du jetzt verhaftet?“ Das kleine Mädchen schaute die Polizisten ängstlich an. „Das ist Eva, sie ist meine Freundin. Ihr dürft sie nicht verhaften!“ Keller, der selbst Kinder hatte, griff in die Tasche seiner Jacke und holte eine rote Trillerpfeife heraus.

Er reichte sie dem Kind und sagte lächelnd: „Wir wollen nur mit ihr reden. Wir würden gerne wissen wie sie heißt. Das ist eine richtige Polizeipfeife, siehst du? Sie hat sogar einen Polizeistern. So eine hat nicht jeder.“

Das Mädchen steckte die Pfeife rasch ein. „Sie heißt Eva. Lasst sie in Ruhe.“

„Die Eva kommt jetzt dahin, wo sie hingehört, ins Gefängnis!“, trompetete die dicke Frau, welche die Polizei verständigt hatte und griff nach der Hand ihrer Tochter. Ihre Stimme klang wie das letzte Wort eines Haftrichters. Kopfschüttelnd schauten die Beamten dem gewaltigen blau glänzenden Hintern nach. Die Frau zerrte das heftig weinende Mädchen rücksichtslos hinter sich her.

„Was soll denn das? Schauen Sie, was Sie angerichtet haben!“ Die Frau, die Eva hieß, sah aus, als wollte sie auch gleich losheulen.

„Wir möchten nur einen Blick auf Ihren Ausweis werfen, Frau ... „

„Kottke, Eva Kottke. Den Ausweis, Augenblick.“ Die Frau kramte in ihrer plumpen Handtasche, förderte einen abgewetzten Geldbeutel zutage und begann die einzelnen Fächer zu inspizieren. Ihre Hände zitterten, ihre Gesichtszüge wirkten angespannt. „Den Ausweis, Moment, ich hab ihn gleich, Sekunde ...“ Ein Kärtchen fiel zu Boden. Eine Kreditkarte, goldglänzend. Schnell nahm es die Frau wieder an sich.

„Wenn Sie Ihren Ausweis nicht finden, nehmen wir auch den Führerschein.“ Kellers geübter Blick hatte das Kärtchen entdeckt.

„Meinen Führerschein? Ach so, den Führerschein.“ Die große Frau lachte nervös. „Wissen Sie, das ist nicht meiner, das ist ...“ Die beiden Polizisten verständigten sich mit einem stummen Blick.

Kellers Stimme wurde dienstlich, „Frau Kottke, ich muss Sie bitten, uns zu begleiten.“

„Ich kann das erklären, Bitte hören Sie mir zu, ich ...“

Keller fasste sie sanft am Unterarm, „Machen Sie jetzt keine Schwierigkeiten, Frau Kottke. Wir fahren nicht weit. Auf der Dienststelle können Sie uns alles erklären. Bitte, Frau Kottke.“ Die Frau presste die Lippen zusammen und ging widerstandslos mit. Sie schwankte leicht, als sei ihr schwindlig und Keller verstärkte den Druck seiner Hand.

Als sie das Präsidium betraten, fiel das hilflose und verwirrte Gehabe von der Frau ab, als hätte sie einen Mantel abgelegt.

„Ich möchte mit Dr. Obst sprechen."

Keller blieb verdutzt stehen. „Dr. Obst ist ..."

„Kriminalrat und Ihr Dienstherr. Hier ist meine Karte, ich bin sicher, er hat Zeit für mich." Die Frau hatte weder die Stimme erhoben, noch einen patzigen Ton angeschlagen, dennoch schwang eine derart starke Autorität darin mit, dass Keller sich fragte, ob das wirklich die Frau vom Spielplatz war.

Marliese Studer zuckte mit den Schultern und deutete auf das Wachzimmer. „Paul soll ihn anrufen. Dann werden wir ja sehen. Ich stör den Alten nicht. Mir reicht's vom letzten Mal."

Paul rief an, las mühsam das kleingedruckte Kärtchen vor, sagte ein paar Mal „ja", einmal „natürlich" und zweimal „sicher", bevor er mit anerkennend vorgeschobener Unterlippe wieder auflegte. Er schaute seine Kollegen und die Frau zufrieden an, lehnte seinen ungeheuren Körper in dem protestierend knarrenden Schreibtischsessel zurück und brummte: „Am besten, Ihr verdrückt euch, er kommt runter, er klang sehr nach durchgeladener Dienstwaffe, ich pass' schon auf die Dame auf."

Zehn Minuten später, Marliese Studer rührte gedankenverloren ihren Kaffee um. Eine Verlegenheitsbewegung, denn die Polizeimeisterin trank das belebende Gebräu ausschließlich schwarz.

„Das ist mir ganz schön in den Anzug gefahren", murmelte sie betroffen.

Keller, der ihr im Raucherraum der Dienststelle gegenübersaß, nickte nachdenklich. „Die Frau sollte eine Therapie machen“ sagte er leise, „die kann doch nicht so weitermachen.“

„Was meinst du, ist sie eine Gefahr?“

„Vielleicht für sich selbst. Aber für die Kinder? Ich denke nicht. Ich hab ihr gesagt, sie soll sich von dem Spielplatz fernhalten. Verbieten können wir es nicht. Sie hat nichts Gesetzeswidriges getan.“

„Sie tut mir leid“, Marliese drückte ihre Zigarette aus, „Ich hab erst gedacht, die macht Witze, als sie den Chef sprechen wollte.“

„Hast du gesehen, wie der Alte vor der gebuckelt hat?“

„Die Hand hat er ihr geküsst, ich hab gedacht, ich bin im falschen Film.“

„Ein Gentleman eben“, Keller schüttelte den Kopf. Der Blick, den Kriminalrat Dr. Obst ihnen zugeworfen hatte, war ungefähr so Gentleman-like wie der eines Berggorillas mit Zahnweh.

Lieber Papa

Tom ist wirklich lustig. Jeden Abend bringt er mich ins Bett und erzählt mir eine neue Geschichte. Meistens von Mäusen und Prinzessinnen. Er spielt auch gerne Verstecken. Wenn er mich findet, darf er mich kitzeln und wenn ich ihn finde, dann darf ich ihn kitzeln. Wir schreien dann immer so laut, dass die Mama schimpft. Einmal haben wir uns alle beide vor Mama versteckt. Sie war einkaufen und wir wollten sie erschrecken, wenn sie heimkommt. Wir haben uns in Mamas Ankleidezimmer ein tolles Lager aus vielen Decken gebaut und ganz lange auf sie gewartet. Wir haben das Licht ausgemacht und Tom hat die ganze Zeit Gespenstergeschichten erzählt. Bei manchen habe ich beinahe Angst gehabt. Aber nur fast. Dann habe ich mich an ihn gekuschelt und er hat mich ganz fest gehalten. Da kann mir niemand etwas tun, hat Tom gesagt. Ich bin froh, dass er so groß und stark ist. Er hat sogar unser La-Le-Lu Lied gelernt, das Du mir immer vorgesungen hast. Er singt aber nicht so schön und auf Englisch kann er das gar nicht. Trotzdem ist er mein zweitbester lieber guter Freund. Der beste bist immer noch Du. Deine Cap. La-Le-Lu.

Eva Kottke knipste die Leselampe ihres riesigen Polsterbettes an und griff nach dem kleinen roten Etui. Sie klappte es auf und betrachtete das verblasste Foto mit feuchten Augen. Die Leuchtziffern ihres Weckers wechselten lautlos von 02:44 zu 02:45 Uhr. Wie oft hatte sie in dieser Nacht schon das winzige Bild betrachtet? Zehn Mal? Zwanzig Mal? Hundert Mal?

Mit einem Seufzer löschte sie den Halogenspot und sank in ihr Kissen zurück. Das Etui ruhte noch immer in ihrer Hand. Sie schloss die Augen und ein Lächeln kräuselte ihre Lippen. Sie brauchte kein Licht. Ihr Gehirn projizierte das Porträt des kleinen Mädchens überlebensgroß an die dunkle Decke des Zimmers. Paula. Ein schöner Name. Altmodisch und gerade deshalb wieder häufiger gewählt. Sehnsucht nach der sogenannten guten alten Zeit? Wann soll das denn gewesen sein? Eva konnte sich nicht erinnern. Kurze Sequenzen voller Glück und Frieden hatte auch sie erlebt. Zeiten, von denen man sich wünschte, sie würden nie vorbeigehen, und die doch abrupt und schmerzvoll endeten, so dass sie in der Rückschau zu Augenblicken schrumpften.

Gleich heute würde sie Paula und ihre Mutter besuchen. Ihre Mutter. Schmerzlich wurde sie wieder daran erinnert, dass die Kleine nicht ihr Kind war. Ein Abbild nur. Frappierend zwar, doch eben nur eine verstörende Ähnlichkeit.

Die Frau, die sich Eva Kottke nannte, weinte lautlos. Ihre Tochter war tot. Seit Jahren schon. Seit Jahren befand sie sich auf einer Suche, von der sie wusste, dass sie niemals erfolgreich sein würde..

Sie würde Paula besuchen. Gleich heute. Termine hin oder her. 03:16 Uhr. Wann wurde es, verdammt noch mal, endlich Tag? Heute war der Tag der Entscheidung. Die billige Handtasche wog schwer. Heute Mittag würde sie wieder eine Tochter haben. Sie war bereit, den Preis zu zahlen. Koste es, was es wolle.

Sie würde dieses kleine Mädchen zu einem Abbild ihrer selbst machen. Ein Klon. So wie ihr totes Mädchen ein Klon von ihr gewesen war. Bis ein grausames Schicksal sie ihr weggenommen hatte. Als es sie bei der Geburt fast zerrissen hatte vor Schmerzen, hatte sie geweint. Geschrien, gebrüllt und geweint. Vor Glück. Endlich war es soweit, endlich hatte sie ihr Ziel erreicht. Sie würde weiterleben. Im Körper dieses kleinen runzligen, verklebten Würmchens würde sie weiterleben, auch wenn ihr eigener Körper längst zu Staub und Asche geworden wäre. Das war ihr Trachten und Streben, seit sich eine voreilige Krebsdiagnose als Nierenbeckenentzündung entpuppt hatte. Seit damals wusste sie, was Todesangst ist. Was es heißt, wenn diese weit entfernte, unwirklich nebulöse Vorstellung, sterben zu müssen, plötzlich in greifbare Nähe rückt. Wenn Ärzte diesen merkwürdigen Blick bekamen, wenn Freunde und Bekannte die Stimmen senkten, wenn sie in der Nähe war. Wenn das Leben sich zu Monaten, Wochen, Tagen zusammenknautscht und zwischen den Fingern zerrinnt wie Korallensand. Sie wollte etwas besitzen, das sie überlebte. Etwas, das sie nach ihrem eigenen Bilde formen und gestalten konnte, gerade so, als sei sie eine Göttin. Es war nicht die natürliche Sehnsucht nach einem Kind, wie sie Millionen Frauen miteinander teilten, nein. Es war ein verzweifeltes Streben nach Unsterblichkeit. Ein Besitzanspruch, ein Widersprechen der Natur, die allen nur eine begrenzte Zeit auf der Welt zugesteht. Für sie sollte das nicht gelten. Sie wollte die Zeiten überdauern, sie wollte eine Saat aufgehen lassen, in der sie von Generation zu Generation wieder neu auferstand. Sie war zu wertvoll für nur eine einzige armselige Lebensspanne. Doch das Schicksal hatte ihr diese Möglichkeit genommen. Gründlich. Nach der Geburt ihrer Tochter hatte ihr die Ärztin mitgeteilt, dass sie keine weiteren Kinder mehr bekommen könnte. Etwas war schiefgegangen in ihr. Doch sie hatte ja, was sie wollte. Ihr Baby, ihr Fleisch und Blut, ihr Leben! Doch es wurde nur zwölf Jahre alt. Ein Jahr nach dieser Katastrophe machte sie sich dann auf die Suche. Eine Suche, die auf einem trostlosen

Spielplatz zwischen Plattenbauten ihr Ende gefunden hatte. Paula.

Die Straßenbahn. Der Siebenundfünfziger Bus. Warum fuhren die heute bloß alle so langsam? Eva Kottke saß auf glühenden Kohlen. Längst fuhr sie nicht mehr mit dem Taxi. Jemand könnte Verdacht schöpfen. Taxen konnte man kontrollieren, ihre Fahrten wurden dokumentiert.

Paulas Mutter konnte nicht nein sagen. Sie würde es tun. Sie musste es tun. Eva kannte Menschen, die für einen Bruchteil dessen, was sie zu zahlen bereit war, jemanden umbringen würden.

Paula lebte mit ihrer Mutter in einem krankmachenden Wohnsilo. Die Frau musste jeden Cent dreimal umdrehen und ihr kleines Mädchen durch den Dschungel dieses sogenannten sozialen Brennpunktes lotsen.

Sie würde es tun. Sie musste es tun. Es blieb ihr gar nichts anderes übrig. Petra Boskow war seit gestern arbeitslos. Zwei Telefonate und das war's. Eva Kottke lächelte. Hallo Paula, hier bin ich ... Deine neue Mutti.

Sie hatte mit dem Mädchen vereinbart, dass sie sich zunächst wie gewohnt auf dem Spielplatz treffen würden, um dann gemeinsam zu Paula nach Hause zu gehen.

Als Eva den tristen Spielplatz erreichte, war Paula nicht da. Verwirrt blickte sie sich um. Zwei Jugendliche schlenderten betont harmlos davon. Sie hatte wohl wichtige Geschäfte gestört. Weiter weg, neben dem Sandkasten, saß ein älteres Paar und wachte über ein etwa dreijähriges Mädchen, das auf der kleinen Rutschbahn rutschte.

Eva schaute auf ihre Uhr. Sie setzte sich auf eine Bank, zündete sich eine Zigarette an und legte den linken Arm auf die Lehne. Tief inhalierte sie den würzigen Rauch und schloss für einen Moment die Augen.

„Rauchen kann tödlich sein." Erschrocken riss sie die Augen auf, verschluckte sich prompt und bekam einen Hustenanfall. Hinter einem Schleier aus Tränen erkannte sie ein ovales Gesicht, umrahmt von einer blonden Pagenfrisur. Als sie wieder zu Atem gekommen war, trat sie die Zigarette aus und warf die Kippe in den Mülleimer.

„Sie sind ..."

„Petra Boskow, Paulas Mutter." Die höfliche Vorstellung hatte einen drohenden Unterton.

„Ich bin Eva Kottke ..."

Paulas Mutter übersah die ausgestreckte Hand und nahm neben Eva Platz. „Was wollen Sie von meiner Tochter?" Ihre Stimme bebte. Eva wusste nicht, ob vor unterdrückter Wut oder vor Unsicherheit. Eva wandte den Kopf und sah Petra Boskow in die Augen. Im gleichen Moment erkannte sie, dass ihr Plan nichts wert war. Undurchführbar. Naiv. Närrisch. Die Frau wirkte auf den ersten Blick zerbrechlich. Sie war schlank, fast dürr. Ein zartes, fein geschnittenes Gesicht, in das die Jahre und die Sorgen merkwürdig unpassend wirkende Falten gezeichnet hatten. Eva schätzte die Frau auf Mitte dreißig. Bis auf die Augen. Die stahlblauen Augen wirkten viel älter. Härter. Augen, die direkt in ihr Innerstes zu blicken schienen. Eva wusste, wann sie verloren hatte. Diese Frau würde ihre Tochter niemals hergeben. Nicht für Hunderttausend. Nicht für eine Billion Dollar. Nicht für alles Geld der Welt.

Ein Jammer. Wenn sie lächelte, sah sie bestimmt noch immer gut aus. Lächle, Petra Boskow, dachte Eva. Lächle, so lange du es noch kannst.

Lieber Papa

Ich bin eine richtige Prinzessin! Tom hat es herausgefunden! Gestern als die Mama ihren Frauenabend hatte. Das macht sie immer noch. Immer dienstags geht sie abends weg und kommt erst ganz spät wieder heim. Als du noch bei uns warst, haben wir dann immer Filme geschaut, die die Mama nicht mochte. Paulchen Panther und Schweinchen Dick und wir haben Tee gekocht und uns an der Tankstelle Süßigkeiten geholt. Tom mag kein Fernsehen, aber Süßigkeiten hat er auch immer für mich. Wir spielen dann immer „Fang und kitzel mich", und dabei ist mir meine Schlafanzughose verrutscht und er hat meinen Nabel gesehen. Er war ganz erstaunt und wollte ihn unbedingt ganz genau anschauen. Er hat gesagt, dass ich einen Prinzessinnennabel habe und ganz früher wäre ich bestimmt eine ganz echte Prinzessin geworden, so richtig mit Krone und Schloss und so. Dann habe ich mein T-Shirt ausziehen müssen und er hat überall an mir nach dem Prinzessinnenmal gesucht. Das ist ein kleiner Fleck, den auch nur die ganz richtigen Prinzessinnen haben. Stell dir vor, wo Tom ihn gefunden hat: hinten an meinem linken Bein. Ganz oben, da wo fast der Popo ist. Tom hat sich ganz doll darüber gefreut, ich glaube, er musste beinahe weinen oder so. Jedenfalls hat er ganz komisch geschnauft. Dann hat er noch Fotos von mir gemacht. Das war ein bisschen komisch, denn ich sollte mich ganz nackig machen. Tom hat gesagt, das müssen alle Prinzessinnen tun, denn sie seien doch etwas ganz Besonderes. Bloß schade, dass ich der Mama das nicht erzählen darf. Tom hat gesagt, wenn ich irgendjemandem auf der Welt davon erzähle, dann verschwindet das Mal und ich bekomme einen hässlichen Nabel, der weh tut. Aber dir erzähle ich es. Du bist ja nicht mehr auf der Welt. Du bist ja bei den Engeln. Mein Nabel ist immer noch hübsch und weh tut er auch nicht. Das Mal ist auch noch da, ich habe in Mamas Schminkspiegel nachgekuckt. Lieber Papa, wenn ich eine richtige Prinzessin bin, dann bist du doch auch ein König nicht wahr? Schade, dass ich Mama nicht sagen darf, dass sie dann auch eine Königin ist. Tom sagt, eines Tages dürfen wir es allen erzählen, aber erst, wenn er es sagt.

Viele Küsse von deiner Prinzessin

Eva Kottke hatte sich an jenem Tag rasch von Paulas Mutter verabschiedet. Sie hatte ihr gesagt, warum sie sich zu ihrer Tochter hingezogen fühlte. Sie hatte ihr in knappen Worten ihre eigene traurige Geschichte erzählt und hatte sich erhoben, als sich ein erstes schwaches Aufflackern von Verständnis in dem ernsten Gesicht von Petra Boskow abzeichnete.

Die Geschichte war eben gut. Ein Holzklotz, wem da nicht die Tränen kamen. Auf Wiedersehen, Frau Boskow.

Eine tiefe brodelnde Wut erfüllte Eva, als sie längst wieder zu Hause war. Diese Frau besaß eine Tochter. Ein kleines Mädchen, das sie gar nicht verdiente. Das mit ihr in einem stinkenden, hässlichen Plattenbau hausen musste, das in einer Schule mit hohem Ausländeranteil gehen musste und das wohl irgendwann eine Lehre als Verkäuferin oder Friseurin machen würde. Wenn es nicht schon vorher von dem umgebenden Sumpf aus Kriminalität, Drogen und Gewalt verschluckt werden würde.

Das durfte niemals geschehen! Paula musste da raus. Entschlossen stürzte Eva den Martini hinunter und atmete tief durch. Paula gehörte ihr. Dass sie nicht ihre eigene Tochter war, war ein bedauerlicher Irrtum des Schicksals. Sie würde das ändern. Die Frau, die sich Eva Kottke nannte, hatte Erfahrung im „Korrigieren“ solcher Fehler.

Morgen würde sie die nötigen Schritte in die Wege leiten. Heute nicht mehr. Sie hatte schließlich noch ein Geschäft zu führen. Viel zu oft war sie in der Maske der unscheinbaren Eva unterwegs gewesen. Es wurde bereits getuschelt. Die Maicamp hatte sie letztens so taxierend angesehen. Die Leiterin der Marketingabteilung Inland setzte gerne Gerüchte in die Welt. Es hieß, die Chefin hätte da wohl jemanden kennen gelernt. Nun, Veronika Maicamp hatte ab morgen viel Zeit, sich Geschichten auszudenken. Per Mausklick schickte Eva die Kündigung an die Personalabteilung. Natürlich mit fetter Abfindung, gekoppelt mit einer juristisch nicht anfechtbaren Unterlassungserklärung. Sie hasste rachsüchtige Ex-Mitarbeiter.

Es war schon weit nach Mitternacht, als die hochgewachsene Blondine durch die Glastür des modernen Bürokomplexes, in dem ihr Unternehmen drei Etagen angemietet hatte, ins Freie trat. Der Pförtner wünschte ihr eine gute Nacht und wunderte sich über das strahlende Lächeln, das ihm von der allseits gefürchteten Chefin geschenkt wurde. Er beobachtete, wie die Frau, die hinter vorgehaltener Hand „die Skorpionin“ genannt wurde, in ihren schwarzen Bentley stieg und ihm noch einmal zuwinkte. Heinz Fath glotzte dem wuchtigen Wagen noch lange nach. Was war denn mit der los? Nahm die etwa Drogen? Oder er? Argwöhnisch schielte er zu dem Päckchen Aufgusstee neben seiner Tasse.

Die Frau hinter dem Steuer des Bentley Continental GT summte entspannt eine Melodie, während sie den Wagen durch die nächtliche Stadt nach Westen lenkte. Ja, sie war in bester Stimmung. Das Dior-Paket war ohne Abstriche angenommen worden, die neue Rouge-Noir- Linie ihres eigenen Labels wurde von den betuchten Kundinnen aus den Regalen ihrer mondänen Boutiquen gerissen und Cameron Diaz trug in ihrem aktuellen Film ausschließlich Garderobe aus ihrem Haus. Ach ja, ab morgen hatte sie auch wieder eine Tochter. Paula würde bestimmt kein Theater machen, wenn sie ihr einen neuen Namen gäbe. Einen Namen, den sie in den letzten Jahren stets unter Tränen ausgesprochen hatte.

Sie parkte den schwarzen GT neben der ebenfalls schwarzen BMW K100 RS im Eigentümerbereich des Parkhauses. Wehmütig strich sie der bulligen Maschine über den Tank. Sie war lange nicht mehr gefahren. Hatte ihn lange nicht mehr gespürt, den zerrenden Fahrtwind, den vibrierenden Sound des Vierzylinders, den Zug der Fliehkraft in den Kurven. Doch das würde sich ändern. Bald. Mit Paula würde das Leben wieder bei ihr einziehen. Sie fuhr mit dem Aufzug in die vierte Etage. Dieses Stockwerk konnte man nur mit einem Schlüssel anwählen. Hier und in den darüber liegenden drei Ebenen befanden sich luxuriöse aufwendig gesicherte Appartements mit allem Komfort und auf dem neuesten Stand der Haustechnik. An der Tür zu Nummer 405 tippte sie den sechsstelligen Code ein, drückte die summende Tür auf, streifte ihre Schuhe ab und ging auf Strümpfen in das riesige Wohnzimmer. Draußen auf dem Fluss fuhr ein Schiff langsam an der glitzernden Silhouette der Stadt entlang. Sie schenkte sich einen Whisky ein, genoss das erste Brennen, den pelzigen Rauchgeschmack und das warme Rieseln in ihrem Hals.

Paula ... Sie drückte auf einen Knopf. Lautlos schlossen sich die Vorhänge und sperrten die Großstadt hinter den deckenhohen Fenstern aus. Morgen würde sie einen Ausflug machen. Nicht weit. Eine Stunde von hier. Wie lange war sie nicht mehr im Schloss gewesen? Ein Jahr? Anderthalb? Sie mied das romantische Gemäuer, obwohl es einmal ihr Zuhause gewesen war. Vor Jahrmillionen. Steven hatte das ehemalige Jagdschloss entdeckt. Ihre Tochter war darin aufgewachsen. Sie waren sehr glücklich dort. Vergangenheit. Für immer verloren. Ein kleines Mädchen, das in einem Plattenbau wohnte, würde die glückliche Zeit wieder erwecken. Würde das Rad wieder zurückdrehen. Paula ... Als sie endlich einschlief, entglitt ein kleines herzförmiges Etui ihrer rechten Hand.

Lieber Papa,

hast du gewusst, was Prinzessinnen für komische Sachen machen müssen? Tom hat heute wieder Fotos gemacht. Wieder habe ich alle Sachen ausziehen müssen. Dann hat er sogar sich selber ausgezogen. Ich hab sein Ding gesehen. Das hat ganz anders ausgesehen wie deines. So komisch. Er hat gefragt, ob ich es mal anfassen würde. Hab ich aber nicht gemacht. Ich fand das eklig. Tom hat nur gelacht und gesagt, ich sei wohl noch eine ganz kleine Prinzessin. Ich glaube, dass Tom manchmal auch komisch ist. Ich habe dann keine Lust mehr zum Spielen gehabt und ich hab mich auch wieder anziehen dürfen. Glaubst du eigentlich, dass es noch richtige Prinzessinnen gibt? Ich weiß es nicht und Tom ist ganz böse geworden, als ich ihm gesagt habe, dass ich Mama mal fragen will. Ich hab ihm versprechen müssen, Mama niemals etwas von unserem Geheimnis zu sagen. Ganz böse hat er dabei geschaut und gesagt, dass ich krank werden würde und blind. Stell dir mal vor, wenn ich blind wäre! Aber am nächsten Tag war Tom wieder ganz lieb. Er ist mit mir auf den Ponyhof gefahren. Ich durfte wieder Björn reiten. Das ist ein Shetlandpony und es ist ganz süß. Tom hat gesagt, wenn ich immer ganz lieb bin, kauft er mir Björn. Ich hab gesagt, dass ich doch immer ganz lieb bin, aber er hat gesagt, das müsste ich ihm erst noch beweisen. Dabei hat er gelacht. Er hat gesagt, er habe ein neues Spiel, aber dafür wär ich noch zu klein. Dabei bin ich doch schon neun! Ich bin ganz neugierig auf das Spiel. Bestimmt bin ich schon groß genug. Morgen soll die Mama mich mal messen. Ich schreib dir dann wieder, was das für ein Spiel ist.

Schlaf gut Papa, deine Cap. La-Le- Lu ...

Die Frau, die sich Eva Kottke nannte, stellte ihre Reisetasche in den Kofferraum des massigen Coupés und schloss die Klappe. Sie startete den mächtigen Zwölfzylinder und fünfhundertsechzig PS summten vor sich hin. Sie genoss den Duft edlen Leders genauso wie die Blicke der Männer, die an der Ampel neben ihr standen.

Die Schmidts hatte sie fortgeschickt. Das ältere Paar bewohnte die umgebaute Remise des Jagdschlosses und kümmerte sich um das pittoreske Sandsteingemäuer im Tudorstil. Heute nicht. Heute war ein besonderer Tag. Sie fuhr in den Odenwald, um sich zu versöhnen mit diesem Gebäude, das so viele schöne Erinnerungen barg. Erinnerungen an heitere Zeiten voller Harmonie. An idyllisches Familienleben, Geborgenheit vor dem prasselnden Kamin und den Duft von Weihnachtsplätzchen.

Bis der Tod sein schwarzes Tuch darüber warf. Sie hatte gekämpft. Hatte die dunkle Decke zerrissen und hatte den

Schatten endlich verjagt. Bis er ein weiteres Mal erschien, sie niederwarf und ihr die Luft zum Atmen nahm. Damals hatte sie aufgegeben. War geflohen und nur ganz selten hatte sie dem Schloss einen Besuch abgestattet, um Formalitäten zu klären, die Möbel abzuhängen und um einige Stunden im Zimmer ihrer Tochter zu sitzen und deren ruhigem Atem zu lauschen. Schlaf gut, mein kleines Mädchen, schlaf gut.

Die amorphe Masse aus Blut und Knochensplittern auf der Edelstahlbahre, die sie hatte anschauen müssen, tauchte dann immer wieder vor ihrem inneren Auge auf. Dann floh sie wieder. Raste wie besessen die kurvenreiche Strecke hinunter. Im Rückspiegel glotzte sie das eine Auge an und die Zähne grinsten durch die fehlende Wange. Das war sie nicht! Konnte es nie gewesen sein. Sie war doch so schön! Ihr kleines Mädchen.

Doch nun würde sie wiederkommen. Wie im Rausch jagte sie den Wagen über die A656. Die meisten Autos räumten respektvoll die linke Spur vor dem nachtschwarzen Geschoss mit dem Bulldoggengesicht. Die Laster huschten als unscharfe Schatten rechts vorbei wie eine rückwärts fliehende Büffelherde. In Heidelberg endete die Autobahn, wurde zur B37. Sie bog links ab und musste das Tempo drosseln. Summend glitt der Wagen am Neckarufer entlang. Klassische Musik perlte aus den Lautsprechern. Die Morgensonne ließ die letzten zerfaserten Nachtwolken golden aufleuchten, die Landschaft atmete den Regen der vergangenen Stunden wieder aus. Eine berückende Klarheit lag in der Luft. Eher verstärkt als gedämpft durch die vereinzelten Nebelschwaden über dem Fluss. Die Frau fuhr nun in einer

Kolonne aus PKWs und Bussen voller übermüdeter Japaner hinter einem langsam fahrenden Holztransporter her. Sie öffnete das Seitenfenster und sog die frische würzige Luft tief in sich hinein. ‚Paula', dachte sie und in ihrem Herzen strömte ein warmer, samtweicher Quell. ‚Paula, ich schaffe dir ein Paradies. Du und ich. Nur wir beide. Kein Fürst, kein Engel, kein Gott kann es schöner haben.'

Bei Eberbach verließ sie die stark befahrene Bundesstraße. Automatisch steuerten ihre Hände den schwarzen Bentley durch die schmucke kleine Stadt. Nachdem sie Eberbach hinter sich gelassen hatte, folgte sie der schmalen gewundenen Landstraße entlang der Bahnlinie und durch zwei kleine Dörfer bis rechts die Straße nach Schlossau abzweigte. Links verlor sich eine in der Abendsonne nass glänzende Privatstraße in sanften Bögen zwischen den düsteren Fichten. „Privatweg - Durchfahrt verboten - Forstwirtschaft und Radfahrer frei"; stand auf einer verbogenen Blechtafel unter dem großen rot-weißen Sperrschild.

Eine Straße nach nirgendwo. Interessant nur für die Fahrer der Langholzlaster, für Wanderer, Jäger und Mountainbiker. Die Frau stoppte den Wagen schließlich vor einer rotweißen Schranke. Sie stieg aus, streckte sich und drehte sich langsam einmal im Kreis. Stille. Nur begleitet vom leisen Rauschen des Windes in den Kronen der mächtigen Bäume und dem Gesang der Vögel. Ruhe. Der Hauptgrund, warum sie damals, auf dem Höhepunkt ihrer Karriere, genau dies gesucht hatte. Sie kramte einen Schlüsselbund aus ihrer Handtasche und öffnete das Vorhängeschloss der Schranke. Sie arretierte die Schranke, fuhr den Wagen vorbei, stoppte, stieg wieder aus und schloss sie wieder. Die folgenden acht

Kilometer gehörten ihr allein. Buchstäblich. Die Wälder ringsum gehörten alle zum Schloss. Im schönsten Tal des Odenwaldes entstand 1828 bis 1873 unter der Führung des anglophilen Fürsten Walther zu Hambach die romantische Anlage des heutigen Schlosses in einer dem englischen Tudorstil nachempfundenen Architektur. Der exzentrische Adelige nannte es in selbstverliebter Namensspielerei Waltham-House[2], was sich bis zum heutigen Tage gehalten hat. Der letzte Nachkomme derer zu Hambach fiel im Zweiten Weltkrieg und das Schloss gelangte als kostspieliges Erbstück an die katholische Kirche. Diese verkaufte es 1975 an das Land Baden-Württemberg für einen symbolischen Spottpreis. Die Landesregierung unter Ministerpräsident Lothar Späth war nach einer Bestandsaufnahme und ersten Angeboten zur Restaurierung heilfroh, das feuchte Gemäuer 1982 an eine augenscheinlich an krankhaftem Optimismus leidende Milliardärin loszuwerden. Nicht zum Spottpreis natürlich …

Mit allen Sinnen nahm die Frau nun die Straße wahr. Kurve um Kurve wand sich das nasse Asphaltband durch dichten Wald. Spektakuläre Ausblicke wechselten sich mit dunklen Wäldern ab. Noch zwei Serpentinen. Noch eine ... Ihre Hände krampften sich um das Lenkrad. Links von ihr öffnete sich der strahlend blaue Himmel über bewaldeten Bergen. Kein Haus, kein Dorf, kein Funkmast störte das Bild. Kanada hatte sie dieses Panorama genannt. Bis

---

2 Fiktiver Name. Das Schloss existiert allerdings wirklich, es handelt sich um die Psychosomatische Klinik Schloss Waldleiningen. www.schloss-waldleiningen.de

zu jenem Morgen im Januar. Von da an war es ihre ganz persönliche Hölle.

Die breiten Reifen knirschten auf dem Split des Seitenstreifens als der Wagen langsam ausrollte. Die Frau blieb minutenlang hinter dem Steuer sitzen. Starrte bewegungslos durch die Windschutzscheibe. Tief gruben sich ihre Finger in den weichen Lederbezug des Lenkrads. Endlich öffnete sie die Tür und stieg aus. Mit unsicheren Schritten ging sie über die Straße zu den weiß getünchten Steinen, die den Fahrbahnrand markierten. Dahinter ein steiler Hang, gespickt mit Felsen, dazwischen weiß gebleichte Baumleichen und unten, tief, tief unten das ausgeglühte Gerippe eines Sportwagens. Stille kroch erstickend heran, drang in sie ein, legte ihr Gehirn lahm, stoppte ihren Herzschlag, arretierte ihre Muskulatur und fixierte ihren Blick auf diesen verformten Haufen Leichtmetall. Eine Seite war mit einer Plane abgedeckt. Ein Windstoß ließ sie flattern, enthüllte für Sekunden eine zur Klaue verkohlte Hand, die wie Hilfe suchend nach ihr zu greifen schien. Dann löste sich das Wrack in Nichts auf. Die Stille gab auf, zog sich lauernd zurück und gab den Wind, die Vögel und ihr Herz wieder frei.

Zitternd ging die Frau in die Knie, wischte Staub und Dreck von den beiden Kreuzen über verwelkten Blumen. Das zweite Kreuz war fünf Jahre nach dem ersten aufgestellt worden. Hans Kober hatte das gemacht. Er bewirtschaftete einen Reiterhof zehn Kilometer von hier. Sie war gerne dort gewesen. Ihr kleines Mädchen. Ihre Leiche wurde erst nach tagelangen Suchaktionen entdeckt. Ihr Körper musste mehrfach auf die messerscharfen, schartigen Felsen aufgeschlagen sein, bevor er schließlich in ein Gebüsch geschleudert wurde. Bis auf wenige Meter genau an der gleichen Stelle, an der fünf Jahre zuvor ihr Vater den Tod fand. Was trieb ein zwölfjähriges Mädchen zu solch einer Tat? Ein Unfall wurde ausgeschlossen. Unter dem Kreuz am Straßenrand fanden Polizisten einen Brief:

Lieber Papa, ich komme jetzt zu dir. Ich freue mich so auf dich. Bitte fang mich auf. Deine Cap

Die Frau legte die Hände um das verwitterte Holzkreuz und zog es aus dem Boden. Sie hob es hoch über ihren Kopf, schloss die Augen vor der blendenden Sonne und schleuderte das Kreuz in die Tiefe. Leise klackernd, kleine Steine mitreißend, verschwand es hinter Geröll und Gestrüpp. Die Frau öffnete die Augen, atmete tief durch und breitete die Arme aus, als wollte sie selbst diesen Weg nehmen. Lange stand sie so da. Erst als ihre Schultern verkrampften, entspannte sie sich. Befriedigt registrierte sie die leere Stelle vor sich. Das Kreuz war fort. Sie brauchte es nicht. Hatte es nie gebraucht. Nie gewollt. Ihr Mädchen war nicht tot. Sie hatte es immer gewusst. Morgen würde es bei ihr einziehen. Morgen!

Sie ging zurück zum Wagen, holte den Blumenstrauß vom Rücksitz und legte ihn unter das verbliebene Kreuz. „Ich liebe Dich“, sagte sie leise.

Der Motor brüllte auf als sie losfuhr. Die letzten Kilometer reizte sie den GT gnadenlos aus. Wagner-Klänge vereinten sich mit dem Röhren des Zwölfzylinders. Mit traumwandlerischer Sicherheit hetzte sie den Zweitonner um die Kurven. Sie war eine exzellente Fahrerin. Im englischen Coventry hatte sie das spezielle Renntraining der Bentley-

Sportscar-Ownership als Lehrgangsbeste abgeschlossen. Selbst gestandene Rennfahrer hatten Schweißausbrüche bekommen.

Das Adrenalin rauschte immer noch durch ihre Blutbahnen, als sie die breite Treppe zum Haupteingang hinaufeilte. Trotz des sonnigen Morgens haftete dem mit Türmchen und Erkern verzierten Gebäude etwas Düsteres an. Jeder Hollywoodregisseur hätte es mit Begeisterung als Set für drittklassige Vampir- oder Splatterfilme vermerkt. Nicht so für die Frau mit dem Bentley. Für sie war es nun endlich wieder ein Heim. Ein Zuhause für sich und ihre Tochter. Mit klopfendem Herzen betrat sie die riesige Eingangshalle. Die Schmidts hatten die Heizung von Frostschutz auf Zimmertemperatur eingestellt. Trotzdem roch es noch etwas muffig. Die wuchtigen Möbel waren mit Tüchern verhängt, die geschwungene Freitreppe in die oberen Stockwerke verschwand fast im grünlichen Dämmerlicht. Die Frau zog die Vorhänge auf und gleißende Lichtbahnen ließen den Staub zu flirrenden Partikeln werden. Durch die deckenhohen Sprossenfenster leuchtete der Tag herein. Ein goldener, sonniger Tag. Ein Tag für eine Prinzessin. Ihr kleines Mädchen wollte doch immer eine sein. Eine richtige. Die in einem Schloss wohnt und eine silberne Krone trägt. Paula ... Dies soll dein Reich sein. Die Frau ging durch die Halle in Richtung Küche. Lächelnd bemerkte sie den Rührkuchen unter der Abdeckhaube. Daneben ein Zettel: Kaffee ist in der Kanne. Der Kühlschrank ist gefüllt. Ergebenste Grüße, Elfriede Schmidt. Ergebenste Grüße ... Das ließ sich die gute Seele nicht nehmen. ‚Gnädige Frau' auch nicht, obwohl sie ihr schon so oft gesagt hatte, das ihr diese Anrede nur peinlich sei.

Sie verließ die Küche, warf einen Blick in den kleinen Salon, der als Fernsehzimmer diente, in ihr Arbeitszimmer, in die Putzkammer. Dann gab es nichts mehr hier unten. Sie stand vor der Treppe. Ihr Atem ging flach. Es war doch ganz einfach. Ein paar Stufen, drei Türen ... wenige Schritte nur. Schritte zum Mond. Oder noch weiter. Sie schrak zusammen, als im Haus ein Heizungsschieber klapperte und irgendwo ein Lüfter rauschte. Das Haus lebte. Es lauerte. Es hatte sie erwartet. Es lud sie ein. Willkommen. Tritt ein ...

Sie starrte die Treppe an, als sähe sie diese zum ersten Mal. In einer sanften Linksdrehung führte sie zur Empore, welche die Halle an drei Seiten umgab. Links und rechts von den großen, Kirchenbögen nachempfundenen Fenstern standen schwere lederne Sitzgruppen. Auf der Rückseite befand sich ein säulengesäumter Durchgang zu den Räumen im Obergeschoss. Ein breiter Gang mit Türen an beiden Seiten führte durch das gesamte Gebäude und endete vor einer imposanten Doppeltür. Dahinter befand sich der große Wohnraum mit dem gewaltigen Kamin und den hohen Fenstertüren, die auf einen geschwungenen Balkon mit Sandsteinbalustrade führten. Von hier aus hatte man einen herrlichen Blick über den Schlossgarten auf die Berge des östlichen Odenwaldes.

Dies alles registrierte sie im Unterbewusstsein. Der aktive Teil ihres Gehirns war auf die dritte Tür auf der linken Seite des Ganges fixiert. Das Zimmer ihrer Tochter. Das seit ihrem Tod vor fast zehn Jahren unverändert geblieben war. Tod? Ihr Mädchen war doch gar nicht tot! Sie hat doch nur geschlafen. Lange geschlafen. Fast wie Dornröschen …

Seit über einem Jahr hatte die Frau das Zimmer nicht mehr betreten. Heute würde sie es tun. Sie würde es aufräumen, sauber machen und frisch herrichten. Sie sollte es doch schön haben. Ihr kleines Mädchen. Stufe für Stufe bezwang sie die Treppe. Die breiten Sandsteinstufen schienen unter ihren Füßen aufzusteigen. Ihre Beine wurden schwer, ihre Knie schmerzten. Dann war sie endlich oben. Sie fror, obwohl sie noch immer ihre Jacke anhatte. Aus dem breiten Hauptgang schien sie ein Eishauch anzuatmen. Die dritte Tür links ...

Lieber Papa,

Lange habe ich dir nicht mehr geschrieben. Es tut mir leid. Ich will keine Prinzessin mehr sein. Ich werde auch nie eine sein. Ich war heute bei Jenny auf ihrer Geburtstagsparty. Wir haben CDs getauscht und Musik gehört. Die Eltern haben im Garten gegrillt und wir sind dann alle noch Eis essen gegangen. Wir haben dann im Garten gezeltet. Sogar über Nacht! Ich war mit Jenny und Marie in einem Zelt. Marie hat schon einen Freund, der ist fünfzehn. Sie hat mich gefragt ob ich schon einen Jungen geküsst habe. Ich hab ja gesagt, weil ich dem Oskar mal einen Kuss auf die Wange gegeben habe. Da hat sie gelacht und gesagt, sie meine so richtig. Wie im Fernsehen. Dann hat sie lauter eklige Sachen gesagt. Tom hat auch schon so was gesagt. Alle diese Sachen, die Mädchen machen müssen, die Prinzessinnen werden wollen. Ich hab sie gefragt, ob sie auch ein Prinzessinnenmal hätte. Sie hat wohl nicht kapiert, was ich meine, denn sie hat bloß gelacht und gesagt, dass sie an ihrem Geburtstag in zwei Wochen mit ihrem Freund schlafen will. Sie hätte auch schon Kondome. Ich bin dann schnell ins Haus auf die Toilette. Ich will so was nicht machen. Ich habe Angst, dass es weh tut. Tom hat mir auch weh getan, als er mich neulich untersucht hat. Er hat gesagt, er muss immer nachschauen, ob ich schon so weit bin. Er wäre doch der Prinzessinnenmacher. Papa, ich glaube, das ist alles gar nicht wahr. In der Schule haben sie uns einen Film gezeigt. Da ist ein Mädchen zu einem Mann ins Auto gestiegen. Eine Frau hat hinterher mit uns geredet und erzählt, was dem Mädchen passiert ist. Papa, ich glaube, ich bin ganz schön dumm, oder? Die Frau hat gesagt, die meisten Männer, die Kinder missbrauchen, sind Freunde oder sogar Verwandte. Sie schenken den Kindern Geld oder Handys oder erzählen ihnen Märchen. Papa, gibt es Prinzessinnen wirklich nur im Märchen? Ich glaube, ich erzähl der Mama, was der Tom mit mir macht. Sie ist in England. Aber in einer Woche kommt sie zurück. Dann sag ich ihr alles. Mit Tom spiele ich ab jetzt nicht mehr. Ich sag einfach, ich bin krank. Papa, hörst du mich? Bitte, lieber Gott, lass meinen Papa wieder zurückkommen. Ich wär' so gerne bei ihm. Glaubst du, das geht? Wenn nicht, dann wäre ich lieber auch tot. Dann wäre ich bei Papa. Ich hab dich lieb, Papa. Deine kleine Cap.

1997

„Nein!“ Die Augen des Mädchens funkelten. Entschlossenheit, Trotz und auch ein Funken Angst spiegelten sich darin.

Der Mann lachte leise. Ein warmes, glucksendes, amüsiertes Lachen.

„Nein?“, wieder das Lachen. Diesmal allerdings eine Oktave tiefer und in einem rollenden Knurren endend.

„Nein?“, gedehnt und mit verwundertem Unterton. „Du weißt doch, das gehört dazu. Alle Prinzessinnen tun das. Alle tun es gern und alle haben Spaß dabei.“

„Ich bin keine Prinzessin! Ich werde niemals eine sein und ich will auch niemals eine sein. Ich will nichts mehr mit dir zu tun haben. Geh weg!“ Ihre Stimme zitterte, ihre kleinen Hände waren zu Fäusten geballt.

Der Mann erhob sich. Die Hose rutschte auf seine Knöchel. Lässig schüttelte er das Kleidungsstück ab. Sein steifes Glied wippte dabei auf und ab.

„Hör gut zu, meine kleine Prinzessin: Du tust das, was ich dir sage, so wie du es immer gemacht hast. Du bist meine Prinzessin, ob dir das nun passt oder nicht!“ Seine Hand schoss nach vorne und zerfetzte die weiße Bluse des Mädchens. Zwischen ihren kaum entwickelten Brüsten hinterließ einer seiner Fingernägel einen blutigen Striemen.

Das Mädchen schrie auf und sprang einen Schritt zurück. Der Mann lachte und stemmte die Arme in die Hüften.

„Ich sag es Mama, wenn sie zurückkommt! Ich erzähl ihr alles, was du getan hast, ich ...“ Weiter kam sie nicht. Der Mann schleuderte sie auf das breite Bett und legte seine große Hand um ihren Hals.

„Was ich getan habe? Ich? Du meinst, was wir getan haben. Wir beide. Du und ich. Ich werde ihr auch alles erzählen.“ Sein Atem stank nach Bier, er keuchte, Speicheltröpfchen sprühten ihr ins Gesicht. „Wie du mich gereizt hast mit deinem Luderblick, wie du immer ohne Höschen vor mir getanzt hast. Wie du immer die Badezimmertür offen gelassen hast. Ich werd ihr sagen, was du für ein verdorbenes Miststück bist. Ich bin ein Mann! Ich kann nichts dafür! Sie weiß das. Sie wird mir glauben, denn sie liebt mich. Ich kann ihr erzählen was ich will, sie wird mir alles glauben. Sie wird weinen, wenn sie hört, dass ihr kleines Mädchen eine Hure ist. Sie wird weinen und dann wird sie dich ins Heim bringen.“ Er verdrehte ihren Arm, warf sie auf den Bauch und riss ihr das Höschen vom Leib.

„Du kleine Hure du!“, zischte er ihr ins Ohr, während er brutal in sie eindrang. „Du süße kleine Nutte. Ein Ton zu deiner Mama und du bist im Heim. Da machen sie noch ganz andere Sachen mit dir.“

Nach einigen Minuten, die dem Mädchen wie Stunden vorkamen, ließ er endlich grunzend von ihr ab, säuberte sich oberflächlich mit ihrer Bluse und warf sie ihr dann zwischen die blutverschmierten Beine.

„Mach dich sauber, kleine Sau“, zischte er und verließ endlich das Schlafzimmer.

Besudelt, blutend und schweißnass versank das Mädchen in einem roten Strudel aus Schmerz, Gestank und Verzweiflung. Etwas in ihr war zerrissen. Etwas, das tiefer lag, als ihr geschundenes Fleisch, tiefer, als ihr Peiniger jemals vordringen konnte. Tief in ihrer Seele war ein zartes, silbernes Bändchen für immer durchtrennt worden.

Deine Mama liebt mich ... Niemals würde sie sie in ein Heim geben. Nie in ihrem Leben! Oder? Zweifel krochen durch ihren Kopf wie müde Schlangen. Langsam, unaufhaltsam, zerfressend, zersetzend, nisteten sich ein und pulsierten mit fast unhörbarem Pochen. Stetig, für alle Zeiten…

Mühsam rappelte sie sich auf. Als sie die klebrige Bettwäsche berührte, kroch ein heißes Würgen ihren Hals herauf. Sie taumelte ins Bad, erbrach sich auf den spiegelnden Marmorboden und kauerte über eine Stunde lang in der stinkenden Lache. Dann kroch sie auf allen Vieren in die Dusche, klammerte sich an den schimmernden Haltegriff und regulierte die Wassertemperatur. Es brannte wie flüssiges Feuer, doch sie hielt nicht inne. Sie schrubbte, rubbelte und tupfte, bis sie eine ganze Flasche Duschgel geleert hatte. Danach putzte sie den Fußboden und stopfte Handtücher, Bettwäsche und ihre zerrissene Kleidung in einen großen Müllsack. Im Schlafzimmer hing immer noch der Geruch von Schweiß, Sperma und Bier. Es war dasselbe Schlafzimmer, in dem sie sonntags immer mit Mama und Papa gekuschelt hatte. Damals, als sie noch klein war. Damals, als Papa noch da war. Damals, vor zehn Millionen Jahren ...

Leise schlich sie in ihr Zimmer. Unten dröhnte der Fernseher. Morgen würde ihr „Prinz“ wieder zu ihr kommen.

Morgen. Doch dann wäre sie nicht mehr hier ... Die Schlangen pochten leise in ihr.

Ganz hinten im Schrank, unter einer Schutzhaube, hing ihr Kostüm vom letzten Ballettabend.

Lieber Papa,

dies ist mein letzter Brief an Dich. Ich komm jetzt zu Dir. Da, wo Du bist, soll es doch so schön sein. Wir sind dann für immer zusammen. Tom hat gesagt, ich komm ins Heim, weil die Mama ihm glaubt und mir nicht. Die Mama liebt ihn. Bestimmt schicken sie mich ins Heim. Tom hat mir sehr weh getan und gesagt, im Heim machen sie noch viel schlimmere Sachen mit mir. Er lügt und will Mama erzählen, ich hätte schlimme Sachen gemacht. Bestimmt glaubt sie ihm. Lieber Papa. Ich habe hier niemanden mehr. Ich komme jetzt zu Dir. Du kannst ja dort auf mich warten. Du weißt schon, da, wo es passiert ist. Dann muss ich Dich nicht suchen. Ich hoffe, Du erkennst mich noch. Ich bin doch jetzt schon groß. Ich mach mich auch ganz fein für Dich. Du wirst staunen.

Lieber Papa, ich freu mich so auf Dich. Bis nachher. Du kannst ja schon mal langsam losgehen.

Deine Cap

2007

Sie nahm den Schlüssel aus ihrer Tasche und steckte ihn ins Schloss. Es war ein altmodischer Schlüssel mit Bart und langem Stiel. Sie hatte bei der Renovierung des Gebäudes darauf bestanden, dass so viel wie möglich von der alten Substanz erhalten blieb. Die Türen waren schon etwas verzogen und mussten teilweise abgeschliffen werden, damit sie überhaupt wieder richtig schlossen. Aber es waren herrliche alte Zimmermannsarbeiten mit Kassetten aus Edelholz und gedrechselten Verzierungen. Die Klinken waren elegant geschwungene Messingstücke, die sie selbst auf Hochglanz poliert hatte.

Ihre linke Hand fasste an das kühle Metall und zog die Tür ein wenig nach außen, damit das hakelige Schloss besser aufging. Dieses Zimmer war als Einziges immer verschlossen. Selbst Elfriede und Josef Schmidt, die das Schloss in Stand hielten, hatten strikte Anweisung, diesen Raum niemals zu betreten. Er war absolut tabu. Ein Schrein, eine Stätte, an die ihre Tochter zurückkehren konnte, wann immer sie wollte.

Im Augenblick schlief sie zusammengerollt auf der Seite, den Kopf auf dem linken Arm, den rechten entspannt auf der Decke liegend. Eine Lockenflut umrahmte ihr Puppengesicht. Ein feines Lächeln lag auf ihren Lippen und die Frau hielt unwillkürlich den Atem an, um sie nicht zu wecken.

1997

Sie spürte weder die Kälte noch die Nässe, die durch ihre dünnen Stoffschuhe drang. In ihr war eine wohlige

Wärme, die im Rhythmus ihres Herzschlags pulsierte. Ihr Herz und ihre Füße im Gleichschritt. Tapp-tapp, bum-bum, tapp-tapp, bum-bum. Immer weiter die glitzernde Spur des Mondlichts verfolgend. Immer weiter durch die eisige Winternacht. Tapp-tapp, bum-bum.

Die schneeschweren Äste der Bäume bildeten ein schweigendes Spalier. Der schon fast volle Mond zauberte funkelnde Reflexe auf das Diadem in ihrem Haar. Das lange weiße Kleid war am Saum, wo es ab und zu die Straße streifte, nass und verschmutzt. Die dünnen Handschuhe mit den paillettenbesetzten Stulpen boten keinerlei Schutz vor der Kälte.

Die zierliche kleine Gestalt lief mit raschen Trippelschritten. Das lange Ballkleid vermittelte den Eindruck, als ob das Mädchen schwebe. Eine feenhafte Szene wie aus einem Märchen. Einem Märchen, in dem es Prinzessinnen gab. Sie hatte sich hübsch gemacht, sich geschminkt und eine volle Stunde lang ihr Haar gekämmt. Dann hatte sie gewartet, bis es ganz still wurde im Haus. Bis der Fernseher endlich verstummte, eine Bierflasche über das Parkett kollerte, begleitet von wüsten Flüchen, und die Wasserspülung im unteren Badezimmer rauschte. Er schlief immer unten, wenn die Mama nicht da war. Das große Schlafzimmer war reserviert. Für seine Prinzessin. Sie war es auch, die immer die Betten frisch beziehen, den Boden wischen und sorgfältig sämtliche Spuren seiner perversen Rituale tilgen musste. Er kontrollierte streng. Die Strafen für Nachlässigkeiten folgten auf dem Fuß. Dann gab es noch mehr zu putzen ...

Hatte er womöglich recht? War sie vielleicht selbst verdorben und böse? Niemals würde die Mama ihr glauben.

Sie würde sie auslachen und ihn küssen. Ihn! Der sie jahrelang betrogen hatte, der ihre kindliche Dummheit dazu benutzt hatte, sich mit ihr zu vergnügen. Sie hatte ihm alles geglaubt. Das mit der Prinzessin, dem Pony, den schrecklichen Krankheiten, von denen er sie nur heilen konnte, wenn er sie untersuchte. Sie lügen alle, hatte sie gedacht. Marie und die anderen. Jonas, der ihr Bilder gezeigt hatte. „Geile Bilder, die werden dir gefallen", hatte er gesagt. Sie hatte kaum einen Blick darauf geworfen. Sie sah nackte Menschen mit verzerrten Gesichtern, rotes Fleisch und haarige Bäuche. Sie lügen, wenn sie sagen, dass es schön ist. Sie lügen alle.

Tränen liefen ihr über die Wangen. Freudentränen. Es war nun nicht mehr weit. Tapp-tapp, bum-bum. Ihr Atem stieß kleine weiße Wölkchen vor ihr her, das Kleid raschelte.

„Ich komme zu Dir, Papa. Ich bin schon unterwegs." Tapp-tapp, bum-bum. Kleines Herz, schlag nicht so schnell. Kleine Füße, tragt mich weiter.

Kein Vogel sang, nicht einmal der Ruf des Kauzes war zu hören, als das Mädchen ihr Ziel, den gähnenden Abgrund, erreichte. Daneben stand das schlichte Holzkreuz. Das Kreuz, an dem sie so oft Blumen niedergelegt hatten. Sie und ihre Mama. Die Mama, die sich anfassen ließ von ihm. Die tat, als gefiele ihr das, damit er sie nicht schlug. Mit klammen Fingern griff das Mädchen in die kleine Tasche seines bauschenden Rockes und zog ein mehrfach gefaltetes, zerknittertes Blatt hervor. Sie legte den Brief vor das Kreuz und deckte ihn sorgfältig mit einem Stein ab. Mit letzter Kraft kletterte sie auf einen der weißen Steinquader.

Der feuchte Saum des Kleides schlug gegen ihre Fesseln, der Ostwind drang scharf durch den zarten Stoff, doch er erreichte nicht ihr Herz. Allein. Die ganzen Jahre war sie allein gewesen. Allein mit ihm …

Eine warme Glut wallte durch ihren Körper, als sie die Arme ausbreitete und zu ihrem Papa flog. Keine Schmerzen mehr. Nie wieder Angst haben. Nie wieder allein!

Zwanzig Meter tiefer prallte ihr zarter Körper mit fürchterlicher Wucht auf einen kantigen Felsquader, wurde herumgeschleudert, das zerfetzte weiße Kleid färbte sich rot, dann verschwand sie in der gnädigen Finsternis des fast zweihundert Meter tiefen Abgrundes. Kein Schrei, kein Laut, drang aus ihrem Mund …

Sanft und wohlbehalten wurde sie von den starken Armen ihres Vaters aufgefangen. Sie roch den Duft seines Rasierwassers, spürte seinen Herzschlag und seinen Pfefferminzatem, der ihr Haar streichelte. Niemand würde sie jemals wieder voneinander trennen.

2007

Das Trugbild verschwand genauso wie der Geruch von Apfelshampoo und Maiglöckchenparfüm. Das Zimmer roch muffig, nach altem Staub und etwas säuerlich. Die Frau öffnete das Fenster, strich die Tagesdecke glatt und betrachtete die Bilder an der Wand. Pferde, Katzen und ein grobkörniges, vergrößertes Urlaubsfoto, auf dem sie alle drei lachend in einem Café saßen. Noch hatten die Boygroups nicht hierher gefunden.

Die Frau öffnete den Kleiderschrank, ein Bauernschrank, den sie und ihre Tochter gemeinsam bemalt hatten. Schreiend bunte Blumen auf blauem Grund. Bestimmt würde sich Paula über die schönen Kleider freuen. Paula ... Rechts neben dem Schrank stand ein kleiner Schreibtisch. Staub. Sie würde den Staubsauger aus der Kammer holen. Danach würde sie den bunten Flickenteppich im Garten lüften und alle Möbel feucht abwischen.

Sie verbrachte fast den ganzen Tag in dem kleinen Zimmer. Es war später Abend, als sie sich dem Bücherregal zuwandte.

Zärtlich strichen ihre Finger über die Buchrücken. Es war ein großes Regal. Ihr kleines Mädchen war eine begeisterte Leserin. Pferdebücher, Mädchenbücher, Reiseberichte, eine komplette Karl-May-Sammlung. Auf den Oberseiten der Bücher hatte sich eine dunkle Schicht aus Staub und Spinnweben gebildet.

Die Frau nahm die englische Originalausgabe von „Der Herr der Ringe" in die Hand und blies den Staub weg. Versonnen blätterte sie in dem illustrierten Buch. Ein Geschenk ihres Schwiegervaters. Der hatte es selbst von seinem verstorbenen Vater, den er immer nur den „Major" nannte, geerbt.

Ein dumpfes Geräusch ließ sie zusammenzucken. Tolkien hatte eine große Lücke hinterlassen und drei benachbarte Bücher waren umgefallen. Seufzend legte die Frau den Wälzer auf den Schreibtisch und machte sich daran, das Regal auszuräumen. Irgendwo musste sie ja wohl anfangen. Wer weiß, was für fieses Krabbelzeug sich hinter der Literatur verborgen hielt. Stapel um Stapel schichtete sie auf Tisch und Boden. Zwischendurch hatte sie einen Eimer mit warmem Wasser gefüllt und einen Schuss Spülmittel hinein gerührt. Mit einem Schwammtuch rieb sie die einzelnen Etagen aus. Für die oberen brauchte sie den kleinen dreistufigen Tritt. Das Regal reichte bis fast an die Decke. Als sie mit einem Packen Bücher in den Händen mit dem linken Fuß nach der nächst niedrigeren Stufe angelte, verlor sie beinahe das Gleichgewicht. Polternd entfielen ihr die Bücher und wild mit den Armen rudernd schaffte sie es gerade noch, auf der Leiter zu bleiben. Die Bücher lagen verstreut am Boden.

Seufzend machte sich die Frau daran, sie einzusammeln. Dann stutzte sie: Zwischen Bildbänden, Enid Blyton-Romanen und der Bullerbü-Trilogie lugte ein längst überholter Duden hervor. Vielmehr der Einband davon. Keine einzige Seite war mehr darin. Daneben lag ein babyblaues Büchlein mit Kunststoffeinband und einem Schloss. Wie hypnotisiert starrte die Frau darauf. Ein Tagebuch! Raffiniert verborgen in einer Duden-Attrappe! Mit zitternden Fingern griff sie nach dem kleinen Buch. Sie drückte auf den winzigen Knopf, um das Schloss zu öffnen. Abgeschlossen. Wozu ist so ein Ding auch da? Natürlich hätte die Frau die lächerliche Sperre einfach abreißen können. Doch es wiederstrebte ihr zutiefst, Gewalt anzuwenden. War das doch das Tagebuch ihrer Tochter.

Schließlich gelang es ihr, mit einer Pinzette und einem winzigen Schraubendreher den primitiven Mechanismus zu knacken.

Wer das liest ist ein Schnüffler und soll Pickel und Durchfall haben, sein Leben lang! stand in energischen Buchstaben auf der ersten Seite. Ein ersticktes Lachen erstarb in einem Strom von Tränen. Sie hatte einen Schatz gefunden! Sie hielt die geheimsten Gedanken ihrer Tochter in den Händen. Ihr kleines Mädchen hatte das geschrieben.

Ihre Knie schmerzten, ächzend erhob sie sich, stützte sich auf Karl-May Band 1-12 ab und setzte sich aufs Bett. Sie brauchte lange, bis sie sich auf den Text konzentrieren konnte. Endlich hörten die Worte auf zu tanzen, fügten sich wieder zu Sätzen:

Lieber Papa

Das schreib ich für dich. Das ist jetzt unser Buch ...

Eine Träne tropfte auf das dünne Papier und verwischte die Buchstaben. Längst war die Dämmerung angebrochen. Blaues Zwielicht ließ die Zeilen verschwimmen und verwischte die Buchstaben.

Die Mama liebt ihn ...

Das Buch glitt ihr aus den klammen Fingern. Auf den Knien tastete sie danach, krallte ihre Hände in das knisternde Papier und brach schluchzend darüber zusammen. Minutenlang kauerte sie so auf dem Boden, ihre Tränen durchnässten den bunten Flickenteppich. Dann setzte sie sich auf und presste das Buch an ihre Brust. Es tat so weh.

Der aufgehende Mond schien in das Zimmer. Immer noch das Buch an sich gepresst, erhob sie sich erstaunlich kraftvoll. Sie verließ das Zimmer, ohne sich auch nur einmal umzudrehen, und schritt wie ein Roboter die Treppe hinunter.

Der Mond verzauberte das Land. Die Fichten dufteten, die Luft war wie klares Quellwasser. Doch vor den Augen der einsamen Frau lag nur tiefe, kühle Nacht. Mechanisch setzte sie einen Fuß vor den anderen. Die Arme immer noch vor der Brust verschränkt, folgte sie der schmalen Straße. Die Riemchen ihrer exklusiven Schuhe scheuerten ihr die Haut von den Fersen. Die Zehen waren längst taub, die Knie schmerzten. Nichts davon spürte sie. Das Bohren und Brennen in ihrem Herzen beherrschte ihr ganzes Bewusstsein. Sie brauchte fast eine halbe Stunde, bis sie die Stelle erreichte. Sie streifte die Schuhe von ihren blutenden Füßen, kletterte auf einen der weißen Steinquader und ließ den Sog des Abgrunds auf sich einwirken. Eine winzige Bewegung, ein leichtes Schwanken und sie wäre bei ihnen.

Sie ... die Schuldige. Die blind und taub das jahrelange Martyrium ihrer Tochter übersehen hatte. Die IHN geliebt hatte. Den Teufel selbst. Den Mann, der ihr Kind in den Tod getrieben hatte. Ihr kleines Mädchen war in dem Bewusstsein gesprungen, dass ihre eigene Mutter sie verraten hatte.

Das war das Schlimmste. Die Frau wusste, sie war verflucht. Nicht eher würde sie Ruhe finden, bis das alles bezahlt war. Bis ER bezahlt hatte. Dann war sie bereit, auch ihren Preis zu entrichten. Erst dann würde sie es wagen, ihrer Tochter gegenüberzutreten.

Es war eine andere Frau, die Stunden später ins Schloss zurückkehrte. Barfuß. Die Schuhe hatte sie irgendwann abgestreift und liegen gelassen. So wie ihr ganzes bisheriges Leben. Frierend, aber erfüllt von einem verzehrenden Feuer, schloss sie die Tür hinter sich. Sie war erschöpft. Doch niemals wieder würde sie ruhig schlafen. Nicht eher wollte sie die Augen schließen, bis die Rechnung beglichen war. Bis auf den letzten Cent. Den letzten Blutstropfen.

Sie ging ins Bad und streifte ihre feuchte Kleidung von ihrem zitternden Körper. Es war angenehm warm. Das Beben und die Gänsehaut hatten nichts mit dem Aufenthalt in der dunklen Kühle da draußen zu tun. Es kam aus ihrem Herzen. Es war eine animalische Wut. Vernichtende Energie, rot glühendes Magma ließ sie vibrieren, bis sie glaubte, zerspringen zu müssen.

Sie schaute in den riesigen Wandspiegel. Sah ihre strähnigen, zerzausten Haare, ihr verschmiertes Make-up und ihre schmutzigen, blutenden Füße. Sie legte ihre Hände auf die schmalen Schultern des Mädchens vor ihr, spürte die Wärme, roch den Duft ihrer Haare und versank in den bittenden runden Kinderaugen. Die Vision löste sich auf und sie lauschte dem verwehenden Klang einer Kinderstimme: „Mama?“

Sie hatte sie verraten. Sie war nicht da gewesen, als ihr kleines Mädchen sie gebraucht hatte. Sie hatte sie alleine gelassen. Alleine mit dem Teufel. Der das arglose Kind nach seinen Vorstellungen geformt hatte. Der liebe gute Tom. So hatte sie ihn immer genannt. Nach dem tollpatschigen Kater in der Zeichentrickserie. Sie war die Maus. Eine freche, schlaue kleine Maus, die immer gewann.

Doch diesmal hatte sie nicht gewonnen. Der Frau wurde wieder übel, als sie an die treuherzigen Passagen mit der

Prinzessin dachte, die sie in dem kleinen blauen Tagebuch gelesen hatte.

Infam! Infam, niederträchtig und gemein hatte das Schwein die Fantasie und die Träume eines Kindes benutzt, um seine perversen Neigungen auszukosten.

Er hat gesagt, dass ich einen Prinzessinnennabel habe und ganz früher wäre ich bestimmt eine ganz echte Prinzessin geworden, so richtig mit Krone und Schloss und so.

Zorn und Verzweiflung ließen heiße, gallige Übelkeit in ihr aufsteigen. Sie hatte versagt. Hatte weder Zeichen noch stumme Hilferufe wahrgenommen, als ihre Tochter längst begriffen hatte, dass der liebe gute Tom niemals eine Prinzessin aus ihr machen würde.

Papa, hörst du mich? Bitte, lieber Gott, lass meinen Papa wieder zurückkommen. Ich wär' so gerne bei ihm. Glaubst du, das geht? Wenn nicht, dann wäre ich lieber auch tot. Dann wäre ich bei Papa. Ich hab dich lieb, Papa. Deine kleine Cap.

Sie hatte dieses Ungeheuer geliebt. Hatte seine Hände auf ihrem Körper gespürt. Hände, die ihr eigenes Kind geschändet hatten. Sie hatte ihn geküsst, ihn umklammert, ihn in sich aufgenommen und sich in ihm verloren. Er war ein fantastischer Liebhaber. Er wusste, was ihr gefiel, wusste, wie er sie zu immer weiteren Höhepunkten treiben konnte. Er war ein animalischer Mann. Sie liebte es, wenn er sie brutal auf das Bett warf, ihre Arme festhielt und sie auf eine Weise nahm, die ihr den Atem raubte.

Sie fühlte sich schmutzig. Doch es war nicht der Dreck der nassen Straße an ihren Füßen. Es war der Schmutz auf ihrer Seele, in ihrem Herzen, der Morast längst vergangener zügelloser Nächte mit einem Monster, das nicht Halt machte vor dem unschuldigen kleinen Körper eines wehrlosen Kindes. Ein Tier, das zerstörte, zerfetzte, vernichtete, nur um seine primitivsten Triebe zu befriedigen.

Sie war auch noch stolz darauf gewesen. Stolz, dass ihr Geliebter so heißblütig war, sie immer und überall begehrte. Ausdauernd, fantasievoll und stark.

Wieder wurde ihr übel, als sie sich vorstellte, wie sich ihre Tochter dabei gefühlt haben musste.

Der Morgen dämmerte bereits herauf, als das Wasser der stetig rauschenden Dusche kälter wurde. Der enorme Vorrat des Kessels war fast erschöpft. Doch sie war immer noch schmutzig. Kein Wasser der Welt, keine Lotion, keine Seife, kein Schwamm konnte diesen klebrigen, fettigen Belag von ihr waschen. Sie konnte es höchstens abbrennen. Verzehren mit dem Feuer der Rache. Sie stieg aus der Dusche, tastete durch den Dampf nach einem Handtuch und trocknete sich sorgfältig ab. Eine seltsame Ruhe breitete sich in ihr aus. Sie zog sich einen bequemen Hausanzug an, schlüpfte in ihre warmen Pantoffeln und bändigte ihr Haar im Nacken zu einem Knoten.

Sie bereitete sich in der Küche einen Espresso, spülte mit einem Brandy nach und stieg die breite Treppe hinauf in den ersten Stock.

Das Zimmer war bereit. Blitzsauber und aufgeräumt, bis auf die verstreuten Bücher auf dem Boden. Sorgfältig hob sie die bunten Bände auf und stellte sie ins Regal. Jedes an seinen Platz. Auch den Duden-Torso. Sie musste nicht darüber nachdenken. Alles in diesem Raum hatte sich in ihr Gedächtnis gebrannt, wie mit einem glühenden Eisen. Sie könnte es malen. Jedes Molekül wäre am richtigen Ort. Das Zimmer war ihre Tochter. Ihre Tochter war sie. Jetzt. Jetzt, da es zu spät war. Aber sie würde es wieder gut machen. Alles, was sie vorher gemacht hatte, war purer Zeitvertreib. Kindischer Kram. Ihr Mode-Imperium. Ihre Model-Agentur, ihre Milliarden in der Schweiz und in Luxemburg, auf den Caymans und Gott weiß wo.

Nun hatte sie eine Aufgabe. Eine Aufgabe, der sie den Rest ihres Lebens widmen würde. Sie hatte auch schon eine Idee. Eine Idee, die Schauer der Erregung über den Rücken laufen ließen. Er war ein Tier, ein perverses Stück Vieh. Und genau so würde er sterben. Er würde alles das durchleben, was ihre Tochter durchleiden musste. Doppelt und dreifach.

Sie verließ das Zimmer. Das Tagebuch nahm sie mit. Sie betrat den großen Salon mit seiner imposanten Fensterfront, öffnete eine der hohen Flügeltüren und trat hinaus auf den großen Balkon mit seiner Sandsteinbalustrade.

Graues Zwielicht ließ die umgebenden Wälder schwarz erscheinen. Nebelschwaden in den Tälern. Die ersten zaghaften Vogelrufe. Sie atmete tief, schloss die Augen und sah ihn vor sich. Seine sanften braunen Hundeaugen, sein markantes Gesicht, den Bartschatten, der ihn immer so geheimnisvoll aussehen ließ. Sie hatte ihn geliebt. Sie würde ihn töten.

Das Schwein würde bezahlen.

„Du wirst nicht wieder zurückkommen." Paulas Stimme klang plötzlich nicht mehr wie die eines 12-jährigen Mädchens. Eva stellte erschrocken fest, dass sie genau das aussprach, was sie die ganze Zeit gedacht hatte, was sie so krampfhaft hinter Floskeln, Ausflüchten und halbherzigen Erklärungen zu verstecken suchte.

Die Kleine hatte recht. Sie würde niemals mehr hierher zurückkehren. Auf den tristen Spielplatz in der bedrückenden Betonwüste der Trabantenstadt. Sie war gekommen, um sich zu verabschieden. Für immer. Dort wo sie nun hinging, war kein Platz für niedliche kleine Mädchen.

Evas Augen tasteten Paulas Gesicht ab. Hatte sie tatsächlich geglaubt, die Ähnlichkeit mit ihrer verstorbenen Tochter sei mehr als ein Zufall? Hatte sie wirklich vorgehabt, die Mutter des Mädchens zu töten, um das Kind ganz für sich allein zu haben? War sie damit nicht auf der gleichen Stufe wie er? Wollte sie dieses Kind mit Gewalt zu ihrem Kind machen? Es drillen, sein Hirn umstülpen, sein Gedächtnis auslöschen? War auch sie ein Monstrum? Eine Teufelin? Wer war sie? Was war sie?

„Du weinst ja", Paula schaute sie mit großen Augen an. Die Augen. Sie waren dunkler als die ihrer Tochter. Der Mund. Ein wenig zu breit. Die Nase ... Die Nase war perfekt. Nur die Nase...

„Der Wind, weißt du", Eva Kottke tupfte sich mit einem Taschentuch die Augen, „Ich habe mich wohl etwas erkältet. Sag' deiner Mama einen schönen Gruß von mir." Sag ihr, sie darf weiterleben, dachte sie und drückte den schmächtigen Körper des Mädchens an sich. Sie würde es wieder gut machen. Diese nie begangene Untat. Sie würde es wieder gut machen.

„Schreibst du uns mal von Amerika?“

„Natürlich, Paula.“

„Wiedersehen, Eva.“

„Wiedersehen, Paula“, rasch wandte sie sich ab, lief fast den abschüssigen Pfad in Richtung Haltestelle.

„Eva!“ Sie blieb stehen, drehte den Kopf und sah die kleine Gestalt vor den tristen Fassaden der Hochhäuser winken. Ihr roter Mantel schien der einzige Farbfleck in diesem ansonsten völlig grauen Bild zu sein. Sie hob die Hand und winkte zurück. Die Konturen verschwammen hinter einem Tränenschleier. Der Wind ...

Liebe Frau Boskow ...

Sie schrieb den Brief mit der Hand. Ein am PC erstelltes Dokument, womöglich noch mit dem Firmenbriefkopf, hätte Paulas Mutter nur verstört. Außerdem hätte sie sich als Almosenempfängerin gesehen und womöglich abgelehnt.

Es tut mir leid, wenn es so aussieht, als würde ich mich in Ihre Angelegenheiten mischen. Durch Ihre Tochter erfuhr ich von Ihrer misslichen Situation ...

Das geht ja nun überhaupt nicht! „Missliche Situation“, so schreibt Eva nicht. So schreibt eine Geschäftsfrau, keine arbeitslose Erzieherin, die vorhat, nach Amerika zu ihrer Schwester zu ziehen, die sie aus Mitleid aufnimmt.

... Ihre Tochter hat mir von Ihrem Pech mit Ihrer Arbeitsstelle erzählt. Schon besser.

Heute habe ich mit einer ehemaligen Kollegin telefoniert. Sie hat einen Bekannten, der ihr erzählt hat, das die

Firma Hanka-Textil hier in der Stadt eine Näherin sucht. Die zahlen ziemlich gut und haben sogar einen eigenen Kinderhort. Da mir Paula erzählt hat, dass Sie gelernte Schneiderin sind, habe ich sofort an Sie gedacht. Rufen Sie am besten gleich einmal dort an. Ich drücke Ihnen die Daumen. Viel Glück.

Nachdem sie noch Adresse und Telefonnummer darunter geschrieben hatte, verschloss sie den Brief und klebte eine Briefmarke darauf. Das Daumendrücken ersparte sie sich und auch Glück würde Petra Boskow nicht brauchen. Der Posten war ihr sicher. Hanka-Textil war nur noch dem Namen nach eine alteingesessene Industrienäherei. Das mittelständische Unternehmen war seit fünf Jahren Bestandteil der BarTex-International mit Sitz in London, die von einer äußerst publicityscheuen Milliardärin in Alleinherrschaft regiert wurde. Ein weiteres Teil im Tausend-Teile-Puzzle der Frau.

Die Personalabteilung wusste Bescheid. Das Vorstellungsgespräch von Petra Boskow sollte unmittelbar nach deren Anruf stattfinden. Das Gehalt entsprach dem einer Abteilungsleiterin, der Platz im Hort für ihre Tochter war kostenlos und eine Firmenwohnung in einer Siedlung im Grünen war „zufällig" gerade frei geworden.

Die Frau fühlte sich nun bedeutend wohler. Paula und ihre Mutter sollten es gut haben. Sie erhob sich hinter dem riesigen gläsernen Schreibtisch, trat ans Fenster und schaute hinaus auf die flimmernden Lichter der Stadt.

Ihr inneres Auge erhob sich, stieg hinauf in den Abendhimmel, die Stadt wurde zu einem Lichterteppich, dann zu einem hellen Fleck. Der Horizont krümmte sich, die Erde wurde zu einer Kugel. Berge, Meere, Kontinente rollten unter ihr ab. Er war irgendwo da unten. Irgendwo auf diesem Planeten schlug ein Herz, das nicht schlagen durfte.

Sie würde ihn finden. Sie hatte die Zeit und das Geld und die Macht.

Dort draußen sollte jetzt jemand Angst haben ...

Das Leben, das der Mann führte, war ein sehr ordentliches. Niemals geschah etwas Unerwartetes, niemals änderte sich etwas, niemals wurde die tägliche Routine gebrochen. Nur das Wetter machte, was es wollte. Wie immer. Doch Regen, Schnee, Sonne und Wolken spielten sich für den Mann in einem durch hohe Mauern gebildeten Geviert von wenigen hundert Quadratmetern ab. Seit drei Jahren schon.

Der Mann lebte in der Herzogenriedstraße 111. Zusammen mit 1085 Mithäftlingen bewohnte er den sternförmigen Backsteinkomplex der JVA Mannheim. Er hieß Gernot Marks und war 2006 zu einer Haftstrafe von fünf Jahren und drei Monaten verurteilt worden. Freiheitsberaubung in Tateinheit mit schwerem sexuellem Missbrauch einer Minderjährigen. Fünf Jahre und drei Monate ...

Das blasse dunkelhaarige Mädchen, welches er wochenlang in seiner Gewalt hatte, bekam lebenslänglich. Ihr ganzes Leben lang würde sie an den Folgen des erlittenen Martyriums leiden. Außerstande zu vergessen, misstrauisch jedem männlichen Wesen gegenüber und geplagt von immer wiederkehrenden Albträumen. Vielleicht würde sie irgendwann einmal anfangen zu verdrängen. Das Grauen, die Schmerzen und die Scham zu einer winzigen schwarzen Kugel pressen und in einer geheimen Ecke ihres Bewusstseins verstecken. Vielleicht. Aber beim geringsten Anlass würde die Kugel sich aufblähen, ihren Kopf ausfüllen und sie wieder schreiend aus dem Schlaf jagen. Ein Leben lang.

Gernot Marks wachte niemals nachts auf. Schreiend schon gar nicht. Er würde nach Ablauf der Strafe durch den türmchenbewachten, neugotischen Eingang der JVA spazieren und an der Bushaltestelle die jungen Mädchen der Herzogenriedschule anlächeln. Sie würden sich kichernd abwenden und ihm ihre süßen Ärsche zeigen.

Gernot freute sich darauf. Er tauchte den Pinsel in einen Klecks grüner Farbe und schattierte eine zu hell geratene Tanne am Ufer des einsamen Bergsees. Dahinter lugte das Dach einer Blockhütte hervor. Eine dünne Rauchfahne stieg senkrecht in den etwas zu kitschig geratenen Abendhimmel. Ein Dutzend der durchaus ansehnlichen Landschaftsbilder hingen bereits an den Wänden von Haftraum B 31. Mit doppelseitigem Klebeband fixiert, denn Nägel galten als potenzielle Waffe. Gernot Marks malte seit zwei Jahren. Der Anstaltspsychologe hatte ihn dazu ermuntert und ihm sogar eines abgekauft. Eine nebelverhangene Moorlandschaft. Die tief geduckte Torfstecherhütte, kaum erkennbar hinter wucherndem Gestrüpp im fahlen Zwielicht. Romantisch, stimmungsvoll, wenn auch der Stil etwas kindlich Naives aufwies. Marks malte ausschließlich einsame Landschaften, die von einer bedrückenden Leere geprägt waren. Die zarten, weißen Körper, die in den Hütten gefesselt auf den Betten lagen, sah nur der Maler. Die Anstaltsleitung und das Wachpersonal bescheinigten Marks eine hervorragende Führung und erwähnten die Kunst des Gefangenen gerne als Produkt moderner Resozialisierungsmethoden: Schaut ihn euch an, die Bestie vom Neckartal - ein Schöpfer wunderschöner, friedvoller Gemälde. Ein ruhiger, freundlicher Mensch. Fügsam, sanftmütig und höflich. Niemand öffnete jemals eine Tür von einer der kleinen, Geborgenheit ausstrahlenden Hütten.

Draußen auf dem Gang ratterte der Wagen mit der Post. Vor fast jeder Zelle hielt der Karren und der Schließer schob Briefe oder kleine Päckchen durch die Klappe in der Tür.

Die JVA Mannheim war ein altes Gefängnis. Ein richtiger Knast mit Gittern, genieteten Stahltüren und eisernen Laufgängen. Der kleine Bürowagen rasselte näher, die Klappen quietschten und der Schließer murmelte manchmal eine Bemerkung oder einen Gruß. Vor Haftraum B 31 hatte er schon lange nicht mehr gehalten. Am Anfang erhielt Marks öfter Sendungen von der Staatsanwaltschaft, seinem Anwalt oder von Versicherungen und Ämtern, die eine Bestätigung brauchten, damit alles seine Ordnung hatte. Bitte ankreuzen: Ich bin tot, ich bin untergetaucht, ich sitze im Knast. Datum, Unterschrift. Irgendwann versiegte auch dieses letzte Rinnsal hinaus in die Freiheit.

Achselzuckend widmete sich der Gefangene wieder seinem Bild, als die Klappe scheppernd aufging und ein Kuvert auf den Boden segelte. Ohne Gruß, ohne Bemerkung. Sicher hatte der Schließer Kinder.

Fassungslos starrte Marks auf den Brief. Er war weiß. Nicht blau wie die Behördenpost oder braun wie Formulare. Er hob ihn auf. Die Adresse war handgeschrieben. Eine gestochen klare, steile Schrift. Als er den Absender las, sank er auf die Pritsche und schnappte nach Luft. Die Adresse verschwand fast unter dem Prüfstempel der Anstaltspoststelle: Geöffnet und geprüft. Status: unbedenklich. JVA Mannheim Poststelle. Das Einzige, das Marks noch ohne Schwierigkeiten entziffern konnte, war der Name. Ein Name, bei dem Bilder aus fernen Zeiten in seinem Kopf aufleuchteten. Rasch wechselnde, flackernde Szenen, als hämmere ein besessener Zapper auf seiner Fernbedienung herum.

Die Prüfstelle machte sich nicht die Mühe, die Post wieder zu verschließen. Mit fliegenden Fingern zerrte Marks den Brief heraus, faltete ihn auseinander und brauchte einige Minuten, bis die Buchstaben sich beruhigten.

Lieber Gernot,

Nie hatte sie ihn Gerry genannt. Immer Gernot. Allerdings hörte sich sein Name aus ihrem Mund immer gut an. Nicht so hart mit zischendem T am Ende, wie ihn seine Mutter immer ausgesprochen hatte. Rollendes R, peitschendes T. „Gerrrnott“, ein Name, den man spucken konnte. Magdalena Marks spuckte ihn oft. Wenn er ungezogen war, wenn er ins Bett gemacht hatte, wenn sie die Flecken in seiner Bettdecke entdeckte. Sie hasste es, wenn ihn jemand Gerry nannte. „Gerry wohnt hier nicht“ spuckte sie Freunden und Mitschülern entgegen, wenn diese nach ihm fragten.

Lieber Gernot,

Wieder verschwammen die steilen, sorgfältig ausgerichteten Worte. Sie hatte ihm geschrieben. Sie! Die einzige Frau, die er jemals geliebt hatte.

Nach all den Jahren des Schweigens. Den Jahren voller Dunkelheit, nur ab und an durchbrochen von kurzen Lichtblicken, bestehend aus jungen, zarten Körpern, bebend in seinen Händen. Vor Angst. Doch das war wohl der Preis, den er für die rauschhaften Momente der Ekstase zu zahlen hatte. Er zwang sich, seinen Atem zu kontrollieren. Schloss die Augen, konzentrierte sich auf den Rhythmus seiner Lungen. Dann las er den Brief. Wort für Wort sog er ihn in sich auf, wie ein Verdurstender das lebenswichtige Nass:

Lieber Gernot,

erst vor Kurzem habe ich erfahren, was mit Dir geschehen ist. Ich war schockiert. Auch zunächst abgestoßen. Doch Dich haben andere verurteilt. Andere haben über Dich geschrieben, geredet, Dich verachtet. Andere. Ich habe über Dich nachgedacht. Ich habe gesucht. Ich habe gefunden. Du warst noch nie sehr stark. Dein Körper hat über Dich geherrscht wie ein grausamer Diktator. Du hattest keine Chance gegen diesen mächtigen Herrscher. Als Du mich verlorst, warst Du ihm ausgeliefert.

Ich habe Schuld auf mich geladen. Ich konnte Deinen Körper bändigen. Ich habe es genossen. Das Tier in Dir. Alleine frisst es Dich auf. Raubt Dir zuerst die Sinne und dann die Freiheit. Wir sind beide geflohen. Ich vor der Vergangenheit, Du vor der Zukunft. Wir waren feige. Alle beide.

Es war der größte Fehler meines Lebens, mich von Dir abzuwenden. Ich verfiel dem Irrtum, nun frei zu sein. Doch ich war gefangen in mir. Eiserne Türen kann man aufschließen. Mauern kann man einreißen, Gitter zersägen. Mein Gefängnis ist absolut. Kein Sprengstoff kann es je zerstören, keine Macht diese Mauern überwinden, außer der Liebe. Einer Liebe, wie ich sie nur einmal im Leben genießen durfte. Einer Liebe, die nie aufgehört hat. Ich war blind damals. Zerfressen von bitterer Trauer, zerrissen von einem unmenschlichen Schicksal. Ich wollte weglaufen vor der Finsternis. Aber ich lief in einen Tunnel ohne Ausgang. Ich weiß, dass auch Du gelitten hast. Doch ich sah es nicht. Sah nur mich und meine Verzweiflung. Nun sind wir beide auf dem Grund dieses Schachtes und kratzen an den Wänden, weil wir glauben, einen fernen Lichtschimmer zu sehen. Alleine werden wir es nicht schaffen. Alleine werden wir sterben ...

Der Gefangene ließ den Brief sinken. Seine Hände zitterten, er zog die Nase hoch und blinzelte eine Träne fort.

Alleine werden wir sterben ...

Seine Augen suchten erneut den Text, seine Lippen sprachen lautlos die Worte mit:

Wir haben es schon einmal geschafft. Ich habe mich entschieden. Ich kann und will ohne Dich nicht sein. Wenn Du diesen Brief liest, werde ich beginnen, meinen Plan in die Tat umzusetzen. Ich werde einen Anwalt aufsuchen. Du kennst ihn gut. Er ist der Richtige für uns. Vertraue mir. Liebe mich. Heirate mich ...

Der dunkle Mercedes hielt mit summendem Motor direkt vor dem Tor. Ein junger Mann im perfekt sitzenden schwarzen Anzug stieg aus und öffnete schwungvoll eine der hinteren Türen. Justizwachtmeister Bach erkannte an den massiven Beschlägen, dass der Wagen gepanzert war. Sicherheitsglas, schussfeste Bereifung und wahrscheinlich noch eine Bodenplatte aus hochvergütetem Stahl. Eine verlängerte Karosserie und ein elektronisches Ortungssystem. Dazu garantiert ein Triebwerk, das dem Zweieinhalbtonner die Fahrleistungen eines Sportwagens bescherte. So etwas fuhren noch nicht mal Bundesminister.

Bach war informiert worden. Der Wagen war auf die Minute pünktlich. Der Schichtleiter der Torwache hatte seine Kolleginnen und Kollegen gebrieft: keine Mätzchen. Keine Bettelei um Autogramme, keine „Du-und-dein-Star-Fotos“. Das übliche Programm: Ausweiskontrolle, Identifikation, Eintragung ins Wachbuch, Rückfrage in der Sektion. Abholung durch den für Besucher zuständigen Beamten. Die JVA Mannheim briet niemandem eine Extrawurst. Auch nicht einer der reichsten Frauen der Welt.

Von der verglasten Wachstube aus beobachtete Bach, wie Anna-Sophia Barlow in einer einzigartigen fließenden Bewegung aus dem Auto stieg, dem Fahrer Anweisungen erteilte und die drei Schritte zur Pforte mit einer Anmut zurücklegte, als wäre das rissige Pflaster der Laufsteg einer Prêt-à-porter-Veranstaltung.

„Atme, Seppl, atme, du bist schon ganz blau“, spottete Gerti Schneibel, seine Kollegin, der junge Neuberger draußen auf dem Hof hatte Schweißperlen auf der Stirn.

Sebastian Bach, dessen Mutter das geplante Johann des musikvernarrten Vaters gerade noch verhindert hatte, stieß zischend die Luft aus.

„Hautevolee-Schickse. In Anstaltsklamotten bleibt da auch nicht viel von über." Die Schneibel lachte dreckig, „Solche kommen nicht zu uns. Die kaufen sich Anwälte, die schieben dem Vorsitzenden Richter die Tat in die Schuhe. Zu wem will die überhaupt?"

„Keine Ahnung, einer aus der C-Abteilung. Die machen da ein Riesengeheimnis draus."

Gerti nickte, „Muss wohl sein, sonst würden sich draußen die Pressefritzen prügeln." Der nervöse Neuberger begleitete die hochgewachsene Blondine zum Schalter.

Bach drückte den Knopf der Sprechanlage, „Legen Sie bitte Ihren Ausweis in das Fach und geben Sie Handys und andere elektronische Geräte in den Kasten. Legen Sie sämtliche Metallgegenstände ab und treten Sie durch den Rahmen rechts von Ihnen. Meine Kollegin kümmert sich um Sie." Neuberger, der hinter der Besucherin stand, machte zweideutige Handbewegungen. Bach schenkte ihm einen warnenden Blick.

„Herr Marks, Sie haben Besuch." Das Gesicht des Schließers war völlig ausdruckslos, die Stimme geschäftsmäßig kühl und beherrscht. Häftling Nummer 855 saß kerzengerade auf der Pritsche und beendete seine Atemübungen. Vor einer halben Stunde hatte er sich sorgfältig rasiert, Nasen und Ohrhaare gezupft und seine Hände geschrubbt, die jetzt noch ganz rot waren. Seine ehemals lockigen, schulterlangen Haare trug er extrem kurz und er bemühte sich um ein dünnes Linienbärtchen um Mund und Kinn. Schade, dass es im Knast keine Rasiermesser gab. Er schaute ein letztes Mal in den Spiegel, bevor er dem Vollzugsbeamten folgte. Er wollte gut aussehen heute. **Sie** kam um ihn zu besuchen. **Sie**! Die Liebe seines Lebens. Sie hatte endlich ihre Vergangenheit besiegt. Sie hatte endlich eingesehen, dass niemand vor seinen tiefsten Gefühlen davonlaufen kann. Dass niemand sein Leben ausschließlich auf Grund von rationalen Gedankengängen gestalten kann.

Die Liebe fragt nicht. Sie ist. Schon einmal hatten sie beide sich geliebt. Jung. So unendlich jung. Trunken vor Lust, wissend, dass die Welt ihnen ganz allein gehörte. Doch auch diesem Rausch folgte ein Kater. Sie hatte ihn fortgejagt. Den armen idealistischen Träumer gegen einen smarten, gutsituierten Flugkapitän getauscht. Vernünftig! Keine Sorgen mehr. Das Haus im Grünen bezahlt. Das Cabrio auf Pump, wegen der Steuer, die Einrichtung erlesen, die Freiflüge rund um den Planeten. Bumsen am Strand von Australien, ficken in Suiten und Ekstase im Schnee von Gstaad.

Als dieser farbenprächtige Bildband mit dem hässlichen Krachen verformten Blechs zugeschlagen wurde, fiel Anna-Sophia in bodenlose Finsternis.

Bodenlos? Nein. Das Loch, in das sie stürzte, war nur scheinbar unendlich. Ganz unten, so tief es auf diesem Planeten nur ging, stand ein Mann und fing sie auf. Willkommen im Mittelpunkt der Erde, geliebte Anna-Sophia. Dieser Mann war er. Gernot Marks. Einschlägig vorbestraft wegen Diebstahl, Betrug, und schwerem Raub. Ein Kerl zum Verlieben. Gemeinsam krochen sie aus diesem Orcus heraus, gründeten eine Familie, um die sie jeder Kitsch-Regisseur beneidet hätte und bastelten sich eine wunderschöne kleine heile Welt. Bis zu jenem unseligen Wintertag... Doch das war lange her. Jahre. Äonen.

Anna-Sophia Barlow war eine starke Frau. Sie war wieder aufgestanden. Zum zweiten Mal. Wie ein bereits ausgepfiffener Boxer klammerte sie sich an die Seile des Lebens, rappelte sich auf, stand torkelnd auf zitternden Beinen und schlug die schwarze, dumpfe Vergangenheit k.o. So war sie, seine geliebte Anna-Sophia.

Und heute war sie hier. Besuchte ihn an diesem fürchterlichen Ort. Nun war sie es, die ihn auffing. Ihn rettete. Gernot Marks hörte nicht die Beschimpfungen aus den Zellen, an denen er vorbeiging, ja förmlich schwebte. Er hörte es nicht. Das Gezischel, das Spucken, das leise Drohen, das laute Pöbeln. Er schwebte vor dem watschelnden Schließer her, dessen Schuhsohlen quietschten wie die Federn des Bettes, in dem er ihr die Kleider vom Leib fetzen würde. Er war unterwegs zu der Frau, die er liebte. Es hatte vor drei Monaten begonnen. Mit einem handgeschriebenen Brief ...

Gernot Marks schlief nicht in dieser Nacht. Wie ein Schlafwandler war er von der Besucherbaracke zurück in seine Zelle gegangen. Er folgte den Anweisungen der Beamten mechanisch, wie programmiert. Er hörte nicht das Rasseln und Scheppern der Schiebetüren, das Hallen der Schritte auf den eisernen Platten.

Wie schön sie war! Wie gut sie roch! Wie sanft sie sprach! Sein Kopf dröhnte. Verdammt noch mal, kein Chirurg der Welt konnte eine Frau von fast fünfzig so herrichten. Er hatte ein gutes Auge. Die wenigen, feinen Fältchen, die feinen grauen Fädchen in der blonden Mähne, die nervigen, sehnigen Hände. Die Frau war echt. Nun ja, hie und da hatte Dr. Plast wohl ein wenig unterstützend eingegriffen, aber im Großen und Ganzen war die Frau ein Glückskind. Manchmal vergaß die Natur wohl einen Menschen.

Marks streckte sich auf der Matratze, sog tief die Luft in seine Lungen. Es roch nach Bohnerwachs, WC-Reiniger und nach Klo. Doch nicht für ihn. Der Mann in der Einzelzelle atmete den nussigen Duft ihrer Haut, das Aroma ihres Shampoos und den schweren, berauschenden Geruch ihrer Weiblichkeit. Seine Hand kroch unter den Gummizug seiner Baumwollhose, berührte den eisenharten Knüppel unter seinem Nabel, zog sich zurück, das pochende Verlangen ignorierend. Heute nicht. Nicht mehr, solange er hier drin war. Verschwendung. Vergeudung wonnebringender Säfte in kratziges Klopapier. Raue Häftlingspfoten anstatt zarter Frauenhände, gieriger Lippen und dem perfekten, trunken machenden Spiel ihrer fordernden Zunge. Nein! Er hatte heute in ihren Augen ein Versprechen gesehen, das ihm die Tränen in die Augen trieb.

„Frau Barlow ist da.“ Viktorija rollte warnend mit ihren herrlichen dunklen Augen und hielt der Besucherin die Tür auf. Die Warnung war berechtigt. Stephan Glimm erhob sich hinter seinem Schreibtisch und hätte beinahe anerkennend gepfiffen. Dank eiserner Willenskraft blieb es aber lediglich bei geschürzten Lippen, die sich rasch zum standardisierten Begrüßungslächeln verbreiterten. Was da gerade auf schwindelerregenden Absätzen hereinschwebte, war die fleischgewordene Symbiose aus 30 Jahren Playboy und dem Pirellikalender.

Glimm reichte der Erscheinung die Hand, registrierte festen, aber nicht übertriebenen Gegendruck und bat die Besucherin mit einer Handbewegung Platz zu nehmen. Geschätzte ein Meter fünfundachtzig betörende Weiblichkeit sanken in einer einzigen harmonischen Fließbewegung auf den Besuchersessel. Glimm war kein Kostverächter. Nie gewesen. Sein Credo war: „Ich liebe das Leben, das Leben liebt mich." Der Anwalt war dreiundvierzig und in seinem Leben hatte es schon einige bemerkenswerte Frauen gegeben. Er lehnte sich zurück, während seine Mitarbeiterin Kaffee servierte und nutzte die Minute, um die Besucherin einzuordnen: Mitte vierzig; wahrscheinlich in High Heels zur Welt gekommen; blond (echt); Raucherin; volle Brüste ohne Einlagen; überdurchschnittlich intelligent, zielstrebig und mit einer höchst erotisch wirkenden Aura lauernder Gefahr.

„Fertig?"

„Ja." Touché. Glimm hoffte sehr, dass er bei der Frau ähnlich positiv abgeschnitten hatte. Immerhin, seine Brust kam auch ohne Silikon daher.

„Sie wissen sicher, wer ich bin." Das war eine Feststellung, keine Frage. Als er den Namen Anna-Sophia Barlow in seiner Termindatei fand, stellte er die üblichen Recherchen an. Google fand 1.335.435 Einträge und die Bildersuche gestaltete sich äußerst durchblutungsfördernd. Die Barlow zählte in den Achtzigern zur Weltelite der Top-Models.

Sie war „Die Skorpionin". Auf gefährlich wirkende Weise schön, nach außen eiskalt, giftig gegenüber naiven Journalisten oder aufdringlichen Paparazzi. Versace, Armani und Co rissen sich um sie. Ihr Rückzug aus dem Glamour-Business schlug damals mächtige Wellen. Finanziell saniert war sie seit Anfang der Neunziger, als sie mit ihrer gerade gegründeten Agentur „Barlow's" die legendäre Katrin DeBeers entdeckte, deren Stern noch heute alle anderen überstrahlte. Die Barlow nutzte dies, um sich fast gänzlich von der Öffentlichkeit zurückzuziehen. Ihr Privatleben hielt sie eisern unter Verschluss.

„Der Grund, warum ich hier bin ist: Ich habe vor zu heiraten." Glimm schaute der Frau ernst in die Augen. Er hatte nicht vor, bei Tante Annas lustiger Ratestunde den Clown zu geben. Er war Strafverteidiger. Kein Pfarrer, kein Standesbeamter, und auf Brautschau war er auch nicht. Obwohl Anna-Sophia Barlow sicher eine gute Partie abgäbe. Die Lady war milliardenschwer und sah fantastisch aus.

„Ich weiß, dass Sie Fachanwalt für Strafrecht sind", sagte sie lächelnd, „der Beste. Einer, bei dem Serienkiller zu gemeinnütziger Arbeit verurteilt werden, wenn die es sich leisten können, Sie zu bezahlen." Glimm verzog das Gesicht. Solche Sprüche bekam er viel zu oft zu hören.

„Was kann ich für Sie tun, Frau Barlow?" Demonstrativer Blick zur Uhr. Wenn dieses Frauenzimmer hier eine Nummer abziehen wollte, hatte sie ihre Zeit verschwendet. Anstatt seine Frage zu beantworten, zückte die Frau ein silbernes Etui, entnahm ihm eine Zigarette und zündete sie mit der Routine der Gewohnheitsraucherin an. Wortlos schob Glimm einen Aschenbecher in die Reichweite ihrer perfekt manikürten Hände.

„Mein zukünftiger Ehemann befindet sich zurzeit in staatlicher Obhut.“ Ihre Augen waren von einem verhaltenen Blau. Kühl und ohne den kleinsten Funken von Gefühl. Organische Kameralinsen, geschaffen für reinen Input. Die Roboteraugen fixierten Glimm, eine wohldosierte Rauchfahne entschwebte den perfekt geformten Lippen. Hinter Glimms unverbindlicher Miene verbarg sich ein schadenfrohes Grinsen. Der Galan saß seine Steuerschulden ab. So ein Pech.

„Sein Name ist Gernot Marks.“ Royal Flush! Glimm war ganz gut im Pokern, doch dieses Blatt schrieb in Blockbuchstaben Erstaunen und Ungläubigkeit in sein Gesicht. Diese Frau, Synonym für die High Society schlechthin, zuhause in den Metropolen dieser Welt, per Du mit Leuten, die selbst Glimm nur aus den Klatschspalten kannte, wollte einen verurteilten Sittlichkeitsverbrecher heiraten. Einen gestörten Pädophilen, der einen Ständer bekam, wenn er kleine Mädchen auf dem Spielplatz beobachtete. Einen gewalttätigen, versoffenen Vergewaltiger. Glimm verachtete Marks aus tiefstem Herzen. Der Anwalt hatte kein Verständnis für Leute, die auf Kinder und ganz junge Mädchen standen. Er verteidigte sie. Mit Verve und unter Einsatz seines ganzen Könnens. Das war sein Job, seine Profession. Doch tief in ihm drinnen blieben sie üble Kreaturen.

Glimm faltete die Hände vor seinem Bauch, ließ seinen riesigen Sessel zurückwippen und beschloss, sich blöd zu stellen: „Es ist sehr wohl möglich, inhaftierte Straftäter zu heiraten. Erst vorigen Monat wurde in Stuttgart-Stammheim eine Ehe geschlossen. Sie können den Antrag beim zuständigen Gericht einreichen. Eine reine Formsache."

Eine Rauchwolke derart verächtlich auszustoßen, war bestimmt das Ergebnis eines sechswöchigen Seminars an einer bedeutenden Schauspielschule. Dass die Dame kein Botox gespritzt hatte, bewiesen die Falten auf ihrer ansonsten makellosen Stirn, als sie die Augenbrauen hochzog und ihre Mundwinkel sich um wenige Millimeter senkten. Genug, um ihrer Missbilligung angemessen Ausdruck zu verleihen.

„Sie enttäuschen mich", ihre Augen hinter den halb geschlossenen Lidern erinnerten Glimm nun an die Zieloptik einer Waffe. „Was noch schlimmer ist: Sie langweilen mich. Glauben Sie, ich säße hier vor Ihnen, wenn ich Interesse an einer Heirat hinter Gittern hätte? Denken Sie wirklich, dass ich eine Hochzeitsnacht in der speziellen Zelle für Langzeitbesucher besonders erotisch finde? Ich habe vor, Gernot Marks zu heiraten. Auf dem Standesamt. Wir werden anschließend auf meinem bescheidenen Wohnsitz Waltham-House mit unseren Gästen feiern, bevor ich mit meinem Mann in die Flitterwochen fliege."

„Da haben Sie ja noch ein wenig Zeit, sich um die Vorbereitungen zu kümmern", Glimm rechnete in Gedanken nach, „so anderthalb bis zwei Jahre etwa ..." Die Vorstellung, dass Marks im Blitzlichtgewitter der Klatschreporter Anna-Sophia Barlow küsste, um anschließend mit ihr zusammen lächelnd in einer Limousine mit verdunkelten Scheiben zu verschwinden, verursachte dem Anwalt Übelkeit. Dass er maßgeblich dazu beitragen sollte, diese Situation herbeizuführen, trug auch nicht gerade zur Beruhigung seiner Magennerven bei.

Nein. Soll sie sich doch einen anderen Deppen suchen. Einen, dem bei ihrem Anblick der Speichel aus den Mundwinkeln rann. Einen, der sich bei den Reichen und Schönen noch beliebt machen musste, einen wie ...

„Dr. Reinolf Zursteegen ..." Rauch. Diesmal nicht verächtlich, sondern überlegen aus dem roten Oval schwellender Lippen strömend. Augen, die belustigt blitzten; Mundwinkel, die in stillem Lachen zuckten.

Teufel, konnte dieses blonde Gift Gedanken lesen?

Anna-Sophia Barlow drückte ihre Zigarette aus und lehnte sich entspannt zurück. Ihre Stimme wurde kalt. Sie würde sich jetzt entscheiden: „Dr. Zursteegen kennt den Fall Marks mindestens so gut wie Sie, nicht wahr?" Und ob. Der promovierte Jurist arbeitete seit drei Jahren an einem Buch über Sexualstraftäter, das schon jetzt gute Aussichten hatte, einmal als Standardwerk anerkannt zu werden. Er hatte mit Glimm zusammen eine muffige Studentenbude im Jungbusch bewohnt, hatte ihm Julia ausgespannt, mit summa cum laude bestanden und, das war das Wichtigste: Er hatte Einsicht in die Prozessakten von Gernot Marks. Außerdem war er ein Arschloch.

Glimm musterte seine Besucherin abschätzend. Sie hätte eine gute Anwältin abgegeben. Sie hatte sich gut informiert, hatte seine schwache Stelle gefunden und nichts zu verlieren. Frauen wie sie bekamen stets, was sie wollten. Wenn nicht von ihm, dann von jemand anderem. Von Reinolf, zum Beispiel. Reinolf, dem Arschloch.

Anna-Sophia Barlow war schon lange fort, als Stephan Glimm sich mit dem Café Landes verbinden ließ. Dabei handelte es sich weder um ein gemütliches Lokal mit weißen Tischdecken und ältlichen Bedienungen mit Spitzenhäubchen, noch um einen jener über den Atlantik geschwappten, sogenannten Coffee-Shops, in denen guter alter schwarzer Kaffee das am wenigsten georderte Getränk darstellte. Nein, im Café Landes gab es noch nicht einmal anständigen Kaffee. Industrie-Muckefuck aus Automaten oder die verächtlich „Diesel" genannte Brühe aus der Anstaltsküche waren das Höchste, was die „Gäste" dort erwarten konnten. Die Mannheimer sind im Erfinden von Spitznamen für Institutionen und öffentliche Gebäude mindestens so findig wie die Berliner. „Café Landes" ist der kurpfälzische Spitzname für die JVA Mannheim im Stadtteil Herzogenried. Ein markanter sternförmiger Backsteinbau in unmittelbarer Nachbarschaft zum „Benz", wie die Kurpfälzer in seltener Übereinstimmung mit den vielen dort beschäftigten Südhessen die Omnibus-und Motorenwerke des Daimler-Konzerns nennen.

Glimm meldete einen Besuchstermin bei Gernot Marks an und ordnete seufzend den gewaltigen Packen Schriftstücke, den seine Besucherin auf seinem Schreibtisch abgeladen hatte: Gutachten, Prognosen, Einschätzungen, Haftberichte, Beurteilungen ...

Er hatte die Barlow für eine überdrehte Zicke mit einem frivolen Hang zu bösen Buben gehalten. Ein Knast-Groupie. Eine Tussi, die mit ihrem Knacki-Lover Leben in langweilige Partys bringen wollte. Seht her, was bin ich doch für ein böses Mädchen!

Zumindest hatte sie ihren Coup gut geplant. Effizient recherchiert, die richtigen Leute angesprochen und das nötige Kleingeld mitgebracht. In einem Kalbslederetui. Vierzigtausend Euro. Als Vorschuss. Auf eine detaillierte Rechnung sei sie nicht angewiesen. Die zweite Hälfte bei Lieferung.

Anna-Sophia Barlow war vielleicht eine Zicke. Ganz bestimmt war sie kein Knast-Groupie. Auch keine alternde Diva, die es nötig hatte, mit ihren Affären die Gazetten der Klatschindustrie zu füttern. Ganz bestimmt nicht. Den wahren Grund, warum diese überaus bemerkenswerte Frau ausgerechnet Gernot Marks ehelichen wollte, hatte Stephan Glimm allerdings auch nicht herausgefunden. War es wirklich Liebe, wie sie angedeutet hatte? Er hatte ihre Augen gesehen. Hatte alles Mögliche darin entdeckt. Aber Liebe? Auch Piranhas kopulierten miteinander, um die Art zu erhalten. Ein Narr, wer in ihren kalten Augen Liebe suchen würde. Skorpione? Spinnentiere. Bei manchen Arten fressen die Weibchen die kleineren Männchen nach getaner Zeugungsarbeit einfach auf. Neben Anna-Sophia Barlow wurden aus den meisten Herren Männchen ... Nicht nur wegen ihrer Körpergröße.

„Ha!" Glimm erhob sich, ging zum Safe und deponierte das Geld hinter der Stahltür. Die Skorpionin hatte Gernot Marks bei ihm bestellt. Nun gut, er würde liefern. Wenn nötig in Seidenpapier mitsamt roter Schleife. Wobei das Geld nicht den Ausschlag gegeben hatte. Der Hinweis auf seine Gebührensätze war vielmehr ein letzter, zugegebenermaßen halbherziger, Versuch gewesen, die Angelegenheit zu beenden. Zursteegen diese Frau weggeschnappt zu haben, bedeutete ihm mehr als die paar Tausender. Außerdem: Was machte es schon, wenn dieser gestörte Pädo ein oder zwei Jahre früher rauskam? Wer die Barlow im Bett haben konnte, der vergriff sich doch bestimmt nicht mehr an kleinen Mädchen, oder? So gesehen tat er der Gesellschaft sogar noch einen Gefallen, wenn er den Stinker in die Arme dieses Weibes trieb. Oder etwa nicht? Ein übler Beigeschmack blieb. Neid? Nein! Ein ganz klein wenig? Vielleicht ... Er war eben auch nur ein Mann. Vielleicht sollte er die Staatsanwältin anrufen. Im Bacchus-Keller war heute Live-Jam. Nichts Besonderes, keine Stars. Nur ein paar lokale Musiker, die guten Jazz machten.

Der Fußboden in der alten Besucherbaracke knarrte, als Glimm den kargen Raum betrat. Ein Tisch mit Resopalplatte und vier billige Kantinenstühle aus Stahlrohr und Plastik waren die ganze Einrichtung. Vorsichtig nahm der Anwalt Platz, legte seine Schreibmappe vor sich auf den Tisch und wartete. Nach wenigen Minuten öffnete sich wieder die Tür und ein Vollzugsbeamter begleitete Gernot Marks bis an den Tisch. Der Beamte nickte Glimm zu und verließ den Raum. Er würde draußen warten. Für Anwälte galten andere Regeln als für Angehörige. Glimm grüßte den Häftling mit einem knappen Nicken, entnahm der Schreibmappe ein Schriftstück und schob es zusammen mit einem billigen Plastikkugelschreiber, seinen massiven Mont Blanc hatte er abgeben müssen, über den Tisch. „Unten rechts“, beantwortete er Marks fragenden Blick. „Damit übertragen Sie mir das Mandat, als Ihr Anwalt Ihre vorzeitige Haftentlassung zu beantragen.“ Ihre Blicke trafen sich. Marks hatte braune Augen. Sie waren klar und sanft wie die eines treuen Hundes. Nach kurzem Zögern setzte der Gefangene seine Unterschrift unter das Dokument.

Glimm musterte sein Gegenüber mit der Akribie eines Kriminalermittlers. Der Mann sah gut aus. Selbst die schlecht sitzende Anstaltskleidung konnte nicht verbergen, dass Marks sich um seinen Körper kümmerte. Seit dem Prozess damals hatte er abgenommen. Nichts Schwammiges war mehr an der durchtrainiert wirkenden Gestalt. Das ehemals aufgedunsene Säufergesicht mit der markanten Nase war schmal geworden. Tiefe Falten zogen sich von den Nasenflügeln zu den Mundwinkeln. Die dunklen Haare waren straff nach hinten gekämmt. Ein hartes Gesicht. Streng aber nicht unattraktiv. Es erinnerte Glimm an den jungen Al Pacino. Marks schob das Papier in die Mitte des Tisches und lehnte sich entspannt zurück. „Wie lange?“, fragte er mit leiser, rauchiger Stimme. Glimm wiegte den Kopf. „Einen Monat, höchstens zwei. Die erste Anhörung findet in drei Tagen statt.“

„Ich habe es hier nicht leicht, wie Sie sich denken können.“

Glimm nickte, Knast ist, im Gegensatz zu einer verbreiteten Volksmeinung, kein Zuckerschlecken. Hinter Gittern herrscht eine strenge Hierarchie. Es gibt Lämmer und es gibt Wölfe. Das Personal hat die Rolle des Hütehundes. Eines Hundes, der eine viel zu große Herde bewachen muss. Die Gesetze in den einzelnen Blocks machen die Gefangenen. Einige wenige herrschen wie Warlords über ihren Bereich. Den Beamten des Vollzugsdienstes ist das nur recht. So bleibt die große Masse ihrer Schützlinge besser beherrschbar. Ist man ein Wolf, so sucht man sich seinen Platz im Rudel. Ist einer ein Lamm, so reiht er sich in der schweigenden Menge der Duldsamen, Unterwürfigen und Unauffälligen ein. Dabei handelt es sich meist um betrügerische Finanzberater, kleine Diebe und Hehler, Fußvolk aus dem Drogen- und Hurenmilieu, Fälscher und Steuersünder. Wölfe sind fast immer Schwerkriminelle. Mörder, Berufshooligans, Menschenhändler, Drogenbosse und primitive Schläger mit Vorstrafenlisten, die länger sind als die chinesische Mauer. Sexualstraftäter rangieren auf der untersten Ebene dieses Systems. Wobei der Typ des brutalen Vergewaltigers, der sein Hirn im Penis hat, noch einigermaßen wohlgelitten ist. Den absoluten Bodensatz bilden jedoch die „Pädos". Typen, die sich an Minderjährigen vergriffen haben, gelten in diesem archaischen Machoreich als absoluter Abschaum.

Zwar werden seitens der Vollzugsbehörden keine Haftgründe innerhalb der Gefängnismauern verbreitet, und manch selbsternannter Schwerverbrecher sitzt lediglich wegen Verkehrsdelikten oder simpler Unterschlagung. Im Falle eines spektakulären Prozesses wie bei Gernot Marks ist es allerdings unmöglich, den durch die Mühlen von Presse, Funk und Fernsehen gedrehten „Hauptdarsteller" inkognito zu inhaftieren. Kinderschänder gelten im Vollzug als gefährdete Personen, bekommen eine Einzelzelle und werden verschärft beobachtet. Offiziell. Da diese besondere Spezies auch bei Vollzugsbeamten nicht gerade zu den

Lieblingen zählt, „rutscht“ mancher Häftling in der Dusche aus, bekommt aus Versehen heißen Kaffee ins Gesicht oder fällt unglücklich in eine Faust. Mehrmals. Die Beamten sind ordentliche Leute. Pflichtbewusst, vorurteilslos und tolerant. Doch auch der eifrigste Schließer hat seine Augen nicht überall. Zu wenig Personal, zu viele Überstunden. Sorry, Herr Marks ...

„Wir lieben uns.“

Glimm nickte. Es fiel ihm immer noch schwer, sich diese beiden völlig unterschiedlichen Menschen als Liebespaar vorzustellen. Tief in seinem Inneren begann etwas zu brodeln. Rasch stülpte er einen Deckel drauf. Was ging ihn das an? Schade um diese Frau, aber was soll's. Der Deckel begann zu klappern. Etwas stimmte nicht. Die Geschichte von der großen Liebe, die ihm Anna-Sophia Barlow aufgetischt hatte, irritierte schon wieder heftig seine Magennerven.

Marks berichtete von den Kursen, die er hier im Vollzug belegt hatte. Von seiner Malerei, seinem Sport, seiner tadellosen Akte.

Ein Prachtkerl.

Vor Glimms innerem Auge zuckte das Bild eines abgemagerten jungen Mädchens auf. Nackt, übersät von Brandmalen und mit blutig geschlagener Unterlippe.

Die soziale Prognose könnte besser nicht sein.

Das Mädchen wich zitternd zurück. Tränen liefen über seine hohlen Wangen, ängstlich hob es die Arme vor das Gesicht.

Marks im weißen Hochzeitsanzug: Ein grandioser Erfolg des bundesdeutschen Strafvollzugs.

Als Glimm sich verabschiedete, übersah er geflissentlich die dargebotene Rechte des Gefangenen. Er nickte, lächelte dünn und klopfte an die Tür. Der Brechreiz verschwand an der frischen Luft.

Was wurde hier gespielt? Als langjähriger Strafverteidiger roch er förmlich, wenn jemand log. Nachdenklich betrachtete Glimm seine englischen Maßschuhe. Dracula hatte eine Schwester. Eine große. Eine, die am liebsten das Blut böser Menschen trank. Teufel, was hatte er gestern eigentlich getrunken?

Marks würde in wenigen Wochen frei sein. Frei und reich. Alleine die Vermarktung dieser irrwitzigen Lovestory würde für einen angenehmen Lebensabend reichen.

Auch für ihn.

Mit raschen Schritten ging Glimm zu seinem Wagen, warf den Aktenkoffer auf den Rücksitz und startete den Motor.

Es wurden dann doch fast vier Monate. Vier Monate, in denen Sie ihn kein einziges Mal besucht hatte. Über einhundertzwanzig einsame blonde Nächte. Es gab Briefe. Briefe, die ihm Mut machten. Briefe, plüschig, schwer und schwül wie ein altmodisches Separee. Sie schickte ihm Fotos hart an der Grenze des Erlaubten. Nachdem er die fettigen Fingerabdrücke der Beamten abgewischt hatte, verschlang er die Bilder wieder und wieder mit den Augen. Er presste sie an sich, roch an ihnen, vergeblich auf winzige Nuancen ihres Duftes spekulierend und legte sie fein säuberlich zwischen die Seiten seines Notizbuches.

Er hätte sie auch an die Wand des Haftraumes kleben können. Anfangs hatte er das auch gemacht. Bis ihm die Blicke der Schließer heiße Wellen der Eifersucht durch den Körper jagten. Nicht nur das. Das Wachpersonal schikanierte ihn noch offener, piesackte ihn noch unverblümter und erst, als er die Bilder wieder abnahm, entspannte sich die Situation etwas.

Es war etwas eingetreten, was hinter Gefängnismauern nur äußerst selten geschah: Die Vollzugsbeamten beneideten einen ihrer Gefangenen. Diese vier Monate waren für Gernot Marks der blanke Horror.

2009

Sie endeten an einem frostigen Januartag des Jahres 2009. Stephan Glimm legte gerade einige säuberlich bandagierte Geldbündel in seinen Safe. Die Arbeit war getan. Der Auftrag erledigt. Die Barlow hatte gezahlt. Was für ein Weib! Bei jedem ihrer Treffen schien sie heißer zu werden. Ihr Ausschnitt wurde von Mal zu Mal tiefer, ihre Röcke kürzer, ihre Blicke waren unverhüllte Aufforderung, sie jetzt und hier auf den Schreibtisch zu werfen und sich schwitzend und schnaufend auf ihr zu wälzen.

Nichts hätte Glimm lieber getan. Doch der auf Hochglanz polierte Palisander-Schreibtisch war für Aktenberge gebaut worden. Vielleicht auch noch für die wohlproportionierte

Mandantin, mit Sicherheit nicht für die Wohlstandsmasse des bacchantischen Justiziars. Bliebe der Teppich …

Letztendlich jedoch entlud sich die mühsam vergitterte Leidenschaft in einem stilvollen Handkuss unter dem spätbarocken Türportal seiner Kanzlei. Leben Sie wohl, Madame. Empfehlen Sie mich weiter. Es war mir ein Vergnügen …

Morgen würde das Schwein entlassen. 14:30 Uhr. Die übliche Zeit. Die Pforte in dem neoklassizistischen Torbau würde sich öffnen und ein schmaler Mann mit einem Pappkoffer würde in die flackernden Blitzlichter blinzeln. Doch die versammelte Journaille würde eine herbe Enttäuschung erleiden. Die Barlow hatte bereits vor Wochen diesbezüglich genaue Anweisungen gegeben …

Oberinspektor im JVD Herrmann Fellbacher ging es nicht viel anders als seinen Mitarbeitern. Der vierfache Vater verachtete Kinderschänder aus tiefster Seele. Insbesondere den Gefangenen Gernot Marks. Beneiden? Das vielleicht nicht. Fellbacher war seit fast dreißig Jahren glücklich verheiratet und seine erotischen Fantasien kamen über „Sie oben“ eigentlich niemals hinaus. Seine Tätigkeit als Anstaltsleiter verbot ihm allerdings, seine Aversionen auch nur ansatzweise zu zeigen. Er galt in der JVA Mannheim als kalter Hund. Stets korrekt, sowohl seinen Mitarbeitern als auch den Inhaftierten gegenüber. Penibel die Bestimmungen beachtend und seine Besoldungsstufe A10 innig hätschelnd, gedachte er in wenigen Jahren in den wohlverdienten Ruhestand zu gehen.

Presserummel und Star-Gehabe verurteilter Krimineller verursachten bei ihm nervöse Krämpfe.

Der Vorschlag dieses Anwalts fiel daher auf fruchtbaren Boden. Seine Mandantin wünsche keinen Zirkus vor dem Gefängnistor. Er, der Anstaltsleiter hätte doch sicherlich die Kompetenz, eine Verlegung quasi in letzter Minute anzuordnen. Man stelle sich nur einmal die Enttäuschung der versammelten Medienhaie vor, wenn ihnen dieser Fisch durch die Lappen ginge. Wie geht es der Gattin, Herr Oberinspektor? Hat sie beim Benefizturnier nicht die Frau des Wirtschaftsministers geschlagen? Ein tolles Spiel. Sie müssen sehr stolz auf sie sein.

So kam es, dass der Gefangene Gernot Marks bereits einen Tag vor der angekündigten Entlassung seine wenigen Habseligkeiten ausgehändigt bekam und zusammen mit acht weiteren Insassen im abgeschirmten Innenhof den grünen Gefangenentransporter mit den schmalen Sehschlitzen an den Seiten bestieg, gehorsam Platz in einer der separaten Kabinen nahm und sich Hand- und Fußfesseln anlegen ließ. Ein Prozedere, genauso lächerlich wie vorgeschrieben, auch wenn der Häftling nur noch wenige Stunden einer war.

Der Transporter, ein Spezialfahrzeug auf dem Fahrgestell eines modernen Reisebusses, befuhr die reguläre Linie zwischen der JVA Mannheim, der JVA Bruchsal, dem Gefängniskrankenhaus Hohenasperg bei Ludwigsburg und dem Ex-Terroristenknast Stuttgart-Stammheim alle vierzehn Tage. Ein Fahrer und ein weiterer bewaffneter Justizwachtmeister bildeten die Besatzung. Bordservice gab es keinen, TV auch nicht. Der Bus verfügte über ein sensibles Satellitenortungssystem, schusssichere Bereifung und einen dreihundertachtzig PS starken V8-Diesel.

Lächelnd betrachtete der Anstaltsleiter auf einem der zahlreichen Monitore in seinem Dienstzimmer die Abfahrt des Transportes DI-34-Nord. Bereits heute Morgen hatten einige TV-Teams vor den Mauern der JVA damit begonnen, ihre Ü-Wagen und Antennen zu positionieren. Morgen würde es da draußen brodeln. Besonders, nachdem er per Telefon die Bombe platzen lassen würde. Ätsch, ätsch, ausgelacht …

Der unauffällige schwarze Mercedes hielt unmittelbar vor der Seitenpforte der JVA Bruchsal, einem trutzigen, burgähnlichen Gefängnis wie aus dem Bilderbuch. Es war kurz vor sieben an diesem nasskalten, diesigen Januarmorgen. Der Lack war von einer triefenden Salzschicht bedeckt und an den Radläufen hingen verkrustete Schneeklumpen. Die Scheibenwischer hatten akkurat gekrümmte Flächen in der getönten Frontscheibe geschaffen und der Fahrer war nur schemenhaft zu erkennen. Er stieg nicht aus. Sein Wollanzug duftete nach edlem Eau de Toilette. Das hatte auch so zu bleiben.

Der Wagen trug ein Hamburger Nummernschild und am Heck eines der kaum mehr gebräuchlichen ovalen „D“-

Schilder. Wie alle Fahrzeuge dieses Mietwagenunternehmens.

Der Chauffeur war ein im Tschetschenien-Krieg hochdekorierter russischer Oberst, der den Fehler gemacht hatte, die Frau seines Vorgesetzten, der nachweislich zeugungsunfähig war, zu schwängern. Nun betrieb er ein kleines lukratives Personenschutzunternehmen in Waiblingen und übernahm als Brot- und Butterjob unter anderem auch Fahrdienste wie diesen.

Seinen Auftrag hatte er per Telefon bekommen. Er sollte einen gewissen Marks abholen und zum Frankfurter Flughafen fahren. Etwaige Verfolger waren abzuschütteln, jedoch nur innerhalb legaler Möglichkeiten. Am Abflugbereich sollte er seinen Fahrgast absetzen. Rückgabe des Wagens bei der dortigen Filiale des Vermieters. Sein Honorar fand er im Handschuhfach. Genug für die Rückfahrt, ein gediegenes Essen und einen ausgedehnten Urlaub auf den Malediven. Die Fahrtkosten und der „Verpflegungszuschlag" waren für die Chauffeurdienste. Der Rest für sein Schweigen. Ein einziger Blick auf die Schlagzeilen der Tageszeitungen, die er weisungsgemäß besorgt hatte, genügte, um ihm zu zeigen, wen er da durch die Kälte fuhr.

Um acht Minuten nach sieben öffnete sich die unscheinbare Eisentür und ein schlanker Mann in einem dunklen Anzug trat unsicher um sich blickend heraus. Die rechte Hand umklammerte den Griff eines eleganten kleinen Aluminiumkoffers. Der lange schwarze Mantel ließ ihn eher wie einen Anwalt oder einen Banker aussehen. Die eleganten Slipper waren für das von gefrorenen Schneeresten bedeckte Kopfsteinpflaster denkbar ungeeignet.

Der Fahrer startete den Motor und schaltete die Beleuchtung ein. Er beugte sich weit nach hinten und öffnete mit geübtem Griff von innen die rechte Fondtür. Wackelig wie ein arthritischer Pinguin kam der Mann näher. Er musterte den Mann hinter dem Steuer kritisch, nickte zur Begrüßung und legte den Koffer auf die linke Seite der Rückbank. Kaum hatte sich die schwere Tür mit einem satten Schmatzen geschlossen, fuhr die Limousine los. Zügig aber ohne jede Aggressivität steuerte der Fahrer den Wagen durch die wintergraue Stadt. Nach wenigen Minuten befanden sie sich auf der Autobahn in Richtung Norden.

Gernot Marks vertiefte sich in eine der vier Tageszeitungen, die ihm der Fahrer gereicht hatte. Am Walldorfer Kreuz wich der gehetzte Ausdruck in seinem Gesicht langsam einem leisen Lächeln. Sie hatte an alles gedacht. Genial, die kurzfristige Verlegung von Mannheim nach Bruchsal war ihre Idee gewesen. Den Koffer und sein elegantes Outfit hatte ein Bote am gestrigen Abend in der JVA-Wache abgegeben. Seine alten Klamotten wanderten in die Verbrennung. Sie hätten ihm eh nicht mehr gepasst. Kein Bierbauch, kein Schwimmring um die Hüfte und kein Doppelkinn in einem teigigen rotnasigen Säufergesicht mehr. Das Passbild schien zu einem anderen Menschen zu gehören.

Gernot Marks war frei. Unterwegs in ein neues, erfülltes Leben an der Seite einer der reichsten Frauen der Welt, würde er ein für allemal abschließen mit den Schatten der Vergangenheit. Sie hatte ihm geschrieben, dass alles vorbereitet wäre. Er solle sich überraschen lassen. Es würde ein unvergessliches Erlebnis werden. Sie freue sich auf ihn. Sie könne es kaum erwarten, ihn zu umarmen, ihn willkommen zu heißen. Es ist angerichtet. Genauso hatte sie sich ausgedrückt: Es ist angerichtet.

Vor der Abflugebene von Terminal 2 war nicht viel los. Wenige Busse, keine Autos mit Provinzkennzeichen, die hysterische Urlauberfamilien am falschen Gate ausspuckten, ansonsten die übliche Mischung aus Taxen und silbergrauen oder schwarzen Geschäftswagen. Der Fahrer hielt in zweiter Reihe unmittelbar vor einem der Eingänge. Sein Fahrgast nahm seinen Koffer, stieg aus und winkte ihm zum Abschied freundlich zu. Zielstrebig hielt er auf die großen Glastüren zu. Er schien genaue Anweisungen zu haben.

Ein Taxi hupte ungeduldig und der Fahrer ließ den schweren Wagen sanft anrollen. Feierabend. Auftrag erledigt.

Die beiden Männer in Jeans und Lederjacken, die sich Gernot Marks in den Weg stellten, bemerkte er nicht mehr.

Die riesige Küche mit den gewaltigen Kesseln und Pfannen schien für eine ganze Brigade von Köchen und Helfern geschaffen. In früheren Zeiten klapperten hier tatsächlich bis zu zwanzig Menschen für das Wohl blaublütiger Gesellschaften und ihrer illustren Gastgeber. Heute gehörte sie ihr allein. Das Verwalterehepaar genoss eine Woche Urlaub im Allgäu auf Kosten der „Gnädigen Frau“.

Anna-Sophia Barlow war an jenem bitterkalten Januartag der einzige Mensch in dem pittoresken Sandsteinbau von Waltham-House. Das Menü, das sie heute höchstpersönlich zubereitete, würde jedem Galadinner Ehre bereiten. Feinste

Zutaten, edle Weine, Champagner. In den Gefrierschränken warteten Thunfisch und eine handverlesene Anzahl Taschenkrebse auf ihre Verarbeitung. Die blitzenden Messer lagen neben der sorgfältig geschrubbten Arbeitsplatte wie für einen penibeln Chirurgen bereit. Der Küchentrakt wurde seit zwei Tagen beheizt, eine Aufgabe, welche die hochmoderne digital gesteuerte Heizungsanlage des Gebäudes auf Knopfdruck erledigte.

Sie kontrollierte die Temperatur des Weinkühlschrankes, drehte die Flaschen darin sorgfältig um und begann damit, die filigranen Kristallgläser mit einem speziellen Mikrofasertuch zu polieren.

Er würde beeindruckt sein. Er sollte beeindruckt sein. Sie war bestrebt, den Kontrast zu seiner bisherigen Lebensweise so stark als nur irgend möglich zu gestalten. Es würde für ihn ein einzigartiger Abend werden. Der Abend seines Lebens.

Lächelnd schaute sie aus den hohen Sprossenfenstern hinaus in die Märchenlandschaft des verschneiten Odenwaldes. Sie erwartete ihn. Ihren Mann. Der Mann, dem sie seit vielen Jahren entgegenfieberte, den sie nach intensiver Suche gefunden hatte und dem sie dank ihres Vermögens und ihres Einflusses die Freiheit erkauft hatte. Heute Abend würde sie ihn in die Arme schließen, würde ihn im großen Salon zum Tanz bitten und ihm eine Nacht bereiten, wie es so noch keine auf der Welt gegeben hatte.

Der Mann, dem all dieser Aufwand galt, steuerte auf den zentralen Informationsschalter in der Mitte der Abflughalle zu, als er eine Hand spürte, die seinen linken Arm berührte.

„Herr Marks?"

Er blieb abrupt stehen. Augenblicklich war er wieder da. Der gehetzte Ausdruck in seinem Gesicht. Die Angst, zusammengeschlagen, erniedrigt und vergewaltigt zu werden. Doch er war nicht mehr in den kalten, mit hässlichen gelben Kacheln gefliesten Waschräumen der Haftanstalt. Er war in Frankfurt am Main. Auf dem Flughafen, inmitten hastender Menschen mit Rollenkoffern, erschöpfter, in den Sitzen hängender Fluggäste und patrouillierender Polizisten mit martialisch tief in die Stirn gezogenen Dienstmützen. Hier würde ihm nichts passieren. Hier nicht. Oder?

Der Mann, der ihn am Ärmel berührt hatte, ließ sofort wieder los und setzte ein breites Grinsen auf. Von rechts schob sich ein zweiter Mann in Marks' Blickfeld, der wie der erste auch, geradewegs aus einem Boxring zu kommen schien. Sie trugen Jeans, graue Sweatshirts und schwarze kurze Lederjacken mit Strickbündchen.

„Entschuldigen Sie, dass wir Sie hier so überfallen, aber man hat uns beauftragt, uns sofort nach Ihrem Eintreffen um Ihre Sicherheit zu kümmern. Mein Name ist Janosz und mein Kollege hier heißt Marius. Wir sollen Ihnen dieses Kuvert übergeben. Öffnen Sie es bitte gleich und dann lassen Sie uns gehen."

Völlig verdattert griff Marks nach dem Umschlag, riss ihn mit zitternden Fingern auf und faltete das einzelne Blatt auseinander, das er enthielt. Am oberen Rand waren zwei Fotos aufgedruckt, die zweifellos seine beiden neuen

„Freunde" zeigten, die sich währenddessen wie zwei gut geschulte Bodyguards unauffällig nach allen Seiten umsahen. Jetzt bemerkte Marks auch die dünnen Spiralkabel und die Ohrstöpsel, welche die beiden trugen.

Lieber Gernot, begann das kurze Schreiben. Handschrift. Eine akkurate, steile, äußerst energisch wirkende kleine Schrift. Eine Schrift, die er gut kannte.

Wenn Du dies hier liest und die beiden Herren den Fotos entsprechen, dann hast Du es bald geschafft. Nur noch wenige Stunden und wir werden uns in den Armen liegen bis ans Ende deiner Tage. Folge den beiden und vertraue ihnen, es sind die besten ihres Fachs. Genieße die Reise und freue Dich auf dein Ziel. Ich kann es kaum erwarten, dich zu sehen.

Anna-Sophia

Er steckte den Brief in die Tasche seines Jacketts, nickte den zwei Gorillas zu und folgte ihnen zu einem abgesperrten Bereich des Terminals. Sie passierten zwei Kontrollstellen, an denen er und seine Begleiter ihre Ausweise vorlegen mussten. Flugtickets gab es seltsamerweise keine. Durch eine Schleuse gelangten sie nach schier endlosem Fußmarsch in ein kaltes Treppenhaus, durch dessen verschmutzte Scheiben er einen kurzen Blick auf den Andockbereich von Gate 14 erhaschte. Mächtige Boeings und Airbusse wurden gerade entladen, betankt oder entließen ihre Passagiere über die langen beweglichen Flugsteige. Zwei Treppen tiefer öffnete Janosz die Tür nach draußen und ein eisiger, nach Kerosin und Enteisungsmittel stinkender Wind zerrte an ihren Jacken und Mänteln.

Seine Begleiter lotsten ihn zu einem wartenden Audi mit gelbem Blinklicht und einer großen Nummer auf beiden Seiten. Kaum waren die Türen zugefallen, fuhr der Wagen an. In beachtlichem Tempo ging es unter dem Terminal hindurch, vorbei an endlosen Reihen verbeulter Gepäckcontainer und über Rampen und Brücken auf das Vorfeld. Der Fahrer sprach ständig in ein Mikrofon, durch das er wohl seine Anweisungen erhielt und steuerte die Limousine zwischen bulligen Schleppern, gefährlich nahen Flugzeugen und den allgegenwärtigen überbreiten Flugfeldbussen hindurch. Nach etwa fünfzehn Minuten Fahrt erreichten sie schließlich die Nordostecke des Flughafens. Hier war der Bereich der sogenannten „General Aviation", der Privat- und Geschäftsflugzeuge. Winzige einmotorige Cessnas zerrten im Winterwind an ihren Halteseilen, viele waren mit Planen über Kanzel und Motor wohl für längere Zeit stillgelegt, einige hatten ihre Positionslichter gesetzt und ließen die Motoren warmlaufen. Der Audi fuhr bis zu einem einzeln stehenden Hangar, auf den ein kryptisches Firmenzeichen aufgemalt war, das Marks noch nie in seinem Leben gesehen hatte. Die Tore wurden gerade geöffnet und gaben den Blick frei auf das hell erleuchtete Innere und ein silbrig glänzendes, zweistrahliges Flugzeug von blendender Eleganz.

Der Wagen stoppte vor der heruntergelassenen Treppe und Marks und seine Begleiter stiegen aus. Ein Mann in dunkelblauer Hose und weißem Pilotenhemd kam mit federnden Schritten auf sie zu und stellte sich als Hartmut Kallenberg vor. Hinter ihm in der niedrigen Tür des Jets winkte ihnen eine attraktive Frau Mitte vierzig freundlich zu.

„Hübsche Stewardess“, bemerkte Marius und erntete ein breites Grinsen von Kallenberg.

„Das ist Doreen Carnes, Chefpilotin bei Ring-Star-Enterprises. Dies ist ein Checkflug für mich. Also halten Sie sie bitte bei Laune.“

Der Gorilla schwieg beeindruckt und Marks ging ein Licht auf. Ring-Star-Enterprises war der nordamerikanische Ableger der BarTex. Eines von vielen Steinchen im unübersichtlichen Konglomerat der Barlow Holding. Das Flugzeug, eine Gulfstream, deren Reichweite sogar die kapitaler Düsenriesen wie der Boeing 747 übertraf, gehörte einer Frau, deren Reichtum ihrer Schönheit in nichts nachstand, deren Geschäftssinn selbst internationale Spekulanten in die Flucht trieb und die ihn gerade aus dem Knast geholt hatte.

Die zwei Gorillas nahmen diskret im hinteren Bereich Platz, während ihn eine zierliche Philippinin zu seinem Platz fast unmittelbar hinter dem Cockpit geleitete. Sie fragte nach seinen Wünschen, erklärte ihm das Multimediapanel auf dem polierten Edelholztisch und verschwand in Richtung der winzigen Galley, um sein Getränk zu holen. Der Wunsch nach einem frisch gezapften Hefeweißbier schien sie nicht im Geringsten in Schwierigkeiten zu bringen. Tatsächlich stand wenig später ein schaumgekröntes Weizenbier vor ihm. Das kleine Glas erweckte in ihm allerdings den Verdacht, dass dieser Gerstensaft frisch aus einer Weißblechdose „gezapft“ worden war. Egal. Er gönnte sich einen kräftigen Schluck, wischte sich den Mund und ließ sich behaglich in den schwülstigen Ledersessel sinken. Eine leise Erschütterung kündigte den Rollout an und langsam glitten die Wände des Hangars an dem schnittigen Jet vorüber. Entspannt schloss Gernot Marks die Augen. Es ging los. Sein neues Leben. Es ging mit Volldampf los. Wo würde ihn dieser Traumvogel hinbringen? Hawaii? Die Seychellen? Dubai? Selbst die Hölle wäre ihm recht gewesen, wenn unter der Pforte sie stehen würde: Anna-Sophia Barlow. Die Frau seiner Träume. Seine Frau! Seine! Ganz allein!

Das Messer glitt durch das zarte braune Fleisch wie durch erwärmte Butter. Das Lächeln um den Mund der Frau war sinnlich und hätte unter anderen Voraussetzungen wohl die Fantasie zahlreicher Männer zu wilden Spekulationen animiert. Mit der Akkuratesse einer geübten Köchin schnitt sie vier hauchdünne Scheiben vom Fleisch des Thunfischfilets, welche sie mit vier Esslöffeln Vinaigrette marinierte. Das restliche Fleisch würfelte sie mit fast nicht sichtbaren Bewegungen mit mathematischer Genauigkeit. Das Kochen und besonders das Eindecken und Dekorieren prächtiger Festtagstafeln sowie das generöse Bewirten der Gäste war einst ihr Lieblingshobby gewesen. Die Einladungen zum Dinner bei der Barlow waren legendär, selbst Staatsoberhäupter hatten schon in dem stilvollen Ambiente des alten Schlosses gespeist.

Gefürchtet war ihr Regiment in der Küche: Sogar hochdekorierte Sterneköche hatten entnervt den Kochlöffel fallen lassen und kampflos das Feld für sie geräumt. Besonders beim Beurteilen der gelieferten Köstlichkeiten war sie gnadenlos, duldete nicht den geringsten Mangel. Es war schon vorgekommen, dass ein eigens aus Westkanada eingeflogener Lobster schnöde abgewiesen wurde oder ein Lieferant mit vollem Kühlbehälter 1200 km umsonst durch die Nacht gerast war.

Dieses Mal stimmte alles. Sie genoss die Ruhe und die professionelle Ausstattung ihrer Küche. Alles war an seinem Platz, kein noch so exotisches Werkzeug musste gesucht werden, alles war in bestem Zustand und gereichte der Qualität der angelieferten Ware zur Ehre.

Hansen & Ohoven hatte zuverlässig und auf die Minute genau geliefert. Das Hamburger Unternehmen hatte sich auf die Belieferung von Feinschmeckerrestaurants spezialisiert. Weltweit. Eigene Fangflotten, Verarbeitungsbetriebe, ein moderner Fuhrpark, darunter mehrere umgebaute dreiachsige S-Klasse-Mercedes mit Kühlzelle, die als die schnellsten Tiefkühltransporter der Welt im Guinness Buch der Rekorde standen, sorgten für die Einhaltung der teilweise haarsträubenden Forderungen der verwöhnten Kundschaft, die in diesem Metier gerne als „Klienten" bezeichnet wurden.

Herrschaften wie Anna-Sophia Barlow standen weder in den offiziellen Referenzlisten, noch mussten sie den üblichen Dienstweg über die zentrale Verkaufsabteilung nehmen. Sie verfügten über eine hochgeheime Durchwahl, und so konnten ausgefallene Wünsche meist noch am selben

Tag befriedigt werden. 50 Gramm Beluga-Kaviar kosteten dann mitunter locker eine fünfstellige Summe.

Die Frau in der Schlossküche hatte rechtzeitig geordert. Schließlich gab es in ihrer Disposition keine unbekannten Größen. Alles war minutiös geplant. So war sie es gewohnt. So hatte es zu sein.

Das Essen sollte um 19:30 Uhr auf den Tisch kommen. Serviert von ihr persönlich. Niemand außer ihr und ihrem Gast würde sich um diese Zeit auf dem Schloss aufhalten.

Marks schrak auf, als ihn die Stewardess leise ansprach. Er möge sich bitte anschnallen, die Maschine befinde sich im Landeanflug. Verwirrt schaute er auf seine Armbanduhr. Eines der wenigen Utensilien aus seiner Vergangenheit, die er behalten hatte. Der zerschrammte, klobige Chronometer zeigte Viertel vor drei. Nachmittags. Hatte er wirklich nur zwanzig Minuten geschlafen? Das ungewohnte Bier, die Aufregung. Wo waren sie überhaupt?

„Wir landen in wenigen Minuten auf dem City-Airport von Mannheim, Herr Marks“. Die Kleine hatte seinen Gesichtsausdruck offenbar richtig gedeutet.

Mannheim? Was zum Teufel sollte er denn schon wieder in Mannheim? Diese Stadt verband er mit den schlimmsten Jahren seines Lebens. Wo war diese Maschine in der Zwischenzeit herumgekurvt? Frankfurt-Mannheim mit einem Umweg über Neufundland?

Tatsächlich war der Pilot in einem weiten Bogen über Südengland, die Bretagne und das Elsass fast wieder zu seinem Ausgangspunkt zurückgekehrt.

Als die Maschine eine weite Schleife über die verschneiten Wälder des Odenwaldes drehte, dämmerte ihm, warum er seit seiner Entlassung solche Haken schlug: Natürlich! Das Schloss! Sie erwartete ihn auf Waltham-House! Dem Ort, der ihr am meisten bedeutete, sowohl in guten wie auch in bösen Zeiten. Jetzt war eine gute Zeit. Deshalb Mannheim. Von hier aus waren es mit dem Wagen nur achtzig oder neunzig Minuten. Der kostspielige Flug sollte offenbar lauernde Reporter auf eine falsche Spur locken. Eine Begegnung an einem schicksalhaften Ort. Würden sie dort heiraten? Sie hatte ihn stets im Ungewissen gelassen. Hatte seine ungeduldigen Fragen stets mit banalen Floskeln abgewiegelt. Lass dich überraschen. Du wirst begeistert sein. Du wirst es lieben usw.

Was würde er dort vorfinden? Knisternde Kamine in allen Räumen, die Säle voll Lachen und dem Gesumm hunderter Gäste, die sich erwartungsvoll zu ihm umwandten und die Champagnergläser erhoben? Oder eine kleine, handverlesene Gesellschaft. Alte Freunde von damals, Kumpels von früher. Ganz intim, familiär, die rotwangigen Verwalter mit ihren altmodischen Verbeugungen und Knicksen. Goldig. Das Blut pochte in seinen Schläfen, als die Maschine wippend vor dem kleinen Terminal des Flugplatzes ausrollte. Ein klobiger Hummer-Jeep stoppte neben dem Flugzeug. Es war eine Sonderausführung mit groben Geländereifen ohne Chrom, Ludenfelgen und Proletenauspuff. Dieses Auto war für seinen ursprünglichen Zweck gekauft worden. Ein Januartag in den Wäldern des östlichen Odenwaldes hatte schon so manchem Hochglanz-Mitsubishi seine Grenzen gezeigt.

Er nahm seinen Koffer und folgte den beiden Polen zu dem Wagen. Ein Fahrer im Anzug stieg aus, übergab Janosz die Schlüssel und verabschiedete sich förmlich.

Chris Hamilton hieß eigentlich Hans-Ludwig Leipersberger, aber als angehender Enthüllungsjournalist und freier Mitarbeiter einer großen deutschen Boulevardzeitung war ihm dieser Name doch ein wenig zu altfränkisch erschienen.

Er saß in dem überteuerten Bistro im Terminal 1 des Frankfurter Flughafens und klickte sich durch die Bilder, die er mit seiner hochauflösenden Digitalkamera gemacht hatte. Er grinste selbstzufrieden. Sie hatten sich wirklich angestrengt. Hatten sich alle Mühe gegeben, etwaige Verfolger abzuschütteln. Ihn konnten sie nicht abschütteln. Er war schon da gewesen, als die schwere Limousine draußen angehalten hatte und die beiden vierschrötigen Pollacken die Zielperson in Empfang genommen hatten. Er war der Igel. Der Hase konnte machen, was er wollte, er hatte gegen ihn nicht die geringste Chance.

Er war ein schlauer Igel. Ein Igel mit Verbindungen. Der Anruf kam gestern Abend kurz vor neun. Gerd Vendorff von der Abteilung Justiztransport hatte ihm gesteckt, wen er da in seinem grünen Bus nach Bruchsal kutschiert hatte. Würde er ihm doch die Handynummer seiner kleinen Schwester geben müssen. Egal, sie war alt genug.

Die Fahrt der Limousine nach Frankfurt hatte sein „Assistent“ Hassan observiert und er selbst musste lediglich von seinem Wohnort Neu-Isenburg an den Flughafen fahren.

Den Flugplan der Privatmaschine hatte er gleich im Sack. Beige Hosen, ein beiger Rolli und eine schwarze Lederjacke, wie sie Polizisten trugen, sowie die laminierte Farbkopie eines Dienstausweises der hessischen Polizei wirkten manchmal Wunder.

Martinique, sagte die korpulente Rote hinter dem Counter der General Aviation. Blödes Augenklimpern und viel zu viele, viel zu weiße Zähne hinter aufgespritzten Lippen verhießen willige Bereitschaft. Schade. Chris Hamilton, der Starreporter hatte keine Zeit und noch weniger Lust auf wabbelige Schenkel und aufgepolsterte Brüste.

Martinique. Ein ideales Ziel für Flitterwöchner. Vielleicht ließ ihn der schwule Ressortleiter sogar hinterherjetten. Schließlich hatte er die versammelte Elite der bundesdeutschen Journaille ganz schön dumm dastehen lassen.

Bebend vor Erwartung kritzelte er in sein Notizbuch. Dann zückte er sein Handy und tippte eine Kurzwahlnummer. Der arrogante Redakteur würde ihm aus der Hand fressen.

Zur gleichen Zeit übergab die Frau am General-Aviation-Counter ihre Schicht und zerknüllte den Zettel mit den Anweisungen, die ihr der freundliche Pole über den Tresen geschoben hatte. Zusammen mit einem Hunderteuroschein.

Klasse. Der konnte öfter kommen. Nichts wie ab in die Ladenzeile des Terminals. Ihr Tag war gerettet.

Sie war fertig. Alles, was vorzubereiten war, war getan. Das Menü servierbereit. Die Weine wohltemperiert. Sie hatte sich umgezogen, trug ein hautenges Etuikleid von Chanel, Pumps mit schwindelerregenden Absätzen, die ihre Größe noch betonten, ein fast ordinär schweres Parfum und sonst nichts. Die Formen ihres Körpers zeichneten sich überdeutlich unter der Naturseide ab. Ein Körper, der sein biologisches Alter Lügen strafte. Auch nach Beendigung ihrer aktiven Model-Karriere legte sie Wert auf eine makellose Figur. Sie hielt eisern Diät, trieb täglich vier Stunden Sport und war stolz darauf, noch niemals unter dem Messer eines Chirurgen gewesen zu sein.

Sie überprüfte ein letztes Mal die festlich gedeckte Tafel. Alles war an seinem Platz. Die Bestecke schimmerten im warmen Licht der Leuchter, die Servietten waren aufwendig gefaltet, die Gläser auf Hochglanz poliert. Auf der Anrichte zischten leise die Brenner der Rechauds. Dezenter Blumenschmuck rundete das Ganze ab. Es war ihr eine Freude gewesen. Alles auf diesem Tisch war durch ihre Hände gegangen. Alles atmete ihren Stil, ihre Persönlichkeit. Alles für ihn. Die Hauptperson des Abends. Sie konnte es kaum erwarten, ihn zu begrüßen. Ein Festessen. Vom Feinsten aber doch leicht und bekömmlich. Schließlich war das Essen nur der Auftakt für einen unvergesslichen Abend und eine ebensolche Nacht.

Draußen vor den hohen Fenstern des Salons begann bereits die frühe Winterdämmerung. Es war den ganzen Tag nicht richtig hell geworden. Bleigrau spannte sich ein schneeschwerer Himmel über die verschneiten Wälder auf den umliegenden Hügeln. Die Balustraden der halbrunden Terrasse trugen dekorative Schneehauben, der Garten mit seinen Putten und geometrisch angelegten Beeten sah aus, wie von einem Konditor aus Eiweiß und Sahne erschaffen. Die beiden massiven Holzpfosten ragten wie Fremdkörper daraus hervor. Sie waren etwas über drei Meter hoch und an ihren oberen Enden war jeweils eine Rolle befestigt, über die ein Seil geführt war. Sie waren erst vor einigen Tagen dort aufgestellt worden. Die Zimmerleute wunderten sich zwar, dass es der exzentrischen Schlossherrin mitten im Winter einfiel, in ihrem Garten einen Kinderspielplatz einzurichten, aber das war ihnen letztendlich gleichgültig. Die Bezahlung war sehr ordentlich und um diese Jahreszeit war jeder Zimmerer froh um einen Auftrag.

Anna-Sophias Blick blieb an den beiden Masten hängen. Sie wirkten unheimlich. Irgendwie bedrohlich. Wie Galgen … Sie lächelte und überprüfte ihr Erscheinungsbild in einem der großen Spiegel an der gegenüberliegenden Wand. Perfekt. Er würde sabbern vor Freude.

Es war kurz vor 16 Uhr als der schwere Geländewagen um die letzte Kurve rollte. Gernot Marks hielt kurz den Atem an. Da war es: Hinter der hohen Natursteinmauer und dem riesigen schmiedeeisernen Tor lag der breit angelegte, zweistöckige Bau des alten Schlosses mit seinem schneebedeckten Schieferdach, den Erkern, Türmchen und der etwas zu groß geratenen imposanten Freitreppe. Keine Autos auf dem seitlich gelegenen Gästeparkplatz, keine Spuren im Schnee vor der Treppe. Sein Herz machte einen Sprung. Keine Gäste. Nur er und …

Das Tor schwang wie von Geisterhand auf, Janosz steuerte den Hummer die Auffahrt hinauf. Einer der mächtigen, mit Schnitzereien verzierten Flügel der Eingangstür öffnete sich und SIE trat heraus. Marks registrierte weder das Anhalten des Wagens noch bemerkte er, dass Janosz ihm die Tür aufhielt und ihn erwartungsvoll anschaute. Gernot Marks sah nur SIE: Trotz der eisigen Kälte und des schneidenden Windes, der bereits wieder erste feine Schneeflocken mit sich trug, umhüllte sie nur ein dünnes Kleidchen, dass ihr noch nicht einmal bis zum Knie reichte. Eine Strähne ihrer kunstvollen Hochsteckfrisur hatte sich gelöst und wehte keck im Wind. Weder schien sie die Kälte zu spüren, noch schlang sie die Arme umeinander. Sie stand lächelnd auf den kalten Steinen und Marks schien es, als weiche Eis und Schnee vor ihr zurück, als umspiele sie eine unsichtbare Hülle von Wärme und Energie.

Endlich fand er die Kraft, aus dem hochbeinigen Gefährt zu klettern. Marius reichte ihm sein Gepäck und kaum hatte Marks die ersten Schritte in Richtung Treppe genommen, rollte der Hummer mit grummelndem Achtzylinder in Richtung Tor. Sie waren allein …

Alleine in einem Märchenschloss. Er und die schönste aller guten Feen, die herrlichste aller Königinnen, die leidenschaftlichste aller Zauberinnen. Wie betrunken tappte er die Stufen hinauf, der Koffer stand vergessen im Schneetreiben. Wie gebannt hing sein Blick an dieser Erscheinung da oben vor dem offenen Tor, hinter dem warmer Lichtschein Behaglichkeit und Geborgenheit signalisierte. Keine kalten Fliesen mehr, keine nach Urin und Desinfektionsmitteln stinkenden Waschräume, kein Gebrüll, kein Schlüsselklirren, kein zerkochter Wirsing. Nie mehr.

„Gut siehst du aus", ihre vollen Lippen waren nur Zentimeter von den seinen entfernt. Ihre Augen blitzten und schienen ihn aufsaugen zu wollen. Ihre Nasenflügel bebten. Ihr Duft machte ihn rasend vor Verlangen. Ihr Körper verströmte eine ungeheure Hitze, er presste sich an sie wie ein kleines Kind an seine lange vermisste Mutter. Er spürte ihren starken Körper, ihre Brüste, ihre muskulösen Beine. Ihre Lippen fanden sich, ihre Zungen spielten miteinander, er schmeckte sie, atmete sie, fühlte sie. Er war am Ziel. Er war bei IHR. Für immer und ewig. Es schneite stärker. Der Wind hatte zugenommen. Dicke Flocken vermischten sich mit den Tränen, die ihm über die geröteten Wangen liefen. Es war ihm egal. Niemals wieder würde er diese Frau loslassen.

Nach fast zehn Minuten befreite sie sich liebevoll energisch aus seiner Umarmung, hob die Tasche auf und lachte ihn mit erhitztem Gesicht und verschmierter Wimperntusche an: „Bringen wir erst einmal das Gepäck ins Schlafzimmer".

Klickend schloss sich das Tor hinter ihnen. Leise Musik spielte im Hintergrund. Der Duft von Kaminfeuer durchzog die große Eingangshalle. Überall brannten Kerzen in den zahllosen Leuchtern. Sie ging vor ihm her die Treppe hinauf und er begann zu schwitzen. Das Seidenkleid enthüllte mehr als es verbarg. Beinahe wäre er auf sie geprallt, als sie vor der Tür zum Ostschlafzimmer stehen blieb. Das Sonnenzimmer. Wo sich im Sommer die Vorhänge bauschten, und der Blick durch die offenen Fenster über Berge und Wälder wanderte, während die Strahlen der Morgensonne den Flaum auf ihrem Körper zu goldenem Leuchten erweckte.

Ein silberner vierarmiger Kerzenleuchter spendete warmes weiches Licht. Auf einem Servierwagen stand in einem Cooler eine Flasche Champagner nebst zwei Kelchen und einer Schale mit Obst. Auf dem riesigen Bett breitete sich schwarze Satinbettwäsche aus, dekorativ zerknittert,ein Herz aus weißen Rosenblättern darüber gestreut…

Aus verborgenen Lautsprechern erklang Samba Pa Ti von Santana. Das Luder … Das war „ihr Lied", das Lied, bei dem sie unzählige Male miteinander geschlafen hatten.

„Ich hoffe, du hast noch keinen allzu großen Hunger", bemerkte sie mit heiserer Stimme und musterte ihn mit einem verheißungsvollen Lächeln.

„Doch", erwiderte er, sank vor ihr auf die Knie und begann ihr Kleid nach oben zu schieben. „Ich bin hungrig. Sehr sogar." Die Haut ihrer Schenkel fühlte sich an wie heißer Samt. Tief atmete er ihren Geruch. Wie lange hatte er darauf verzichtet. Sanft strich er über ihren flachen Bauch, fühlte die straffen Muskeln, spürte das Beben darin, sein Körper war ein einziges Pulsieren und Pochen. Sie legte ihre Hände an seinen Kopf, zog ihn hinauf zu ihren Brüsten und gemeinsam sanken sie auf die kühlende Bettwäsche.

Der Champagner wurde erst eine Stunde später geöffnet. Wohlig erschöpft beobachtete er sie, wie sie sich geschmeidig erhob, ihren schimmernden Körper reckte, um ein Fenster zu öffnen, den Champagner entkorkte und beim Einschenken die Hälfte verschüttete. Sie halbierte eine Kiwi, reichte ihm einen winzigen Löffel dazu und flüsterte verschwörerisch: „Damit du wieder zu Kräften kommst. Ich habe noch viel vor mit dir, heute Abend.“

Er genoss das kühle Prickeln auf seiner Haut, als sie einen Rest Champagner über seine Brust laufen ließ und die klebrige Flüssigkeit mit der Zunge verfolgte. Ihre Hände wanderten über seinen Körper, ihre Brüste drängten sich an ihn, weckten ihn sanft bis sie wieder beide ineinander versanken. Langsamer als das wilde, ungestüme Toben der vergangenen Stunde, dafür intensiver, mit allen Sinnen, voller Genuss und voller Konzentration auf die Reaktion des Partners.

Sie saß auf ihm, spürte, dass er pochend seinem Höhepunkt zustrebte, und beugte sich weit nach hinten. Seine Hände fanden ihr Ziel, kreisten, tasteten hauchzart, vibrierten auf ihr und brachten auch sie zum Schwingen. Gleich. Jetzt!

Sie beugte den Kopf weit nach hinten, stöhnte leise und registrierte die Leuchtziffern der Uhr im Spiegel der Schrankwand. Es war Zeit.

Zeit, dass die Skorpionin nach erfolgter Begattung das Männchen fraß.

„Dann: Nehmen Sie die Ausfahrt …“ Die Stimme aus dem Navigationsgerät erinnerte Stephan Glimm jedes Mal aufs Neue an Frau Wagner. Frau Wagner war seine längst verstorbene Lehrerin aus der ersten Klasse der Volksschule im Mannheimer Stadtteil Käfertal. Die bienenkorbähnliche Hochfrisur stets makellos, das Lächeln der roten Lippen immer warm und verständnisvoll, die Stimme freundlich, aber bestimmt und keinerlei Widerspruch zulassend.

„Folgen Sie der B 37 und bleiben Sie links“, sprach Fräulein Wagner, wie man damals korrekt eine Lehrerin ansprach. Glimm mochte die Stimme aus dem Lautsprecher und fuhr selbst dann mit Navi, wenn er die Strecke in- und auswendig kannte. Eine kleine Macke, gewiss, aber da gab es noch ganz andere.

Diese Frau zum Beispiel, zu der er gerade unterwegs war. Die hatte auch eine Macke. Und was für eine! Vom Typ her durchaus auch ein „Frollein Wagner“: Groß, schön, blond und mit einer fast sichtbaren Aura aus Selbstbewusstsein und Autorität ausgestattet. Was fehlte, war das Herz. Warmherzigkeit, Milde, verständnisvolle Geduld. Alles Eigenschaften, die Anna-Sophia Barlow vollkommen abgingen.

Ihre Brüste hoben und senkten sich, als sie die beiden Flügel zur Terrasse öffnete. Eisige Winterluft strömte herein und strich über ihr erhitztes Gesicht. Vom Schlafzimmer über den Flur bis in den Salon waren es gut und gerne zwanzig Meter. Selbst eine trainierte Sportlerin wie sie geriet da schon mal ins Schwitzen. Zumal das Über-den-Boden-Schleifen eines fast achtzig Kilogramm schweren menschlichen Körpers etwas für sie völlig Ungewohntes war.

Sie hatte sich umgezogen, trug nun Jeans, gefütterte Gummistiefel, einen dicken Pullover und eine weiße Fleecejacke. Als sie sich einen Augenblick ausgeruht hatte, fasste sie Marks unter den Armen, benutzte ihr linkes Knie als Stütze, so wie sie es einmal in einem Erste-Hilfe-Kurs gelernt hatte, und zog den Besinnungslosen in den Garten. Gernot Marks war nackt. Trotz aller Anstrengung konnte sie sich ein spöttisches Grinsen nicht verkneifen, als sie sein beachtliches Glied schlaff und lächerlich zwischen seinen Beinen baumeln sah. Sein Schwanz, auf den er so stolz war. Den sie vor wenigen Minuten noch in voller Größe genossen hatte. Ja, sie hatte es genossen. So wie eine Frau ein gutes Essen genoss, einen erlesenen Wein, einen ergreifenden Film. Ein hübsches, kurzweiliges Spielzeug. Nichts weiter. Stunden voller Ekstase im Wechsel mit den wohligen Schwingungen absoluter Entspannung. Er war ein guter Liebhaber. Einer der wusste, worauf es ankam, der seine Sexualität nicht auf wenige Körperteile reduzierte. Ein Sexgott. Wieder lächelte sie. Nicht seine Hände oder seine Zunge waren es, die ihr zum Höhepunkt verhalfen. Sein Schwanz schon gar nicht, nein. Es war der Gedanke an das, was danach kam. Jede Minute, jede Sekunde ihrer Umarmungen hatte sie nur daran gedacht. Nie war die innerliche Brandung intensiver, die Erlösung eruptiver als in jener Nacht. Ihrer Nacht. Der Nacht der Skorpionin.

Sie war bereit für den nächsten Akt. Sie würde mit diesem Mann etwas tun, dass ihr bereits jetzt wieder Schauer der Erregung über den Rücken jagte. Etwas, bei dem sie die absolute, die totale Befriedigung erreichen würde. Etwas, das sie mit jeder Faser ihres Körpers herbeigesehnt hatte. Seit vielen Jahren. Der leidenschaftliche Sex vorhin war nur die Ouvertüre gewesen. Ein Ritual. Nichts weiter. Hilfsmittel zu ihrer persönlichen Befriedigung und die richtige Einstimmung auf den wahren Höhepunkt.

Sie würde ihn töten.

Stephan Glimm schaute auf die Uhr im Armaturenbrett des Jaguars. 18:40 Uhr. Er würde pünktlich sein. Es war eine eisige Winternacht und es roch nach Schnee. Die Schnellstraße war geräumt und gestreut, es herrschte nur mäßiger Verkehr. Der Anwalt war unterwegs zu einer Hochzeitsfeier. Einer Feier, an deren Zustandekommen er maßgeblich mitgewirkt hatte. Wenn auch widerwillig.

Eine merkwürdige Frau, diese Barlow. Ihre Stimme klang heiser, als sie ihn vergangene Woche zu einem kleinen intimen Fest einlud. Sie hörte sich an, als lächle sie bei jedem Wort. Ein verheißungsvolles, vielversprechendes, absolut jugendgefährdendes Lächeln.

Glimm lachte leise und drehte die Musik lauter. Il Divo, „Nights in white satin". Die großartigen Stimmen der vier Tenöre erfüllten den Innenraum des Wagens.

„Hallo, Stephan, das Weib ist frisch verheiratet!", rief er sich selbst in Erinnerung.

„Die will nichts von dir armem Rechtsverdreher, die steht auf Knackis und Kinderficker!" Die derben Worte ließen ihn wieder in die Realität zurückkehren. Verrückte Welt, dachte er. Da kutschiere ich in den finstersten Odenwald auf ein altes Schloss, um mit einem verurteilten Kinderschänder und einer der reichsten Frauen der Welt zu tafeln. Sein Blick streifte kurz ein flaches, quadratisches Geschenk, das auf dem Beifahrersitz lag. Was schenkt man so einem Paar?

Glücklicherweise hatte sie ihm bei einem ihrer ersten Besuche in seiner Kanzlei auf die Sprünge geholfen. Sie hatte hingerissen in seiner riesigen Plattensammlung gekramt und nicht schlecht gestaunt, als er auf ihre Frage, ohne hinzusehen, eine längst vergriffene Scheibe von Herbie Hancock präsentiert hatte. Fast ehrfürchtig strichen ihre Hände über das vergilbte, teilweise eingerissene Cover.

Sie musste die Scheibe haben. Er hatte gelacht. Sie würde jeden Preis dafür zahlen. Er schüttelte, immer noch lachend, den Kopf. Jeden! Er winkte ab und wischte sich die Augen. Sie gab auf. Vorerst, wie sie lächelnd betonte. Das Lächeln hatte er sich gemerkt. Es erinnerte ihn fatal an das eines Velociraptors[3].

Die starken Halogenscheinwerfer an der Fassade des Gebäudes tauchten die unwirkliche Szene in gleißendes Licht.

3 Raubsaurier

Der Atem der Frau ging stoßweise. Endlich hatte sie den Körper des Mannes in der richtigen Position. Sie richtete sich auf, drückte den Rücken durch und stemmte die Arme in die Hüften. Weiße Atemwolken trieben davon. Die Temperatur war knapp unter null Grad Celsius. Der Himmel war schwarz. Kein Stern war zu sehen. Schnee lag in der Luft wie ein unheilvolles Versprechen.

Die Frau befestigte massive Rohrschellen an Hand- und Fußgelenken des Mannes. Die Schellen hatten Ösen, durch die sie chromglänzende Stahlketten zog. Wieder lächelte sie. Er stand auf Ketten. Ketten und die ganze Palette diverser Sexspielzeuge aus Latex, Gummi und den Produkten fernöstlicher Elektronikindustrie. Sie hatte dieses Zeug noch nie gemocht. Es widerstrebte ihrer Natur Sex mit etwas zu haben, auf dem Sony stand. Doch an diesem Abend würde auch sie Spaß an klirrendem Eisen und nackter Haut haben. Fragwürdig bliebe nur, ob Gernot Marks dies auch so empfand. Sie verband die Ketten mit dem ausgeklügelten Mechanismus zweier Hebezüge, die über die Rollen des merkwürdigen „Spielgerätes“ liefen. Die beiden hohen Pfosten wirkten nun überhaupt nicht mehr wie Teile einer Schaukel oder einer Rutschbahn. Im grellen Licht und mit dem in der Kälte bereits blau angelaufenen nackten Körper am Boden wirkten sie wie … ein Schafott.

Anna-Sophia Barlow betätigte die Kurbel. Klickend spulte die Handwinde das dicke Drahtseil auf. Die Arme des Mannes hoben sich vom Boden, der Körper rutschte endgültig zwischen die beiden Pfosten, der Kopf fiel kraftlos in den Nacken. Die Barlow arretierte die Winde und überprüfte die Befestigung der Ketten. Ein leises Röcheln wurde hörbar. Die Frau trat einen Schritt zurück. Der Adamsapfel des Mannes hüpfte auf und ab. Der Kopf hob sich, die Augenlider flatterten. Er wachte auf. Endlich!

Mit beiden Händen ergriff die Frau die schwere Kurbel.

„ … biegen Sie links ab.“ Die Durchsage des Navigationsgerätes unterbrach die Musik. Glimm verließ die B37 bei Eberbach. Es begann zu schneien. Zuerst kaum sichtbare flirrende Stäubchen im Scheinwerferlicht, doch nach wenigen Minuten mischten sich dicke Flocken darunter, die wenig später als weißer Vorhang die Sicht behinderten. Nachdem er die Ortschaft durchquert hatte, wand sich die Straße in weiten Kurven durch dunkle Wälder nach oben. Er schaltete das Fernlicht ein. Irgendwo ging es hier links ab zu dem Wanderparkplatz, an dessen Ende die gesperrte Privatstraße zum Schloss ihren Anfang nahm. Weder der Parkplatz noch das Schloss waren auf der CD des Navis gespeichert. Er hatte die Koordinaten manuell eingeben müssen.

Er schüttelte lächelnd den Kopf. Ein idealer Ort, um sich zu verstecken. Oder Hochzeit zu feiern, ohne von der Presse belagert zu werden. Das Hinweisschild zum Parkplatz war von einem schneeschweren Fichtenast verdeckt und prompt reagierte er zu spät, als das Navi verkündete „Sie haben Ihr Ziel erreicht.“ Er traute sich nicht, den schweren Wagen auf der Straße zu wenden, da die Bankette unter einer dicken Schicht verharschtem Schnee verborgen waren und so musste er vier Kilometer weiter fahren, bis er an einem einsamen Gehöft die Hofeinfahrt nutzen konnte.

Es war 19:22 Uhr, als er auf den leeren Parkplatz einbog. Die Schranke am hinteren Ende war offen, die schmale Asphaltstraße tatsächlich geräumt und offenbar gut gestreut, denn der mittlerweile heftig aus dem schwarzen Himmel fallende Schnee blieb nicht liegen. Vorsichtig steuerte er in der Mitte der Straße bergauf. Es schneite immer stärker. Jetzt bildete sich schon eine dünne, matschige Schicht, mit der die Winterreifen der Limousine aber noch leichtes Spiel hatten. Glimm war froh, dass die Barlow über Gästezimmer verfügte. Wer weiß, wie das hier in ein paar Stunden aussah.

Anna-Sophia … er wurde einfach nicht schlau aus dieser Frau. Sie hatte ihn fürstlich bezahlt für seine Arbeit. Sie hatte beträchtliche Summen für Gutachten ausgegeben und mit Sicherheit den einen oder anderen Beamten oder gar Richter geschmiert. Alles, nur um diesen Marks aus dem Knast zu holen und ihn zu heiraten.

Glimm kannte Gernot Marks besser als jeder andere. Er hatte ihn damals verteidigt, hatte bei den Gesprächen im Vorfeld des Prozesses tief in dessen Innerstes geschaut. Er hatte ihn dutzende Male in der Haft besucht, als das Verfahren zur vorzeitigen Entlassung anstand. Der Typ war absolut unterbelichtet. Er mochte ein guter Schauspieler sein, der den Musterhäftling gab. Aber ihn konnte er nicht täuschen. Der Mann war ein Anhängsel seines Schwanzes. Beherrscht von seinen Trieben, gesteuert vom Ungleichgewicht der Hormone. Zum tausendsten Male fragte sich Stephan Glimm, was eine Frau wie Anna-Sophia an so einem fand. Die sollte sich nach einem gleichwertigen Partner umschauen, einem Mann mit Kultur, intellektuellem Background und geschliffenen Umgangsformen. Einem Mann, der sich auf glänzendem Parkett sicher bewegen konnte und der Freunde und Bekannte auf der ganzen Welt hatte. So wie er …

Hatte er solcherart Gedanken bisher erfolgreich als pubertär wirkende Fantasien verdrängt, so hatte er in den letzten Wochen eingestehen müssen, dass Anna-Sophia ihm keineswegs gleichgültig war. Sie selbst trug daran eine nicht geringe Mitschuld. Bei jedem Kontakt, sei es persönlich oder per Telefon, machte sie ihm auf äußerst subtile Art Avancen. Selbst in ihren E-Mails schienen sich verstecktes Augenzwinkern und schelmisches Lächeln zu verbergen.

Teufel, wie lange hatte er keine Frau mehr gehabt? Er war zu ihrer Hochzeit eingeladen. Er würde heute dem Bräutigam gratulieren. Illustre Gäste würden dummes Zeug schwafeln, Champagner schlürfen und dem glücklichen Paar alles Gute oder die Pest wünschen, je nachdem. Egal, er würde den beiden Glück wünschen. Ehrlich und ohne gekreuzte Finger. Dann würde er sich dem sicherlich exquisiten Essen widmen und sich mit dem teuersten Sprit, den es da oben in dem alten Gemäuer gab, die Lampe ausschießen.

Zufrieden betrachtete Anna-Sophia Barlow ihr Werk: Wie die Proportionsstudie von Leonardo Da Vinci hing

Gernot Marks mit gespreizten Armen und Beinen zwischen den Pfosten. Er war nun völlig wach. Panisch zuckte sein Kopf hin und her, die Augen rollten wie die eines verängstigten Kalbes und ein rasselndes Geräusch kam aus seiner Kehle. Die straff gespannten Ketten vibrierten, als sich seine Muskeln verspannten, um daran zu zerren.

Schneefall setzte ein.

„Anna!“, ein Schrei, kaum artikuliert. „Annaaaaaa!“ Sie trat näher. Ihre Augen wanderten über seinen Körper auf dem die Schneeflocken augenblicklich verdampften. Ein schöner Körper. Gute Proportionen, ausgeprägte, aber nicht übertrieben wirkende Muskulatur. Die Behaarung des Oberkörpers erinnerte an einen Baum, dessen Stamm sich im rasierten Genitalbereich verlor. Sein ganzer Stolz bot ein Bild des Jammers. Schlaff und faltig hing das Gemächt im kalten Winterwind.

„Was tust du da?“ Sein Kopf fiel vor Anstrengung wieder nach hinten. Stöhnend richtete er ihn wieder auf und sah an sich herab. Anna-Sophia griff in die Tasche ihrer Jacke und förderte eine kleine Plastiktüte zutage.

„Was machst du?“, in das entsetzte Flehen mischte sich ein Funken Neugier. War das nur ein neues Spiel? Teilte sie endlich sein Faible für extravagante Sexspielchen? Sie hob den Kopf und sah ihm in die Augen. Was er darin sah, ließ ihn sterben.

Sie öffnete die Tüte und schüttete sich das Salz in die Hand. Dann ergriff sie seinen Penis und rieb ihn damit ein.

„Was … machst … du?“ Die Worte kamen zwischen heftigem Keuchen. „Du … tust … mir … weh! Was machst …“

Er schrie. Er schrie wie ein Kind, das sich am glühenden Herd verbrennt.

Die Frau schüttete sich erneut eine große Portion Salz in die Hand. Sein Glied hatte sich in einer schmerzhaften unbewussten Erektion zu voller Größe aufgerichtet. Ihre Hände schlossen sich darum, spürten das Pochen darin. Sie verstärkte den Druck. Blut quoll zwischen ihren Fingern hervor. Das Schreien war in ein grässliches Heulen übergegangen, dem alles Menschenähnliche abging. Endlich ließ sie von ihrem Opfer ab.

Sie reinigte ihre Hände im Schnee, wischte sie an ihrer Jacke trocken und trat einen Schritt zurück. Das Heulen war einem erstickten Röcheln gewichen, die Erektion verschwunden. Der Penis ein rohes Stück Fleisch, von dem es tiefrot in den zertrampelten Schnee tropfte.

Die Beinmuskeln bebten, trotz der Kälte troff der Körper von Schweiß, so dass er in der eisigen Luft dampfte.

„Du magst es, nicht wahr?" Ihre Stimme war heiser vor Erregung. Ein ersticktes Husten war die Antwort.

„Sag, dass du es magst. Es ist schön. Du hast Glück. Du bist ein richtiger Prinz, weißt du? Nur Prinzen haben das Prinzenmal. Du hast es. Du bist mein Prinz. Wolltest du nicht schon immer ein richtiger Königssohn sein, mein lieber Tom?" Ihre Stimme war ein sanftes Gurren, zärtlich und voller mühsam zurückgehaltener Erregung.

Tief unter den roten Wolken aus Schmerz registrierte Gernot Marks diese Worte. Seine Worte. Sie wusste es! Sie wusste alles! Als er dies endlich realisierte, verließ auch noch der letzte Hoffnungsfunke seinen geschundenen Körper. Er bäumte sich auf wie im Todeskampf und fiel in eine gnädige Ohnmacht. Die Frau wandte angewidert den Kopf ab, als seine Schließmuskeln versagten und stapfte durch den Schnee zu einem Verschlag neben dem Geräteschuppen. Ein verhaltenes Meckern erklang, als sie den Riegel zur Seite schob. Die weiße Hausziege erhob sich mit wackeligen Beinen. Sie hatte in den letzten Tagen nur Wasser bekommen. Zutraulich folgte ihr das Tier zu dem makabren Hinrichtungsort. Witternd hob das Tier die Nase, als es den Salzgeruch wahrnahm.

Marks war wieder bei Bewusstsein. Verschmutzt und zitternd hing er in den Ketten, ein leises Wimmern war zu hören, sein Kopf hing kraftlos zur Seite. Speichel rann aus seinem Mundwinkel.

„Sei lieb zu Hannah. Sie ist ein braves Mädchen. Sie will nur spielen." Anna-Sophia sprach jetzt wie eine Mutter, die ihrem Kind einen neuen Spielkameraden vorstellt. Das Wimmern erstarb. Marks' Kopf ruckte herum. Ungläubig fixierten seine vernebelten Augen die knochige Ziege.

„Sie wird dich mögen. Ziegen sind ganz verrückt nach Salz. Ihr werdet sicher viel Spaß miteinander haben. Leb' wohl kleiner Prinz. Genieße es." Sie drehte sich um und ging mit festen Schritten durch den stärker werdenden Schneefall zurück ins Schloss.

„Anna! Annaaaa!", erstaunlich kraftvoll und klar schrie er ihren Namen. Wieder und wieder. Sie atmete ihn tief ein, labte sich an seinem Entsetzen und seiner Todesangst. Sie schaute auf ihre Uhr. Zeit, ein Bad zu nehmen. Der Ehrengast würde sicher pünktlich sein. Der Abend strebte seinem Höhepunkt zu.

Sie schloss die Terrassentür hinter sich, löschte die Außenbeleuchtung, überprüfte ein letztes Mal die festlich gedeckte Tafel und zog die schweren Vorhänge zu. Die Rufe im Garten waren in ein schrilles Kreischen übergegangen, welches sogar noch im Badezimmer schwach zu hören war. Sie legte eine CD mit dem Walkürenritt von Richard Wagner ein und drehte das Wasser auf. Wenig später lag sie in duftendem Schaum, ein Glas Champagner in der Hand und ließ sich von übergewichtigen Kriegerweibern auf Schlachtrössern durch die umliegenden Wälder begleiten.

Eine halbe Stunde später stand sie wieder am Fenster zum Garten. Das Essen war angerichtet. Die Vorbereitungen abgeschlossen. Als sie einen letzten Blick zu den beiden Pfosten warf, spürte sie eine prickelnde Wärme in ihrem Leib. Es war still. Totenstill im wahrsten Sinne des Wortes.

Rasch schaltete sie das Licht wieder aus, zog die Vorhänge zu und begab sich in die Halle. Die Induktionsschleife, einen Kilometer vom Schloss entfernt, kündigte ein Fahrzeug an.

Zeit für den Hauptgang …

Es überraschte ihn nicht wirklich, als er das Schloss erreichte und kein Wächter in grellgelber Weste ihm den Weg zum überfüllten Gästeparkplatz wies. Unter ihren Schneehauben beleuchteten Laternen die Auffahrt. Das große Eisentor stand einladend offen. Keine Reifenspuren entweihten den jungfräulich wirkenden Schnee. Rechts und links der schweren Eingangstür oberhalb der Freitreppe brannten zwei Lampen. Er stoppte den Wagen, griff nach dem Geschenk und verbarg es unter seinem Mantel, den er vom Rücksitz holte.

Das versprach ja eine ganz besondere Hochzeit zu werden. Kurz schoss ihm der Gedanke durch den Kopf, er könnte sich im Datum geirrt haben, aber das war völlig ausgeschlossen. Noch am Morgen hatte ihn die Barlow angerufen und sich versichern lassen, dass er käme.

Schnaufend tappte er vorsichtig die verschneite Treppe hinauf. Er war noch nicht ganz oben, da wurde die Tür geöffnet und Anna-Sophia Barlow trat lächelnd heraus.

Die Frau war eine Offenbarung. Das kleine Schwarze, das sie anhatte, trug seinen Namen völlig zu recht. Kein kaschierendes Nylon behinderte den Blick auf die trotz der Jahreszeit leicht gebräunten makellosen Beine. Keine Besenreißer oder Pigmentflecken beeinträchtigten die Ebenmäßigkeit der perfekt proportionierten Schenkel. Die Füße in den schwindelerregend hohen Pumps zeigten keinerlei Anzeichen von Überanstrengung. Klar, sie war einmal eines der gefragtesten Models des Planeten gewesen. Doch mittlerweile musste sie bereits Ende vierzig sein. Kein Wunder, dass es so viele hässliche Leute gab, wenn die Natur die Schönheit so undemokratisch über einen einzigen Menschen ausschüttete.

Sie hielt ihm die Wangen hin und er roch ihren natürlichen Duft, der den dezenten Chanelhauch souverän überlagerte. Schwer atmend folgte er ihr in die pompöse Halle. Sie nahm ihm den Mantel ab, legte ihn über die Lehne einer Ottomane und empfing mit wissendem Lächeln das quadratische Geschenk. Auf einem Beistelltisch in der Nähe des Durchgangs zum Salon stand eine Flasche 1990er Dom Ruinart Rosé in einem Kühler, flankiert von zwei Gläsern. Sie schenkte ein und reichte ihm ein Glas.

„Auf das glückliche Brautpaar“, sagte Glimm, nachdem er eine ganze Meute Frösche in seinem Hals in die Flucht geräuspert hatte und erntete ein helles Lachen.

„Auf uns, Herr Anwalt“, gurrte sie, „Auf uns beide …“

„Wo ist eigentlich Ihr Mann?“

Sie gickelte wie ein Teenager. „Gernot werden wir später sehen. Aber lassen Sie uns in den Salon gehen, das Essen wartet schon.“

Den Kopf voller widersprüchlicher Gedanken, trottete Glimm hinter ihr her wie ein folgsamer Bernhardiner.

Im sanften Licht des gedimmten Kronleuchters und zahlloser Kerzen fiel sein Blick auf eine prächtig gedeckte Tafel. Schimmerndes Porzellan, blitzendes Besteck und auf einer großen Anrichte leise zischende Rechauds, aus denen verführerische Düfte strömten.

„Ich habe mir erlaubt, einen kleinen Imbiss vorzubereiten. Was man eben so schafft, wenn das Personal nicht da ist“, bemerkte sie und Glimm erkannte mit gerunzelter Stirn, dass der riesige Mahagonitisch lediglich für zwei Personen eingedeckt war. Was war hier los? Was sollte das Gerede von einer Hochzeitsparty? Wo waren die Gäste? Das Personal? Wo, zum Teufel, steckte der Bräutigam? Das Arschloch. Den letzten Gedanken verdrängte er rasch wieder, als hätte er Angst, die Barlow könne ihn hören.

„Sie haben selbst gekocht?“ Es klang wohl ein wenig zu überrascht, denn die Stimme der Barlow enthielt eine winzige Prise Chili.

„Wenn es Ihnen nicht schmeckt, lasse ich gerne etwas vom Chinesen kommen.“ Das entwaffnende Lächeln entschärfte die Situation sofort wieder. „Nehmen Sie Platz, wundern Sie sich über nichts und genießen Sie den Abend, lieber Freund. Ich bin sofort wieder da.“

Aber Hallo! Lieber Freund! Bisher hatte sie ihn entweder mit Namen oder leicht spöttisch mit Herr Anwalt angesprochen. Das versprach ja ein interessanter Abend zu werden.

Nach wenigen Augenblicken rauschte sie mit einem Tablett herein und stellte jeweils ein kleines Gedeck an ihre Plätze.

„Voilá, Thunfisch-Tatar auf Guacamole, dazu ein 2005er Dezaley La Medinette. Das wird mich wohl davor bewahren, mich vor einem Weinkenner wie Ihnen zu blamieren.“ Das Lächeln verhieß sämtliche Sinnesfreuden aus 1001 Nacht. Glimm holte tief Luft. Die Barlow hätte ihm Leitungswasser kredenzen können, heute hätte er es noch nicht einmal bemerkt. Verzückt registrierte Glimm das mit Wachteleiern und Paprikawürfeln farbenfroh angerichtete Arrangement. Die Barlow, eine Küchenfee! Wer hätte das gedacht?

„Auf diesen Abend“, das Lächeln der Barlow war rätselhaft wie das der Mona Lisa, als sie ihr Glas erhob. Glimm neigte den Kopf und prostete ihr stumm zu. Es fiel ihm nichts mehr ein. Ihm, dem berühmten Strafverteidiger, fehlten die Worte. Er beschloss zu kapitulieren, verbannte die Grübelei aus seinem Kopf, konzentrierte sich auf den ausgezeichneten Schweizer Wein und harrte der Köstlichkeiten, welche seine Gastgeberin zweifellos noch auftischen würde. Die Batterie kostspieliger Kristallgläser und das Sortiment schimmernden Bestecks verhießen dem Gourmet höchste kulinarische Wonnen. Zum Teufel mit Marks …

Der nachfolgende Gang stand der Vorspeise in nichts nach. Pochiertes Kalbsfilet mit Frühlingsgemüse und Kräutersauce. Begleitet von einem 2004er Pinot Noir, Palliser Estate, für den allein Glimm die Anfahrt durch Eis und Schnee auf sich genommen hätte. Zwischen dem Gemüse lugte grüner und weißer Spargel hervor, der nicht aussah, als käme er aus einer Konservendose. Auf seine Frage neigte die Barlow anerkennend den Kopf und erwähnte beiläufig, dass die für die Jahreszeit ungewöhnliche Delikatesse im klimatisierten Food-Container an Bord eines FedEx-Frachters in der vergangenen Nacht auf dem Frankfurter Flughafen gelandet war.

„Aus Neuseeland, genau wie der Wein, aber der lagert schon etwas länger in meinem Keller“, Anna-Sophia Barlow genoss sein kaum verhohlenes Staunen. Die Frau war ein Snob. Absolut! Gab es eigentlich ein weibliches Pendant zu Snob? Egal, der Abend begann gerade so richtig Spaß zu machen. Was kam wohl als Nächstes?

Ein Täubchen kam. Auf Blattspinat mit Pinienkernen. Ein Augenschmaus in Altrosa und Grün. Mit den eleganten Bewegungen einer geübten Sommelière kredenzte die Gastgeberin dazu einen 2002er Generation Dix-Neuf Sancerre rouge aus dem Tal der Loire. Glimm schmolz dahin. Sollte dies das Letzte sein, was er in diesem Leben genoss, so wäre es ihm auch egal. Satt und leicht betüdelt würde er lachend zur Hölle fahren. Dorthin, wo die alten Kumpels waren.

Zwischenzeitlich hatte die Barlow ihr Geschenk ausgepackt und die schwarze Scheibe auf den massiven Teller eines Plattenspielers gelegt, der aussah, als bekäme man dafür schon einen ordentlichen Mittelklassewagen. Keine digitale Technik war in der Lage, die Körperlichkeit von Hancocks Musik gemeinsam mit dem leisen Knistern zu imitieren, das die schwarze Scheibe ungefiltert von sich gab. Das Wahre, Echte in Reinkultur. Man schwelgte. Das Essen, der Wein, die Musik. Vergessen der eigentliche Anlass, die dubiose Hochzeitsfeier. Vergessen die Welt weit jenseits dieses Kokons aus massivem Stein, belebt vom warmen Licht der Kerzen und der duftenden Wärme gut abgelagerten Buchenholzes. Ein Paradies.

Glimm und Anna-Sophia Barlow ergingen sich in Fachsimpeleien über Jazz, Mode und Wein und vergaßen darüber beinahe die Zeit. Mit gespieltem Erschrecken erhob sie sich und eilte zur Anrichte, um den nächsten Gang zu servieren.

Der Anwalt lockerte seine Fliege und öffnete den oberen Knopf seines Hemdes. Offen brachen sich nun seine Gefühle für diese erstaunliche Frau ihre Bahn. Er begehrte sie. Schon seit er sie zum ersten Mal gesehen hatte. Sie war die Frau, die er schon sein ganzes Leben lang gesucht hatte. Diese obskure Hochzeitsgeschichte würde sich wohl irgendwann aufklären. Im Augenblick interessierte ihn das nicht besonders. Träge vom Essen und beschwingt vom

Wein, konnte er es kaum erwarten, dass sie wieder zurückkam.

Neuer Gang, neuer Wein. Die köstlich duftende Feigen-Ziegenkäse-Tarte wurde von einem 2001er Sauvignon blanc aus Kalifornien begleitet. Das Etikett zeigte einen mexikanisch anmutenden Torbogen mit einer Glocke und in rebenartig verschlungenen Lettern „Anna's Vineyard, Oakville".

Die Barlow bemerkte den interessierten Blick ihres Gastes und erklärte mit kaum verhohlenem Stolz: „Der Ziegenkäse und der Wein sind Eigenproduktionen. Wenn Sie wollen, zeige ich Ihnen später die Aufzeichnung einer Fernsehdokumentation. Der örtliche Sender CalNBC hat anlässlich der Prämierung einiger meiner Weine eine halbstündige Sendung über Anna's Vineyard produziert. Der Ziege dürfen Sie natürlich auch den Bart kraulen, wenn Sie möchten."

Ihr Lächeln hatte auf einmal wieder diesen diabolischen Touch, aber das konnte auch an seinem mittlerweile etwas eingeschränkten Urteilsvermögen liegen. Tarte und Wein ließen erwartungsgemäß keine Wünsche offen und verwöhnten Zunge und Gaumen.

Nachdem sie fast eine halbe Stunde lang über das Weingut der Barlow gesprochen hatten, entschuldigte sich die Gastgeberin, da sie das Dessert noch anrichten müsse. Glimm nutzte die Pause, erhob sich und streckte seinen massigen Körper. Neugierig trat er zu einer fast schwarz nachgedunkelten Kredenz aus der Zeit Kaiser Wilhelms II. Die Oberfläche wurde von einer seidenen Decke geschützt, auf der Rauchutensilien verteilt waren. Unter anderem ein schweres silbernes Feuerzeug und ein dazu passendes Zigarettenetui. Eine fein gearbeitete flache Kiste aus poliertem Holz zog seine Aufmerksamkeit auf sich.

„Schau an, schau an …“, murmelte er und klappte mit spitzen Fingern den Deckel hoch. Er schnalzte mit der Zunge, als er die Reihen perfekt gerollter Cohibas erblickte. Esplendidas in kapitalem Churchill-Maß von 17,8 Zentimetern Er konnte nicht anders. Er musste diese Straftat jetzt einfach begehen. Zwei der fast dreißig Euro teuren Torpedos versanken in der Innentasche seines Smokings, eine behielt er zwischen den Fingern und roch mit geschlossenen Augen daran.

Voller Vorfreude zog er den Vorhang vor der Terrassentür zur Seite, zwinkerte seinem Spiegelbild in den dunklen Glasscheiben zu und öffnete den rechten Flügel. Eisige Nachtluft strömte herein und nahm ihm für einen Moment fast den Atem. Rasch trat er hinaus und zog die Tür hinter sich zu. Er ging bis zur Balustrade aus Sandstein, nahm einige tiefe Atemzüge um den Schwindel zu verscheuchen, der ihn leicht schwanken ließ. Dann biss er die Spitze der Zigarre ab, ein Verfahren, das auf Cuba durchaus üblich war und das affektierte Ritual mit Taschenguillotinen der europäischen Raucher verhöhnte. Sorgfältig entzündete er das Ende, drehte die Zigarre in der Flamme und blies anschließend in die Glut, um einen gleichmäßigen Abbrand zu entfachen. Er nahm den ersten Zug, badete Zunge und Gaumen in aromatischem Rauch und blies ihn fast wehmütig in die Nacht.

Es schneite nicht mehr. Vereinzelt blinkten Sterne durch die aufgerissene Wolkendecke. Kein Mond war zu sehen.

Nach kurzer Zeit gewöhnten sich seine Augen an die Dunkelheit und er konnte die gewellte Linie der umliegenden Berge erkennen, die sich gegen den nur eine Nuance helleren Himmel abhoben.

Stephan Glimm fühlte eine in den letzten Jahren immer seltener verspürte Ruhe in sich einkehren. Das hier war ein magischer Ort. Die Atmosphäre unwirklich, fast surreal. Er ließ zu, dass seine Gedanken verschwammen, atmete den Duft der Cohiba und ließ seine Augen wandern. Die Büsche und Bäume im Park trugen dicke weiße Hauben, die Putten und Statuen groteske Mützen aus Schnee. Weiter hinten, fast am Ende des Grundstückes, ragte ein merkwürdiges Gestell in die Höhe.

„Ich liebe diesen Duft", unhörbar war Anna-Sophia hinter ihn getreten und legte die Arme um ihn. Fast hätte er sich am Rauch verschluckt, doch es gelang ihm, seine Atemwege mit einem kräftigen Räuspern wieder klar zu bekommen.

„Ich bin ein Dieb", bekannte er freimütig. „Ich denke, ich brauche jetzt einen guten Anwalt, Frau Barlow."

„Anna", hauchte sie in sein Ohr. „Nenn mich einfach Anna, Herr Anwalt." Glimm roch Wein und etwas Stärkeres in ihrem Atem. Die Dame war wohl etwas angeschickert. Er drehte sich um, ihr Körper drängte sich an ihn, er spürte, dass sie unter dem dünnen Seidenkleid nichts anhatte. Rasch stellte sie ein großes Weinglas auf dem Geländer ab.

„Gib mir einen Zug", forderte sie mit Blick auf die Zigarre in seiner rechten Hand.

„Dein Wunsch ist mir Befehl“, erwiderte er und sog an der Cohiba. Ihre Münder trafen sich fast auf gleicher Höhe. Die Barlow war auch ohne ihre High Heels eine große Frau. Ihre Zunge spielte mit der seinen mit einer Mischung aus Leidenschaft und vorsichtigem Forschen. Ihre Wangen glühten, als sie sich zurückzog, um wieder zu Atem zu kommen. Die Cohiba war längst ausgegangen, lag im Schnee wie irgendeine weggeworfene Rentner-Fehlfarbe.

Glimm schaute ihr in die Augen. Das wenige, vom Schnee reflektierte Zwielicht ließ ihr Gesicht kalkweiß erscheinen. Ihr Mund verzog sich zu einem triumphierenden Lächeln, die Augen leuchteten, doch mit einem merkwürdig kalten Feuer, das den Anwalt zutiefst irritierte.

„Wo ist Marks?“, stieß er fast keuchend hervor. Etwas grummelte in seinen Eingeweiden. Etwas, dass weder mit dem Essen noch mit den konsumierten Getränken zu tun hatte. Etwas Dunkles, Unheimliches …

„Du willst wissen, wo der Bräutigam ist?“, sie machte ein Gesicht wie ein ungeduldiges Kind, das gleich mit einer großen Überraschung herausplatzen würde. „Er ist hier. Ganz in der Nähe.“

In ihrer Hand befand sich plötzlich eine kleine Funkfernbedienung. Sie drückte eine Taste und überall im Park leuchteten malerisch verschneite Laternen auf. Ihr Licht verzauberte die Nacht, die Pflanzen, Säulen und Figuren warfen bizarre Schatten in den Neuschnee.

„Dort, bei den Zypressen“, sie deutete in die Richtung der beiden seltsamen Pfosten. Etwas Unförmiges hing dazwischen, nur schemenhaft zu erkennen, verwischt vom

Schatten der Bäume und dem diffusen Licht der kleinen Laternen.

Der Wein, das schwache Licht. Stephan Glimm wusste nicht, was er da eigentlich sah. Er kniff die Augen zu schmalen Schlitzen zusammen, doch das angestrengte Starren ließ lediglich seine Augen tränen.

„Oh, ich glaube, ich habe mich vertan", die Stimme der Barlow war das belustigte Geplauder einer Frau, die versehentlich ein unpassendes Weinglas gefüllt hatte. „Das hier ist der richtige Knopf."

Grelles Flutlicht riss den Garten aus der Nacht. Jede Fichtennadel, jede Fuge im Mauerwerk, jede einzelne Schneeflocke war überdeutlich zu erkennen, wie auf einem hochauflösenden Monitor. Das schemenhafte Gebilde zwischen den Pfosten wurde zu einem menschlichen Körper.

Ein ersticktes Keuchen entwand sich dem Mund des Anwalts. Schwer stützte er sich auf die Sandsteinbalustrade. Er spürte weder die Kälte, noch die Nässe des darauf liegenden Schnees. Seine Augen hingen wie gebannt an dem bizarren Anblick.

„Was … ist … das?", stammelte er und wusste doch sehr genau, was, oder besser gesagt, wer das war, beziehungsweise gewesen war. Sauer stieg Galle seine Speiseröhre hinauf, vermischt mit dem Geschmack der Cohiba, welcher ihm plötzlich Übelkeit verursachte. Schwer schluckend bezwang er den Drang zum Erbrechen und versuchte zu analysieren, was er da im Garten der Barlow eigentlich sah:

Wie eine misslungene Interpretation des Gekreuzigten hing da ein menschlicher Torso, aufgespannt an schimmernden Ketten wie die Schweinehälften in einem Schlachthof.

Vom Kopf war aus dieser Perspektive nichts zu sehen, er hing mit zurückgebogenem Hals nach hinten zwischen den Schulterblättern. Rumpf und Arme schienen von hier aus gesehen unversehrt bis auf tiefe blutige Striemen, dort, wo die massiven Rohrschellen die Handgelenke umschlossen.

Der Unterkörper fehlte …

Unterhalb des Nabels gähnte eine zerfranste, rote Höhle, aus der Reste von Innereien heraushingen wie Leitungen aus einem kaputten Verteilerkasten. Am Boden hatte eine amorphe schwarzbläulich glänzende Masse den Schnee fast kreisrund geschmolzen. Die Beine waren relativ unversehrt, bis auf tiefe Bissspuren an den Innenseiten der Oberschenkel, durch die grellweiß im unbarmherzigen Licht der Scheinwerfer Knochen blitzten.

Das Ganze wirkte wie ein von einem Künstler des frühen Mittelalters geschaffene Zeichnung abschreckender Hinrichtungsmethoden, wie sie oft in Museen und mehr oder weniger geschmacklosen Ausstellungen zu sehen waren. Hieronymus Bosch lässt grüßen.

Die schwache Bewegung an der Grenze des beleuchteten Bereiches war Glimm zunächst entgangen. Dann erklang ein leises Meckern. Glimms Kopf zuckte nach rechts und was er dort sah, war noch fürchterlicher, als der Anblick des verstümmelten Körpers: Eine weiße Hausziege saß wiederkäuend auf einer schneefreien Fläche unter einer Art Carport, der als Unterstand für einen großen Motorrasenmäher diente. Schnauze und ein Großteil des Vorderkörpers troffen vor Blut, das einen fast schmerzhaften Kontrast zu dem weißen Fell des Tieres bildete. Für Glimm reduzierten sich die Farben dieses grotesken Schauspiels auf rot und weiß.

Mit der Geschwindigkeit eines Expresslifts stieg sein Mageninhalt in ihm hoch. Mit beiden Händen vor dem Mund stürzte er zurück in den Salon, trampelte mit hallenden Schritten über das Parkett und verschwand im Flur.

Lächelnd hob Anna-Sophia Barlow ihr Weinglas, prostete in Richtung der Ziege und nahm einen tiefen Schluck.

„Bon appétit." Traurig streifte ihr Blick die aufgeweichte Cohiba im Schneematsch. „Ein Jammer …", ein letztes Mal nahm sie das grausige Panorama in sich auf, sog tief die klare Luft in ihre Lungen und schaltete die Halogenbrenner aus. Kleine Pfützen aus geschmolzenem Schnee markierten den Weg, den ihr Ehrengast genommen hatte. Beruhigt vernahm sie das ferne Rauschen der Wasserspülung. Wenigstens schien er es bis zur Toilette geschafft zu haben. Nichts hasste sie in ihrem Domizil mehr als Schmutz und Sauerei.

Leichenblass, sein Handy mit zitternden Fingern bearbeitend, erschien der massige Mann in der Tür.

„Gib dir keine Mühe, Herr Anwalt. Hier draußen gibt es kein Netz. Setz dich und trinke etwas, du siehst aus, als könntest du etwas Kräftiges vertragen." Sanft und mit amüsiert hochgezogenen Mundwinkeln kamen diese Worte aus ihrem perfekten Mund. Sie deutete auf eine bauchige Flasche mit goldgelbem Inhalt. „Auchentoshan, achtzehn Jahre alt. Gernot hat ihn geliebt …"

Die Erwähnung des Namens trieb Glimm schon wieder kalten Schweiß auf die Stirn. Entschlossen schüttelte er den Kopf.

„Setz dich." Die Stimme war nicht lauter als vorher, der Mund lächelte noch immer. Die Autorität hinter der Aufforderung hätte jedoch jeden amerikanischen Drillsergeant beschämt.

Hölzern ließ Glimm sich auf einen der Stühle fallen. Seine gewaltige Brust hob und senkte sich, die Hände abwechselnd zu Fäusten geballt und dann wieder hilflos miteinander ringend, starrte er die Barlow aus rot geäderten Augen an.

„Du bist viel zu aufgeregt. Lass mich das erledigen." Mit diesen Worten griff sie unter ihre Serviette und hielt das Mobilteil einer Festnetztelefonanlage in der Hand. Ohne das leiseste Zittern wählte sie eine dreistellige Nummer und drückte dann die Lautsprechertaste. Dabei lächelte sie wie eine zufriedene Mama, die gerade für ihre Buben Karten fürs Länderspiel ordert.

Viermal hörte Glimm den Rufton, dann erklang die gelangweilte Stimme eines älteren Mannes mit breitem badischem Akzent: „Polizeinotruf, Hainbacher, was kann ich für sie tun?" Der Satz klang wie ein einziges Wort und Glimm hatte Mühe den Mann überhaupt zu verstehen. Dafür verstand er Anna-Sophia Barlow umso besser: Mit dem freundlichen Unterton einer Call-Center-Angestellten rüttelte sie den hörbar müden Beamten am anderen Ende der Leitung wach:

„Guten Abend, mein Name ist Barlow, Anna-Sophia Barlow, Waltham-House. Wären Sie so freundlich und würden jemanden hier herauf schicken, ich habe gerade zwei Menschen getötet."

Ohne weiter auf die Stimme zu achten, die nun hellwach aus dem Lautsprecher drang, beendete die Barlow das Gespräch. Mit einem Lächeln, welches bei ihrem Gast einen

Schweißausbruch auslöste, legte sie das Telefon vor sich auf den Tisch, nahm ihr Weinglas und prostete ihm zu.

„Die Polizei braucht etwa vierzig Minuten bis hierher, vorausgesetzt sie glauben dem Kollegen Hainbacher sofort und haben ihr einziges Allradfahrzeug nicht gerade in der Werkstatt. Trink, mein lieber Stephan. Das Leben ist viel zu kurz, um einen solch guten Tropfen zu warm werden zu lassen. Viel zu kurz …“

Stephan Glimm umklammerte die Lehnen des bequemen Stuhls um sich daraus hochzuwuchten. „Wieso zwei?“, war einer der in seinem Kopf herum rasenden Gedanken. „Wieso sprach diese Teufelin von zwei getöteten Menschen?“ Die Erkenntnis kam gleichzeitig mit dem schwarzen Loch. Es war klein, mickrig fast, und der dazugehörende 22er Revolver sah selbst in der Hand einer Frau wie ein Spielzeug aus. Trotzdem schaute ihm aus diesem kleinen schwarzen Loch der Tod ins Gesicht.

„Bleiben Sie sitzen, Herr Anwalt. Ich möchte Ihnen eine Geschichte erzählen. Sterben Sie nicht dumm. Das täte mir leid.“ Die förmliche Anrede strafte das vertrauliche Du Lügen. Die Spielchen waren vorbei. Die Dame kam zum Geschäft. Der übergangslose Wechsel war für Glimm ein Indiz für eine gespaltene Persönlichkeit. Ein Umstand, der keineswegs zu seiner Beruhigung beitrug.

Er war viel zu lange Strafverteidiger, um nicht augenblicklich zu erkennen, dass Anna-Sophie Barlow weder scherzte, noch irgendwelche Skrupel hatte, ihm auf der Stelle das Leben aus dem Schädel zu blasen, falls sie dies für nötig hielt.

Vorsichtig hob er beide Hände in einer kapitulierenden Geste vor sich.

„Frau Barlow, ich …"

„Schschsch!", ein perfekt manikürter Finger der freien linken Hand legte sich auf die sinnlichen roten Lippen. Das Lächeln wich einer tadelnden Miene, wie sie Mütter gerne gegenüber ungezogenen Kindern aufsetzten. „Einen guten Teil Ihres Erfolges verdanken Sie sicherlich dem Umstand, dass Sie ein guter Zuhörer sind. Enttäuschen Sie mich bitte nicht. Ich bin sicher, ich werde Sie nicht langweilen."

Nein, dachte Glimm in einem kurzen Anflug von Galgenhumor, langweilig war ihm nun wirklich nicht.

„Damit die Atmosphäre etwas entspannter wirkt, werde ich die Waffe vor mich auf den Tisch legen. Sparen Sie sich die Tricks aus dem Fernsehen, dafür sind Sie zu schwer und zu weit weg. Damit Sie sich aber Ihre Chancen besser ausrechnen können, eine kleine Demonstration:"

Die Bewegung war kaum wahrzunehmen, der helle peitschende Knall der 22er dafür umso mehr. Gleichzeitig prasselte Kristallstaub auf den Tisch. Fassungslos starrte Glimm auf den prächtigen Kronleuchter über der Mitte der festlich gedeckten Tafel: Der tropfenförmige Schlussstein am unteren Ende war verschwunden. Die leere Metallfassung schaukelte traurig hin und her.

„Die Pokale auf dem Kamin sind nicht vom Angelverein. Ich war Landesmeisterin 2007. Sie dürfen daher mit Recht annehmen, dass Sie nicht zu leiden haben, falls Ihnen die Geschichte doch nicht gefallen sollte. Aufstehen!" Der Befehl kam völlig unerwartet und Glimm dachte schon, sie hätte die Geduld verloren.

„Gehen Sie hinüber zur Anrichte!“ Er tat, was sie von ihm verlangte. Er hatte keine Lust, das nächste Ziel ihrer Schießkunst zu werden.

Was dann folgte war genauso lächerlich wie bizarr: Mit der drohenden Mündung des entsicherten Revolvers im Rücken musste er zwei Gläser aus dem Aufbau der Anrichte nehmen und sie mit Wein aus dem bereitstehenden Dekanter füllen. Er brachte es fertig, nichts zu verschütten und trug die zwei Gläser wie ein devoter Butler zurück zum Tisch.

„Stellen Sie eines in die Mitte des Tisches, das andere ist Ihres. Setzen.“ Beinahe hätte er gelacht. Die Vorstellung ihr den Wein ins Gesicht zu schütten, sich fallen zu lassen und gleichzeitig ihren Stuhl mit den Füßen umzureißen, hatte etwas rührend Kindisches an sich. Diese Frau würde selbst noch auf dem Boden liegend und mit geschlossenen Augen ordentliche Lochmuster in seinen Körper schießen.

Er nahm folgsam Platz und stellte das Weinglas ab.

„Ich bin eine schlechte Gastgeberin.“ Sie erhob ihr Weinglas und prostete ihm zu. „Aus naheliegenden Gründen möchte ich Sie bitten, nach nebenan zu gehen und das Dessert zu holen. Ich folge Ihnen in sicherem Abstand, damit Sie nicht auf dumme Gedanken kommen.“

Das Dessert. Diese Teufelin hatte einen Menschen auf grausame Art ermordet, richtete eine entsicherte Waffe auf ihn und er sollte das Dessert servieren.

Die Teller klapperten in seinen Händen, als er schwer atmend wieder den Salon erreichte. Wie eine Gepardin auf der Jagd umschlich die Barlow die Szene, immer auf ausreichenden Abstand und ein freies Schussfeld achtend.

Glimms gestresstes Hirn lieferte ihm die Erinnerung an Szenen aus „Dinner fo one“, nur dass hier niemand lachte.

Stocksteif saß er wieder auf seinem Stuhl, während die Mörderin ihre Kreation anpries: „Grand-Marnier-Parfaît mit Rhabarber und Erdbeersauce. Der Wein dazu ist eine Ambrosia Sämling Trockenbeerenauslese aus dem Burgenland. Sie sehen, ich verwöhne meine Gäste. Auf Ihr Wohl, Herr Anwalt.“

Er nahm einen Schluck Wein, da seine Kehle sich mittlerweile anfühlte, als hätte jemand sie mit Sandpapier bearbeitet. Der weiche, süße Trank tat ihm gut. Anders als das Dessert mit der Erdbeersauce, die ihn fatal an das erinnerte, was nur wenige Meter von ihnen entfernt draußen, vor den hohen Fenstern, in der eisigen Kälte hing.

„Vor vielen Jahren lebte in diesem Schloss einmal eine schöne Frau …“ Sie machte eine Pause, kostete genießerisch von dem Dessert und fuhr fort mit einer Stimme, die jeder Märchenerzählerin zur Ehre gereicht hätte.

„Die Frau war glücklich und zufrieden, denn sie hatte einen Mann, der sie über alles liebte und mit ihm zusammen eine kleine Tochter, die so schön und so klug war, dass es der Frau das Herz wärmte und sie zu Gott betete und ihm dankte für dieses schönste aller Geschenke…“ Glimm hatte die englische Porzellanuhr auf der Anrichte fest im Blick. Unglaublich, dass seit der grässlichen Entdeckung im Garten erst wenige Minuten verstrichen waren.

„Doch dann starb der Mann und dunkle Wolken verfinsterten das Leben der Frau und ihrer Tochter für eine lange, kalte Zeit.“ Rede, dachte Glimm voller Inbrunst. Rede, rede, rede! Er würde ihr zuhören, selbst wenn sie hier die

Bibel auf Latein rezitieren würde. So lange Anna-Sophia Barlow sprach, so lange blieb er am Leben. Er hoffte, dass die Polizei das Richtige tat, hoffte auf einen finalen Rettungsschuss eines SEK-Schützen, wusste aber gleichzeitig mit schmerzlicher Gewissheit, dass wohl zuerst ein Streifenwagen mit vollem Konzert hier aufkreuzen würde, dessen Insassen an die Eingangstür klopfen würden und höflich um Einlass bäten. Was ihn innerlich auffraß, war die Ungewissheit. Was hatte dieses Monster vor? Wollte sie ihre Geschichte loswerden, ihr Gewissen erleichtern, bevor sie die Waffe gegen sich selbst richten würde? Oder würde sie ihn vorher kaltblütig abknallen? Was hatte er ihr getan? Warum sprach sie von zwei getöteten Menschen, warum lächelte sie so verständnisvoll, als er seine Schlüsse gezogen hatte, die sie ihm unmittelbar von seinem Gesicht abgelesen hatte? Ihre warme kultivierte Stimme füllte den Raum. Wie betäubt hing er an ihren Lippen, schlürfte ab und an den süßen Wein, während das Dessert vor ihm zu einer streifigen Pfütze zerfloss.

„Die Frau lebte danach lange alleine mit ihrem kleinen Mädchen, welches sich prächtig entwickelte und bald gar nicht mehr so klein war. Die Frau war reich und kein Wunsch des Mädchens blieb unerfüllt. Nur einer …“ Wieder führte sie den Löffel zum Mund. Glimms Magen entwickelte ein grummelndes Eigenleben.

„Das Mädchen wünschte sich seinen Papa zurück. So sehr, dass es traurig und melancholisch wurde, so dass es der Frau schier das Herz brach. Doch dann stand ein Prinz vor den Toren des Schlosses. Es war natürlich kein richtiger Prinz, aber die Frau empfand es so. Der Prinz war ein alter

Freund aus fernen Jugendjahren und er warb um die Gunst der Frau. Der Mann mochte Kinder und fand nach vielen Wochen sogar Zugang zum Herzen des Mädchens. Es war, als ginge nach Jahren der Dunkelheit endlich wieder die Sonne auf. Die Frau nannte er seine Königin, das Mädchen war seine Prinzessin. Sie lebten in einem richtigen Schloss und waren die glücklichsten Menschen der Welt." Etwas in ihrer Stimme zerbrach. Glimm beobachtete trotz seiner Lage fasziniert die Verwandlung dieser Frau.

Übergangslos verfiel Anna-Sophia Barlow in einen nüchternen, fast monotonen Tonfall: „Bis zu jenem Tag im Winter 1997, als das Mädchen beschloss, zu seinem Vater zu gehen. Sie haben ihren zerschmetterten Körper erst am nächsten Tag gefunden. An derselben Stelle, an der fünf Jahre zuvor ihr Vater ermordet worden war."

„Ermordet?", Glimm wischte sich mit der Serviette den Schweiß vom Gesicht. „Wieso ermordet? Meines Wissens handelte es sich um einen tragischen Unfall."

„Es war Mord. Eiskalter, berechnender Mord. Ich habe das Geständnis des Täters aufgenommen. Wenn Sie möchten, spiele ich es Ihnen vor. Aber ich warne Sie, es ist ein sehr gutes Gerät. Digital. Es könnten ein paar unappetitliche Nebengeräusche darauf sein."

Glimm wehrte kopfschüttelnd ab. Er hatte auch so schon genug gegen seine Übelkeit anzukämpfen. „In seiner Situation hätte Marks auch den Mord an John F. Kennedy gestanden, Frau Barlow."

Sie schüttelte lächelnd den Kopf und machte schnalzende Geräusche mit der Zunge. „Sie sind doch ein Mann der Justiz. Ihnen dürften Begriffe wie Täterwissen und Glaubwürdigkeit sicher nicht fremd sein. Glauben Sie mir, diese Aufnahmen überzeugen jeden Gutachter. Er hat sich fast verschluckt, so sprudelte es aus ihm heraus. Er hat sich richtiggehend bepisst, der Gute. Wortwörtlich. Möchten Sie einen Schluck Wasser?"

Glimm schüttelte den Kopf, der Schleimklumpen rutschte wieder nach unten.

„Die Befragung fand vorher statt. Bevor ich Hannah aus dem Stall gelassen habe. Eigentlich wollte ich nur, dass die Ziege ihm seinen Schwanz lutscht. Ziegen haben eine sehr raue Zunge, wissen Sie. Ich habe sein Prachtstück mit Salz eingerieben. Ziegen stehen auf Salz. Ich wollte nur, dass der Kerl merkt, wie das ist, wenn da unten einer rummacht und man selber das nicht möchte. Ich hätte es niemals für möglich gehalten, dass solch ein gutmütiger Pflanzenfresser in einen richtiggehenden Blutrausch verfallen kann. Sie fand gar kein Ende mehr, die Gute."

Sein Magen. Er griff nach dem Whiskyglas, in dem noch ein kleiner Rest der goldgelben Flüssigkeit war und kippte es sich in den Hals. „Sie haben Gernot Marks getötet, weil er damals Ihren Mann ermordet hat. Warum dieser Aufwand? Sie hätten ihn doch auch mit ihrem kleinen Spielzeug da abknallen können. Oder der Polizei einen Tipp geben. Das hätte uns das hier erspart."

Die Augen der Barlow wurden zu eisigen Linsen. Glimm erinnerten sie an die Augen von angreifenden Haien. In einer Dokumentation hatte er gesehen, wie diese die sogenannte Nickhaut zum Schutz der Iris über die Augen schoben. Ein gespenstischer Anblick. Doch nichts im Vergleich zu dem seelenlosen Blick, den er nun fast körperlich spürte.

„Gernot Marks musste sterben, weil er über Jahre hinweg meine Tochter Caprice missbraucht hatte. Ich war blind vor Liebe. Er war Tom, der Kater aus den Trickfilmchen. Caprice dachte, sie wäre eine Prinzessin. In Wirklichkeit war sie nur eine Maus. Keine clevere, lustige wie im Film, nein. Caprice war Toms Spielzeug. Seit ihrem achten Lebensjahr tat sie alles für dieses Monstrum. Er hatte die absolute Kontrolle. Er machte ihr Angst. Angst vor mir, ihrer eigenen Mutter. Er sagte, ich würde sie ins Heim geben, wenn er mir erzählte, was sie mit ihm täte.“

Glimm glaubte, ein Geräusch gehört zu haben. Draußen. Das leise Klacken einer Autotür? Oder doch nur sein Blut, das durch seinen Kopf rauschte wie ein Strudel?

„Und Sie? Sie wollen die ganzen Jahre nichts davon bemerkt haben? Wollen sie mir das etwa weismachen?“ Glimm dachte an seine eigene Tochter und wie wenig er eigentlich von ihr wusste. Gab es das? Konnte es sein, dass eine Familie unter einem Dach lebte und all diese grauenhaften Dinge unbemerkt blieben? Er wusste die Antwort. Wusste sie aus den Jahren seiner Tätigkeit als Strafverteidiger. Ja, das gab es wirklich. Das Fürchterliche an dieser Tatsache war aber, wie häufig es das gab. Es war Alltag. Alltag in Deutschland. Die Gerichtsakten waren voll von den abartigsten Perversionen, die Menschen anderen zufügen konnten. Ein altes Lied von Bettina Wagner erklang in seinem Unterbewusstsein: „Sind so kleine Hände …“

„Ich war blind“, die Haiaugen waren verschwunden. Emotionen wurden wieder sichtbar. Glimm schaute in lodernden Hass und grenzenlose Wut. „Ich war blind, weil ich diesem Tier genauso verfallen war, wie meine kleine

Caprice. Er hatte diese Gabe. Er konnte Menschen formen, konnte missionieren, er konnte den größten Bullshit so überzeugend rüberbringen, dass ihm sogar Einstein geglaubt hätte, die Erde sei eine Scheibe. Er hat Caprice in den Tod getrieben und anschließend mit mir getrauert, dass ich dachte, es zerreißt ihn. Können Sie sich das vorstellen? Er hat mir leid getan. Der Mörder meiner ganzen Familie hat mir leid getan! Jahrelang war ich in dem Glauben, unsere Beziehung wäre am Tod seiner geliebten Stieftochter gescheitert. Jahrelang!"

„Wann haben Sie herausgefunden, was wirklich passiert ist?" Der Strafverteidiger hatte den um sein Leben fürchtenden Stephan zur Seite gedrängt. Glimms Stimme war klar, seine Frage weder Zeitschinderei noch Verzweiflung. Der Anwalt in ihm wollte die Wahrheit wissen.

Anstatt einer Antwort, erhob sie sich und zog die Schublade der Kredenz auf. „Als ich dies hier gefunden habe." Sie warf ihm ein kleines Buch zu. „Es gibt noch mehr davon. Alle ordentlich nummeriert und in Buchattrappen versteckt."

Glimm fing es auf und öffnete es. Mädchenschrift. Sauber und ordentlich. Mit Bleistift gezogene Hilfslinien. Schöne, geschwungene Buchstaben beschrieben das nackte Grauen.

„Ich habe ihm daraus vorgelesen, da draußen. Er hat geweint wie ein Kind. Er hat mich angefleht, ihn zu erschießen. Wussten Sie, dass im Mittelalter gnädige Henker den Verurteilten Säckchen mit Schießpulver um den Hals gehängt haben, bevor der Scheiterhaufen angezündet wurde? Mörder, Diebe, Gotteslästerer, Hexen. Viele erhielten das Privileg eines verkürzten Todeskampfes. Er nicht. Erstaunlich wie zäh das Leben sich an einen Körper klammert, wenn schon die Gedärme auf der Erde liegen. Wirklich erstaunlich."

Glimm legte das Buch auf den Tisch. Erschütterung breitete sich auf seinem Gesicht aus. Die Barlow nahm wieder Platz, legte den Revolver vor sich hin und nahm einen Schluck von dem Wein.

„Vier Wochen nachdem ich die Tagebücher gefunden habe, stand ich vor Ihrer Tür."

„Um Marks für Sie aus dem Knast zu holen, damit Sie ihn töten können. Ich habe mich ganz schön krumm gemacht für Ihre Pläne. Habe meine Beziehungen spielen lassen, viel Geld in die Hand genommen …"

„Das habe ich auch. Gerade Sie sollten das wissen." Glimm nickte. Er wusste. Die Honorare waren so großzügig, dass er sie dem Finanzamt verschwiegen hatte, aus Angst, der zuständige Abteilungsleiter könne einen Herzinfarkt erleiden.

„Sie haben gute Arbeit geleistet, Herr Anwalt. Wie immer. Wer von Ihnen verteidigt wird, hat nicht viel zu befürchten. Ein Journalist hat einmal geschrieben, Sie würden sogar Gott dazu bringen, den Teufel zu begnadigen, wenn dieser Sie sich bloß leisten könnte. Ich kann das. Ich kann Sie bezahlen für Ihre perverse, schmutzige Arbeit. Verteidiger wie Sie sind die wahren Verbrecher. Sie sorgen dafür, dass diese Bestien mit lächerlichen Strafen und wirkungslosen Therapien davonkommen. Sie sorgen dafür, dass dieser Abschaum nach kurzer Zeit wieder geifernd auf die Jagd gehen kann. Sie sind nicht besser als Ihre Mandanten. Sie sind schuld am Tod junger Menschen, oder noch schlimmer, am Schicksal derer, die davongekommen sind, verstümmelt an Leib und Seele, zerstört für den Rest ihres Lebens. Sie sind das Monster. Sie werden dafür bezahlen!“

Bei den letzten Worten hatte sie sich erhoben, die Waffe wirkte wie ein organischer Teil ihrer Hand. Das runde Loch … Der Tod.

Die Schüsse fielen gleichzeitig mit den harten Schlägen gegen die massive Eingangstür. „Aufmachen, Polizei!“, waren die letzten Worte die Glimm hörte, bevor der reißende Schmerz der eindringenden Kugeln ihn in watteweiche Nacht fallen ließen. Das Letzte, das er bewusst wahrnahm, war das Lächeln von Anna-Sophia Barlow. So entspannt, so voller Frieden hatte er dieses Gesicht noch nie vorher erlebt. Die Skorpionin, gütig wie ein Muttergottesporträt.

Polizeikommissar Ernst Hainbacher lehnte sich locker in seinem knarrenden Drehstuhl zurück und beobachtete den spärlichen Verkehr auf der Straße. Das Wachzimmer der Polizeidirektion Mosbach war gut geheizt. Neben dem altmodischen Monitor dampfte eine Tasse Rooibos-Tee mit Milch, in der Ecke verdorrte ein Ficus Benjamini traurig vor sich hin und auf der Schalttafel für Funk und Telefon glommen grüne Lämpchen. Die wenigen Autofahrer, die jetzt noch unterwegs waren, krochen vorsichtig um die Ecken. Die üblichen Rempler und Ausrutscher bei der vorübergehenden Straßenglätte am frühen Abend waren aufgenommen worden, die Kollegen waren in ihren Dienstzimmern und erledigten den Papierkram oder saßen im Bereitschaftsraum vor der Glotze. Ein Fahrzeug war noch draußen, um einen Bauern zu sichern, der seinen entlaufenen Zuchteber Fridolin in den heimatlichen Stall trieb.

Zu dieser Uhrzeit und bei diesem Wetter hielt sich nur draußen auf, wer unbedingt musste. Einbrecher hassten Neuschnee wegen der Spuren, und die herzallerliebsten Kleinkriminellen saßen auch lieber vor Mutters Kachelofen und planten neue Taten.

Es versprach eine ruhige Nacht zu werden. Dienstgruppenleiter Hainbacher überlegte gerade, ob er noch eine Schokoladenkugel aus der von Weihnachten übrig gebliebenen Tüte essen sollte, als das Telefon klingelte. Gleichzeitig leuchtete die rote Lampe über der 110.

Mist. Ein Notruf. Hainbacher rückte das Mikrofon zurecht und schaltete den Lautsprecher ein. Vielleicht war es ja bloß wieder die alte Frau Zimmermann, die ein Schwätzchen halten wollte. Die Gute wurde nächste Woche zweiundneunzig und jeder Erklärungsversuch, dass diese Nummer nur für Notfälle gedacht war, traf bei ihr auf taube Ohren. Jeder andere Versuch auch, denn die alte Dame war tatsächlich fast taub.

Die Stimme der Anruferin war nicht die der alten Bäuerin …

Polizeikommissar Hainbacher vergaß augenblicklich die Schokoladenkugel, als die kultivierte Frauenstimme in lupenreinem Hochdeutsch zwei Morde meldete. Nachdem sie noch eine Ortsangabe gemacht hatte, legte die Anruferin wieder auf. Hainbacher hatte noch nicht einmal eine einzige Frage stellen können.

Sie habe gerade zwei Menschen getötet … Der Dienstgruppenleiter fröstelte. Beiläufig, fast amüsiert hatten diese Worte geklungen, gerade so als hätte sie eine Bemerkung über das Wetter oder sonst was gemacht: „Ach ja, ich habe heute die Goldfische gefüttert …“

Ein übler Scherz? Hainbacher war viel zu lange Polizist, um auch nur einen einzigen Gedanken daran zu verschwenden. Die Frau meinte das ernst. Todernst. Wenigstens hatte er ihren Namen und den Ort. Waltham-House. Hainbacher kannte das Schloss weit draußen im Wald. Gerne wanderte er mit seiner Frau in der ruhigen einsamen Gegend dort oben.

Er gab die Daten in eine Maske des Computersystems ein, speicherte sie und griff zum Telefon. Waltham-House gehörte gemeinderechtlich zu Mudau. Zuständig war das Polizeirevier in Buchen.

Der dortige Kollege versprach, sofort eine Streife und einen Notarztwagen zum Schloss zu schicken und Hainbacher auf dem Laufenden zu halten.

Hainbacher funkte seine eigene Streife an und erhielt die Auskunft, dass der reisefreudige Eber gerade wieder hinter Schloss und Riegel gebracht worden war. Der Dienstgruppenleiter schickte die beiden Kollegen ebenfalls zum Schloss. Doppelmord. Da kann Verstärkung nicht schaden. Außerdem erfuhr er dann aus erster Hand, was da tatsächlich los war.

Entgegen landläufiger Meinung raste die Polizei nicht mit quietschenden Reifen und gellendem Martinshorn zum angegebenen vermeintlichen Tatort. Bei der herrschenden Wetterlage hätte das ganze Konzert erstens nichts gebracht, und zweitens gab es unterwegs so gut wie niemanden, den man aus dem Wege scheuchen müsste. Drittens, konnte es sich auch nur um einen üblen Scherz handeln.

Die Besatzung des vierradgetriebenen Opel Frontera des Polizeireviers Buchen traf als erste am Schloss ein. Im ersten Stock brannte Licht, deshalb ging man den üblichen Weg und klopfte an der Eingangstür. Nachdem niemand darauf reagierte, beschlossen die Beamten auf weitere Kräfte zu warten. Nach zehn Minuten trafen die Kollegen aus Mosbach ein und man klopfte nochmals. Als es auch weiterhin still blieb, teilten sich die Polizisten auf und sicherten das Gebäude.

Der bedauernswerte Uwe Wiesner, seit vier Wochen Polizeimeister, dem auch die Uniform nichts von seiner Konfirmandenaura nehmen konnte, entdeckte Marks‘ Leiche im Garten. Die resolute Polizeikommissarin Angela Harres kümmerte sich um den einem Zusammenbruch nahen jungen Kollegen, während die anderen Polizisten nun auf das Heftigste Einlass begehrten. Als im Inneren des Gebäudes Schüsse zu hören waren, schlug einer der Buchener Beamten kurzerhand das neben dem Eingang gelegene Fenster ein, kletterte hinein, sicherte rasch den Raum und öffnete die Tür. Wie im Lehrbuch trennten sich die beiden, nutzten jede Deckung und kontrollierten sämtliche angrenzenden Räume.

Schließlich standen sie vor der Tür zum Salon. Warmes Licht schimmerte unter der Tür durch. Der Geruch von verbranntem Pulver hing in der Luft. Man verständigte sich ohne Worte. Polizeikommissar Fehring drückte die Klinke, trat die Tür auf, die knallend gegen die Wand schlug, während der Mann sich blitzschnell zurückzog. Sein Kollege Bernd Steg brüllte: „Polizei, Waffe weg! Waffe weg!“, während er in Combat-Haltung auf dem Boden kniete, einen riesigen, leblosen Körper als Deckung nutzend.

Das Bild, das sich ihnen bot, war bizarr: eine festlich gedeckte Tafel mit Resten eines ausgiebigen Mahles. Dahinter, hochaufgerichtet, eine amüsiert lächelnde Dame, die ein Weinglas in der linken Hand hielt, als wolle sie gerade einen Toast ausbringen. Was das Bild etwas ins Surreale verschob, war der zierliche silberne Revolver in ihrer rechten Hand, dessen Mündung zum Boden zeigte und der blutüberströmte Körper eines Mannes neben einem umgestürzten Stuhl.

„Waffe fallen lassen!“ Polternd verursachte der 22er feine Kratzer im Parkett.

„Schieben Sie sie mit dem Fuß in meine Richtung!“ Ein Schuh mit dem höchsten Absatz, den POK Steg jemals gesehen hatte, kickte die Waffe in einer spielerisch eleganten Bewegung auf ihn zu.

Steg machte eine Kopfbewegung und sein Kollege eilte zu der Frau, die das Glas mittlerweile abgestellt hatte und in einer entschuldigenden Geste beide Hände mit den Handflächen nach oben hob. Handschellen klickten, Fehring tastete die Mördein auf weitere Waffen ab, während Angela

Harres und der einigermaßen wiederhergestellte Wiesner die Kollegen sicherten.

„Sauber!" rief Fehring. Die Mosbacher Kollegen entspannten sich, sicherten ihre Waffen und steckten sie in die Holster. Anschließend kümmerte sich Bernd Steg um den Mann, der vor ihm auf dem Boden lag. Eine glänzende rote Pfütze breitete sich langsam unter ihm aus. Verständnislos den Kopf schüttelnd, suchte er nach Lebenszeichen.

„Mist!" Polizeimeister Wiesner steckte resigniert sein Handy wieder ein. „Kein Netz. Ich geh zum Wagen und informier' die Dienststelle per Funk. Keine Angst!", beschwichtigte er seine Kollegin, die fragend die Augenbrauen hob, „Ich schrei nicht gleich Mord und Totschlag in den Äther. Ich werd das Schlachthaus hier charmant umschreiben." Das leichte Zittern in seiner Stimme strafte den schnodderigen Ton Lügen. Froh, der blutigen Szene für ein paar Augenblicke den Rücken kehren zu können, begab sich der junge Beamte nach unten. Er wusste wohl, dass ein Funkspruch immer die Gefahr des Abhörens barg. Neugierige Reporter waren das Letzte, was sie jetzt hier gebrauchen konnten.

Martin Dengl, Dienstgruppenleiter des Polizeireviers Buchen, bestätigte den Funkspruch. Er wusste, was in diesem Fall zu tun war: Er verständigte den Beamten vom Dienst der Kripo-Außenstelle Buchen und erklärte ihm die Sachlage. Der junge Polizeimeister Wiesner, draußen vor dem Schloss, hatte es tatsächlich geschafft, in für Außenstehende harmlos klingenden Worten fast alle Umstände, die am Tatort herrschten, zu übermitteln. In Heidelberg klingelte Kriminalhauptkommissarin Lukassow den für Tötungsdelikte zuständigen Kommissariatsleiter, Erster Kriminalhauptkommissar Ulf Hornung, aus dem Bett und empfahl, die Feuerwehr zwecks Ausleuchtung des Schlossgartens in Marsch zu setzen.

Die Schutzpolizisten im Schloss sicherten den Tatort und geleiteten Anna-Sophia Barlow zur Treppe.

Draußen traf gerade der angeforderte Rettungswagen in Begleitung eines NEF, eines Notarzteinsatzfahrzeuges ein. Rettungsassistenten mit grellroten Koffern stürmten in die Halle, als gerade Anna-Sophia Barlow zu einer der Sitzgruppen geführt wurde. Dicht dahinter eine Ärztin mit zerzaustem Haar und dunklen Ringen unter den Augen, die aussah, als hätte sie das letzte Drittel einer 36-Stunden-Schicht gerade angetreten. Bedauernd schüttelte die Barlow den Kopf. Welch unnötige Eile. Was für eine Zeitverschwendung …

Kurz darauf hielt ein salzverkrusteter schwarzer VW-Passat-Kombi vor der Freitreppe. Eine untersetzte Frau in grünem Lodenumhang und ein hochgewachsener Mann in Anzug und dunklem Mantel stiegen aus und wurden von dem an der Eingangstür wartenden Wiesner begrüßt.

Selbst die hartgesottenen Frauen und Männer von der kriminaltechnischen Abteilung, die im Morgengrauen am Tatort eintrafen, wirkten etwas mitgenommen, als sie die Hinrichtungsstätte untersuchten. Es dauerte bis in den frühen Nachmittag, bis der Leichnam abgenommen werden konnte. Die Ziege wurde vom zuständigen Veterinär getötet. Eine Untersuchung des Mageninhaltes sollte das Grauen bestätigen. Erster Kriminalhauptkommissar Hornung vergatterte sämtliche involvierten Beamten zu absolutem Stillschweigen. Keinerlei Details sollten an die Medien oder sonst irgendwie an Dritte gelangen.

Am 17. Januar 2009, einem Samstag um 01:50 Uhr, wurde Anna-Sophia-Barlow in die JVA „Fauler Pelz“ in Heidelberg verbracht. Am Morgen erhob die Staatsanwaltschaft Mosbach Anklage wegen vorsätzlichen Mordes.

Als EKHK Ulf Hornung am Montag darauf in die Bödigheimerstraße im Ortskern von Buchen einbog, wurde er von einer Journalistenmeute empfangen, deren Kleinbusse, Ü-Wagen und PKWs beinahe die komplette Hauptstraße vor dem Gebäude blockierten. Er steuerte den alten 220er auf den Parkplatz eines nahen Discounters und betrat das Polizeirevier durch einen Nebeneingang.

Seine schlimmsten Ahnungen bestätigten sich, als er auf seinem Schreibtisch neben den üblichen Tageszeitungen auch ein Exemplar des größten deutschen Boulevardblattes vorfand.

PROMINENTES EX-MODEL IM BLUTRAUSCH! Brüllte eine fette Schlagzeile von der Titelseite. Darunter, nur wenig kleiner: **GRAUSIGE DETAILS ÜBER DIE SCHLÄCHTERIN VON WALTHAM-HOUSE!** Fotos von Anna-Sophia Barlow mit lächerlichem schwarzem Augenbalken sowie eine Aufnahme des Schlosses und ein Porträt von Marks, diesmal ohne Balken, ergänzten den typisch kurzen und reißerischen Text.

Angewidert schleuderte Hornung die Zeitung vom Tisch. Wer auch immer hier geplaudert hatte, er würde es herausfinden. Selbst ein gestandener Kriminalist würde sich dann ganz schnell als Wachposten bei der US-Army wiederfinden. Er schäumte vor Wut. Genau das hatte er verhindern wollen. Dass diese Medien-Heuschrecken hier einfielen und alles überschwemmten mit ihren Schmierereien, ihren vor künstlicher Betroffenheit triefenden Moderatoren und ihren abstrusen Theorien und Schlussfolgerungen. Der Informant würde bezahlen. Hornung hoffte inbrünstig, dass es einer von der Staatsanwaltschaft oder aus der Pathologie war, oder wenigstens einer von den Nasenbären aus Heidelberg.

Die Nerven des honorigen Ersten Hauptkommissars sollten allerdings noch eine weitere harte Prüfung erfahren: Es war früher Nachmittag, die Pressehaie waren auf eine am Abend stattfindende Pressekonferenz vertröstet worden und das Gebrodel draußen war auf ein erträgliches Maß gesunken, als der Ermittlungsgruppenleiter Kant ihn zu sprechen wünschte. Kriminaloberkommissar Eduard „Ede“ Kant war als Fels in der Brandung bekannt. Der hünenhafte Endfünfziger hatte in seinem Leben schon alles gesehen und Hundertschaften von glühenden Gerechtigkeitsaposteln zu brauchbaren Ermittlern gemacht. Kant rühmte sich, noch niemals seine Dienstwaffe im Einsatz abgefeuert zu haben. Das war allerdings auch nicht verwunderlich, wirkte der zwei Meter acht große Kleiderschrank mit dem Selbstbewusstsein eines Feudalherrschers doch wie ein Kerl aus einem drittklassigen Monsterfilm, der Kugeln mit den Zähnen fing und Knoten in Gewehrläufe machte.

An diesem Tag erschien der Riese jedoch sichtlich erschüttert im Büro seines höchsten Vorgesetzten und deutete auf dessen Laptop: „Gehen Sie mal auf YouTube, Chef." Niemand nannte Ulf Hornung salopp „Chef", oder gar „Boss". Niemand außer Ede Kant. Hornung hatte diese Anreden bereits vor Jahren als höchstes Zeichen von Ehrerweisung begriffen, zu dem der vierschrötige Oberkommissar fähig war.

Die Augenbrauen von Hornung drohten über die gesamte Spiegelglatze in den Hemdkragen zu rutschen. „Kant, ich habe jetzt keinen Kopf für Ihre Computerspielchen, ich …" Er verstummte, als ein gewaltiger behaarter Unterarm sich an seinem Kopf vorbei schob und die Pranke an dessen Ende rasend schnell mehrere Tasten auf dem Gerät drückten.

„Kollege Kant, Sie werden hier nicht …!" Sein Protest versickerte wie ein Rinnsal in der Wüste, als sich auf dem Monitor ein Bild aufbaute. Wieder klopften Kants Finger eine Tastenkombination und die Aufnahme wurde formatfüllend. Lähmende Stille breitete sich in dem stilvollen Eckbüro im dritten Stock aus.

Die Qualität ließ zu wünschen übrig, wie so oft auf diesem rege genutzten privaten Videoportal. Hier konnte sich jeder produzieren, der der Welt etwas mitzuteilen hatte, oder dies wenigstens glaubte. Die Lauflernversuche der Jüngsten, die Dressur mongolischer Kampfhamster, endlose Dateien mit illegalen Musikmitschnitten und wahnsinnig spannende Dokus von Vereinsausflügen oder Familienfeiern. Das Gebäude, welches nun grieselig-körnig auf dem Bildschirm zu sehen war, erkannte Hornung mittlerweile auf Anhieb: Ein pittoreskes, Schloss, das leider etwa zwei Kilometer vor der hessischen Grenze lag und nicht zwei Kilometer dahinter.

Die Aufnahme vibrierte, anscheinend wechselte der Kameramann den Standort. Ein kurzer ruckeliger Schwenk, dann kam das Schloss rasend schnell näher, als stürze man mit einem Flugzeug direkt darauf zu.

Kant schnalzte anerkennend mit der Zunge, „Da ist sauteure Hardware am Werk. Solche Brennweiten siehst du sonst nur auf dem Fußballplatz." Hornung überhörte seufzend das lockere „du" in der indirekten Ansprache, dann wurde er erneut von der Szene auf dem Bildschirm gefesselt. Das Bild war grünstichig.

„Nachtoptik", brummte Kant, „kriegste von den Russen für ne Kiste Wodka."

Die Auflösung war verheerend, doch das Motiv unverkennbar: Zwischen zwei Pfählen hing etwas Menschenähnliches. Ein undeutlicher weißer Schemen bewegte sich davor hin und her. Die Kamera zoomte noch näher. Jetzt war wohl die interpolierte Brennweite am Werk. Hornung war heilfroh über das schlechte Bild. Er hatte noch nicht gefrühstückt und die Bilder und Berichte seiner Untergebenen hatten ihm vollauf gereicht.

Die Haare auf seinen Armen richteten sich auf, als der verschwommene Körper sich plötzlich bewegte. „Mein Gott, sehen Sie, er lebt noch …" flüsterte er heiser. Der weiße Schatten war nun direkt unter dem Körper des Opfers, das sich wand und zuckte. „Kant, was schauen wir uns hier an?“

„Es hat fünf Sterne und bis jetzt über zwanzigtausend Aufrufe. Den Leuten scheint es zu gefallen“, brummte der Hüne und richtete sich aus seiner gebeugten Haltung auf, dass die Knochen knackten.

„Seit wann ist das da drauf?“, keuchte Hornung.

„Seit gestern Mittag, 12:33 Uhr. Eingestellt über ein Internetcafé in Warschau. Da ist einer ganz gewieft.“

„Geben Sie das unverzüglich an die KTU. Veranlassen Sie augenblicklich, dass der Betreiber das Ding aus dem Netz nimmt!“

„Schon passiert, Chef. Die Jungs von der Internetkriminalität hocken dran, außerdem habe ich einen befreundeten Kameramann vom SWR angerufen. Der kann vielleicht Angaben zur Kamera und zu den verwendeten Brennweiten machen. Ein Team vor Ort erkundet gerade mögliche Aufnahmestandorte. Youtube hat zugesagt, die Datei zu löschen, doch sie können nicht verhindern, dass einzelne User Kopien davon erneut in Umlauf bringen. Ich fürchte, das Ding wird noch zum Video der Woche.“

„Wer immer das gedreht hat. Es war keiner von uns.“ Deutliche Erleichterung schwang in Ulf Hornungs Worten mit.

Zwei Monate später.

Sie wollte ihre Strafe absitzen. Mit der Genugtuung, das Richtige getan zu haben, hinter Gittern ihren Frieden finden. Stattdessen saß sie hier als Untersuchungshäftling zusammen mit Nutten, Dealerinnen und allem möglichen gesellschaftlichen Bodensatz, und es gab noch nicht einmal einen Termin für den Prozess. Post bekam sie jeden Tag. Stapelweise. Die Prüfer in der Poststelle schienen nur für sie da zu sein. Anwälte aus aller Herren Länder rissen sich darum, ihr Mandat zu übernehmen. Kostenfrei. Die Schlächterin von Waltham-House war der Turbolader für jede hoffnungsvolle Karriere. Sie warf die Briefe ungelesen weg. Sie hatte einen Anwalt. Einen vor Verlegenheit stotternden Pflichtverteidiger, der aussah wie sechzehn, Angst vor ihr hatte und bei ihrem ersten Treffen als Allererstes um ein Autogramm bat.

Das war genau der Richtige. Sie wollte endlich ein Urteil. Wollte das Lebenslänglich aus dem Munde eines Richters oder einer Richterin hören und das ihr zustehende letzte Wort sagen: „Es ist alles bezahlt“. Sie wollte weder mildernde Umstände noch Mitleid. Ihre Aufgabe war erfüllt. Alles war getan. Niemals wieder würde sie eine Tochter wie Caprice haben. Kein anderes Kind könnte jemals deren Stelle einnehmen. Anna-Sophia Barlow würde am Ende ihres Lebens zu Staub zerfallen oder zu Asche verbrennen. Nichts von ihr würde ewig leben.

Heute war Dienstag. Besuchstag. Hans Mortella würde um 15:00 Uhr im Besucherraum auf sie warten. Ihr Anwalt. Der Konfirmand mit den Hochwasserhosen, den weißen Socken und dem Wurstnamen. Mortella, Mortadella, sie musste nicht lange überlegen, wie sie ihn wohl in der

Schule damit aufgezogen hatten. Hans Mortadella, Hans Wurst … Ha!

Kurz vor drei rasselten die Schlüssel im Schloss von Haftraum B 14. Den Begriff „Zelle“ gibt es im modernen deutschen Strafvollzug nicht. Schon gar nicht in der U-Haft, in der es einem sogar erlaubt war, die eigene Kleidung zu tragen. Noch war man ja nicht verurteilt. Man war mit rauchender Waffe neben einem Toten gestellt worden, im Garten baumelten die Reste einer rituellen Hinrichtung im Winterwind, man hatte Fragen beantwortet, Ja, ich habe das getan, nein, es war kein Versehen, das habe ich alles so geplant, nein, die Waffe ist nicht von selbst losgegangen, nein, ich hatte keine Helfer, bla, bla, bla …

Aber man galt als unschuldig, bis ein ehrenwertes Gericht im Namen den Volkes das Gegenteil festgestellt hätte. Dass dies noch kurz vor dem Sankt Nimmerleinstag der Fall sein würde, dafür sollte dieser pickelige Wurstanwalt sorgen.

Schweigend folgte sie der bulligen Justizangestellten. Ihre Schuhe klapperten auf dem glänzenden Boden, dessen Farbgebung irgendwo zwischen Uringelb und Gallegrün lag. Sie trug das schwarze Chanel, welches sie auch in der Nacht ihrer Verhaftung getragen hatte. Nicht, dass es das Einzige wäre, was ihr zur Verfügung stand, bewahre! Es war eines der wichtigeren Dinge, die ihr Anwalt für sie zu erledigen hatte: eine sorgfältig ausgewählte Kollektion ihrer Garderobe ins Gefängnis zu bringen. Inklusive Schuhe, Unterwäsche und ihrem Kosmetiksortiment, welches, allerdings übel gerupft und um sämtliche Scheren, Nagelfeilen und Pinzetten erleichtert, die Kontrolle der Haftanstalt passiert hatte. Das Schlimmste war allerdings der Verlust ihres persönlichen Visagisten und Friseurs Fabio. Es gab zwar eine Anstaltsfriseurin, die zweimal wöchentlich in einem leeren Haftraum ihre Kundinnen empfing, doch deren Angebotspalette erschöpfte sich im geraden Abschneiden von Langhaarfrisuren mittels eines extra mitgebrachten quer gestreiften Pullis, und diversen Vokuhila-Kreationen oder stufigen Bubiköpfen. Anna-Sophia Barlow beschied sich daher mit zurückgekämmten Haaren und einem Knoten, was ihr zusammen mit ihrer Größe einen dominant-strengen Habitus verlieh und ihre Mitgefangenen auf Distanz hielt.

Hocherhobenen Hauptes rauschte sie in den Raum, der Anwälten und ihren Mandanten vorbehalten war, ganz so, als sei sie die Anwältin und das dürre Männlein mit dem abgeschabten Aktenkoffer von Woolworth der bedauernswerte Delinquent. Die Justizangestellte schloss die Tür hinter ihr ab und bezog draußen Posten.

Der Konfirmand war nicht da.

Wie vom Donner gerührt verharrte Anna-Sophia unmittelbar hinter der knallend geschlossenen Metalltür und blickte entgeistert auf einen breiten Rücken, der jenseits des fest am Boden verschraubten Resopaltisches über der Lehne eines Rollstuhles zu sehen war. Dunkles, widerspenstig lockiges, zu einem Pferdeschwanz gebundenes Haar wallte über edel wirkenden Anzugstoff.

Knarrend wurde der Rollstuhl gedreht und ein wohlbekanntes barockes Männergesicht lächelte sie mit hochgezogener rechter Augenbraue ironisch an.

„Alleine der Anblick Ihres ungläubigen Gesichtes entschädigt für alle Schmerzen und Unbillen der vergangenen Wochen, meine Teuerste.“ Die Stimme klang fest und guttural wie immer, das Lächeln nun spöttisch. Stephan Glimm sprach mit den Schnörkeln und Schwülsten eines Fürsten vergangener Jahrhunderte, wie so oft, wenn er sich über etwas köstlich amüsierte.

Anna-Sophia stützte sich mit der Linken am Türrahmen ab, als fürchte sie, das Gleichgewicht zu verlieren.

„Sie … Sie … Sie sind tot.“ Ein Flüstern nur, kaum hörbar, fast gehaucht.

Glimm stieß ein kurzes abgehacktes Lachen aus. „Meine Liebe. An einem glatten Schulterdurchschuss stirbt heute kein Mensch mehr, die Lunge wurde lediglich gestreift und die rechte Herzkammer durch einen Abpraller auf dem vierten Rippenbogen verschont. Ein Bauchsteckschuss verursachte zwar die übelsten Schmerzen, zog aber keine wichtigen Organe in Mitleidenschaft, gelobt sei ein kräftiger Leibesumfang. Den Rolli hat mir meine KV verordnet, ich werde ihn in ein, zwei Wochen nicht mehr benötigen. Sie sehen, es gibt keinerlei Anlass, Ihnen gegenüber irgendwelchen Groll zu hegen, Verehrteste. Nehmen Sie doch bitte Platz, gnädige Frau, sie sehen, mit Verlaub, etwas angegriffen aus.“

Fast hätte sie laut aufgelacht. Etwas angegriffen! Sie fühlte sich, als hätte jemand mit einem Vorschlaghammer auf sie eingedroschen und ihr anschließend einen Eimer Eiswasser übergekippt. Sie hatte ihn erschossen! Diesen feisten Kerl, der Mörder, Vergewaltiger, Kinderschänder vertrat. Sie hatte ihn vernichtet. Hatte dafür gesorgt, dass diese Lippen niemals wieder Worte hervorbringen konnten, die diesem Abschaum Strafmilderung oder gar Freispruch verschafften.

Kraftlos ließ sie sich auf den ebenfalls verschraubten Stuhl sinken.

„Was machen Sie hier? Was wollen Sie? Wo ist mein Anwalt?“ Als Antwort legte Glimm eine speckige braune Aktentasche auf den Tisch, die an manchen Nähten mit Nieten geflickt war. Eine italienische Forzieri mit der Patina unzähliger Prozesse, Verfahren und Anhörungen.

„Ihr … Anwalt …“, Glimm sprach das Wort aus, als sei es ein obszöner Ausdruck, „hat sich freundlicherweise bereit erklärt, diesen Termin an mich abzutreten. Ein netter Kerl, etwas überfordert, etwas unerfahren, aber lieb.“

Anwälte, insbesondere Strafverteidiger durften alles Mögliche sein: ungehobelt, exzentrisch, versnobt, arrogant, überheblich, Arschlöcher. Alles, nur nicht „lieb“. „Lieb“ war tödlich, vernichtend, erfolglos. Hans Mortella war lieb.

„Ich bin hier, weil ich denke, Sie benötigen in Ihrer Situation vielleicht einen guten Verteidiger.“

Die dunklen Augen des Anwalts ruhten auf ihr. Der Mann wirkte völlig entspannt. Ein Buddha, der kontemplative Ruhe und Freundlichkeit verströmte wie ein nie versiegender Quell.

Ihre Brust hob sich, als sie den längst überfälligen tiefen Atemzug tat. Sie hatte ihn verfehlt! Sie, die Landesmeisterin, die einen Vierteldollar exakt mittig durchlöcherte, wenn ihn ein normaler Mensch fast nicht mehr sehen konnte. Der Wein. Wirklich? Der Wein und der Rausch des Tötens Stunden vorher. Tatsächlich? Ganz gleich, was die

Ursache für diese jämmerlichen Fahrkarten war, Glimm lebte. Das Schwein, das Partei ergriff für den übelsten Abschaum, den die Menschheit jemals hervorgebracht hatte, der flammende Plädoyers in Gerichtssäle schmetterte, dass die Scheiben klirrten, der mit Richtern, Staatsanwälten und Gutachtern jonglierte wie ein Varietékünstler. Er hatte den Tod verdient. Hundertfach! Oder nicht?

Wenn sie schoss, um zu töten, dann gelang ihr das mit der ersten Kugel. Wollte sie den Verteidiger des Mörders ihrer Tochter vielleicht gar nicht töten? Warum hatte sie so jämmerlich versagt? Tief in ihrem Kopf versuchte die Antwort sich aus der finsteren Umarmung ihrer Gedanken zu befreien. Faszination, Leidenschaft, Liebe?

NIEMALS!

Zum Teufel mit dem Wurstanwalt.

Da hockte Stephan Glimm in seinem Scheißrolli, roch nach teurem Aftershave und stiftete Unruhe in ihrem Kopf. Es war der Kuss. Jetzt fiel es ihr wieder ein. Der Kuss auf der nachtdunklen Terrasse, der nach Tabak und Wein schmeckte und nach etwas, das sie schon seit unendlicher Zeit nicht mehr gespürt hatte. Das war der Auslöser. Was passierte gerade mit ihr? Brauchte sie tatsächlich einen guten Verteidiger?

Nein. Alles war bezahlt.

Ja. Es gab noch etwas zu tun. Eine Rechnung war noch offen.

Anna-Sophia hatte sich entschieden. Sie brauchte einen Verteidiger. Den Besten. Stephan Glimm.

Sechs Wochen später.

Den Krückstock hatte Glimm an der Pforte abgeben müssen. Schade. Eigentlich brauchte er ihn fast gar nicht mehr, der Bauchsteckschuss verheilte zufriedenstellend und er hatte als Folge des langen Krankenhausaufenthaltes auch ordentlich Gewicht verloren. Aber der edle Wurzelholzstock verlieh ihm etwas von der Aura eines Weisen. Man konnte sich herrlich damit in Positur werfen, konnte mit ihm auf den Boden donnern wie ein Zeremonienmeister, und man konnte sich resigniert darüber zusammenkrümmen. Alles Dinge, mit denen der Jurist spielte wie ein Maestro auf seinem Flügel.

Vorsichtig ließ er sich auf dem knarrenden Besucherstuhl nieder. Ein Wetterumschwung. Die geprellte Rippe piekste in seinem gewaltigen Brustkorb.

Wenig später wurde Anna-Sophia Barlow hereingeführt. Sie war ungeschminkt, trug Jeans, flache Ballerinas und einen bequemen Pulli. Das Haar war zu einem strengen Knoten zurückgebunden. Eine Reitlehrerin. Die Wirtin eines Ausflugslokals. Eine Frau, die Urlaub in klapprigen VW-Bussen macht. Auf den ersten Blick vielleicht. Trotz der flachen Schuhe, oder gerade deshalb, wirkte sie beindruckend groß. Die legere Kleidung konnte die aristokratische Haltung, das vorgestreckte energische Kinn und den abschätzenden Blick nur unzulänglich mildern. Glimm sagte sich, dass diese Frau auch in Lumpen Respekt einfordern würde. Ihre Züge wirkten entspannt. Glimm bemerkte, dass sie Sommersprossen hatte. Der Ansatz ihrer Haare zeigte Spuren von Rot. Rot. Eine Hexe. Auf den Scheiterhaufen mit ihr!

Verdammt. Er würde sich glatt mit anbinden lassen. Was für eine Frau. Was für ein … Weib! Ein Idiot, wer sich Anna-Sophia Barlow zum Feind machte. Ein toter Mann. Nicht nur das. Ein teuflisches Kunstwerk, fixiert zwischen rohen Pfosten, gehalten von Ketten. Das Leben herausgepladdert in den zischenden Schnee. Hrrrrm!

Glimm räusperte sich mehrmals, während die Augen der Barlow belustigt auf ihm ruhten.

Belustigt! Das traf es genau. Im Anwaltszimmer einer Haftanstalt saß diese Frau, gegen die der Staatsanwalt wegen vorsätzlichem Mord mit dem Merkmal der besonderen Grausamkeit sowie versuchtem Mord ermittelte und wirkte, als hätte sie gerade einen köstlichen Witz gehört.

„Frau Barlow, ich …“

„Anna.“

„Als Sie mir das letzte Mal das Du anboten, haben Sie wenig später auf mich geschossen. Lassen Sie uns zunächst die Form wahren, ich halte das für gesünder.“

Was laberte er da bloß für einen Scheiß?

„Nun gut, Herr Anwalt, ich werde dies respektieren. Sollten Sie es sich doch noch anders überlegen, würde es mich freuen.“

Brodelnde Leidenschaft hinter dürren Worten. In einer anderen Umgebung und unter anderen Umständen wäre er wahrscheinlich innerhalb der nächsten Viertelstunde über sie hergefallen.

Genug fantasiert. Er war ihr Verteidiger. An ihm würde es liegen, ob Anna-Sophia Barlow im Knast verrotten, oder mit einem blauen Auge davonkommen würde. Ein blaues Auge, was immer noch einige Jahre bedeutete. Fünf bis zehn, hatte er sich ausgerechnet. Fünf bei einem Royal flush, heißt: der richtige Richter, der richtige Staatsanwalt und eine Presse, die sich auf ihre Seite schlug. Im Augenblick sah es leider nur nach einem mageren Pärchen aus. Pokerface!

Er würde seine ganze Kunst benötigen, um diese Karre aus dem Dreck zu ziehen. Alle Tricks, die cleveren, die ausgebufften und ganz besonders die dreckigen. Doch zunächst musste er aus dieser kaltblütigen, grausamen Killerin eine Heilige machen. Nicht mehr und nicht weniger.

Er holte einen Schriftsatz aus dem Koffer, setzte sich seine Lesebrille auf, was ihm etwas verschmitzt Onkelhaftes verlieh, und überflog sein Konzept.

„Frau Barlow, Sie werden beschuldigt, Herrn Gernot Marks, ihren ehemaligen Lebensgefährten und rechtskräftig verurteilten Kinderschänder mittels einer … Hrrrrmm … äh, besonderen Art und Weise vom Leben zum Tod befördert zu haben …“

„Einspruch, Euer Ehren!“ Sie war in der Lage, die rechte Augenbraue in schwindelnde Höhen zu ziehen, ohne dass der Rest ihres Gesichtes zu einer Grimasse wurde. Erstaunlich.

„Es war niemals meine Absicht ihn zu töten. Ich habe ihn angebunden und ihm seinen Schwanz mit Salz eingerieben. Das Einzige, das einen harmlosen Pflanzenfresser wie die europäische Hausziege dazu bringen kann, sich überhaupt für dieses Ding zu interessieren. Ich konnte ja nicht ahnen …“

„Frau Barlow“, übergangslos verwandelte sich Stephan Glimm in einen knallharten Strafverteidiger. „Die Ziege wurde veterinärmedizinisch untersucht. Magen und restliche Organe wiesen eindeutige Spuren von Unterernährung auf. Muskulatur und allgemeiner Zustand: jämmerlich. Das Tier wurde systematisch ausgehungert. Einzig und allein zu dem Zweck, Ihr Opfer zu zerfleischen. Ziegen sind nicht wählerisch. In ihren Mägen hat man schon Cola-Dosen, Tetrapacks und Reifenteile gefunden. Hören Sie also besser auf, mir solchen Mist zu erzählen und bleiben Sie bei der Wahrheit. Sie hatten vor Marks, zu töten, und es sollte auf eine Art und Weise sein, die ihm zeigte, wie seine Opfer leiden mussten."

„Die Ziege hat ihm einen geblasen bis zum Zwerchfell."

„Schon besser. Ich bin Ihr Anwalt. Ich habe vor, aus Ihnen eine Heilige zu machen. Eine Art Urmutter, die für ihr Kind auch tötet. Das archaische Recht aller Mütter. Das kann ich nur, wenn wir Klartext reden. Warum haben Sie daneben geschossen?"

Glimm weidete sich an Ihrer Reaktion. Er hatte sie angefahren wie ein Lastwagen. Ihre Augen flackerten, die Mundwinkel zuckten, die langen Finger krochen auf der fleckigen Tischplatte herum wie eigenständige kleine Wesen.

„Ich ...", ihre Stimme wurde zu einem heiseren Flüstern. „Ich ... ich konnte es nicht. Ich konnte dich nicht töten. Ich hatte es vor. Hatte geplant, dich umzubringen ..." Sie brach ab und Glimm betrachtete das tränennasse, zerfurchte Gesicht, das plötzlich jedes einzelne gelebte Jahr verriet, als wäre eine Maske gefallen. Merkwürdigerweise war es genau dieses Gesicht, das ihn so unwiderstehlich anzog. Er begriff, was sich hinter der Fassade der unnahbaren, herrschsüchtigen Milliardärin verbarg. Eine Frau. Verletzlich wie ein kleines Kind, mit Sehnsüchten, die nicht mit Dollars, Yen oder Euro zu erfüllen waren. Eine unsichere, verängstigte, gedemütigte und verzweifelte Frau.

Er liebte sie. Er würde für sie kämpfen bis an sein Lebensende. Die imaginäre Rotationsmaschine in seinem Kopf erwachte klickend und rumpelnd zum Leben. Druckte kiloweise Dokumente aus, um Anna-Sophia Barlow zu entlasten. Gernot Marks war der Teufel. Er allein! Er hatte dieser Frau alles genommen. Zuerst den Mann. Sensationell! Ein Mord, niemals aufgeklärt! Er würde vor Gericht das Tuch von dieser Tat reißen wie ein Magier vor ausverkauftem Haus. Er würde den perfiden Plan des Gernot Marks in allen Einzelheiten schildern. Der Krückstock würde Löcher ins Parkett stanzen. Die Presse! Er würde mit einigen guten Freunden sprechen. Die würden die Sau raus lassen. Auf sein Kommando! Der Fund der Tagebücher! Er würde daraus zitieren, bis auch der letzte Wachtmeister in Tränen ausgebrochen wäre. Der Mann: perfide und minutiös ermordet. Die Frau: eingelullt, betört, verführt, verraten. Die Tochter: über Jahre missbraucht, abhängig gemacht, eingeschüchtert, zerbrochen und in den Tod getrieben.

Wahrhaftig: Anna-Sophia Barlow hatte der Welt einen großen Dienst erwiesen, als sie Gernot Marks das Licht hat ausblasen lassen, von Hannah, der Hausziege.

Die Hauptverhandlung vor dem Landgericht Mosbach war für Dienstag, den 10. März anberaumt worden.

Bereits am Tag zuvor belagerten die Fahrzeuge großer Fernsehsender die Hauptstraße und den Lohrtalweg rund um das schmucke ehemalige Kloster. Betroffen blickende Moderatoren erklärten der Welt, dass hier in der historischen Fachwerkstadt an Elz und Neckar der „Schlächterin von Waltham-House" der Prozess gemacht werden würde.

Ihr Anwalt, der schillernde Mannheimer Strafverteidiger Stephan Glimm, hatte es sogar auf die Titelseite der BILD geschafft. Die Layouter des Magazins hatten ein dunkles, an alte Kinoplakate erinnerndes Motiv geschaffen, das die Barlow mit arrogantem Lächeln zeigte, während die diabolisch grinsenden Züge von Glimm im Hintergrund wie aus finsterer Nacht auftauchend dargestellt wurden.

„DER ADVOKAT DER TEUFELIN" lautete die Schlagzeile darunter. Etwas dezenter verfuhr der SPIEGEL, der ein seriöses Porträt des Juristen auf dem Umschlag platzierte und die Titelstory „Ich verteidige meine Mörderin" nannte. Beides war Glimm nur recht. Brachte es ihm doch wieder jede Menge Publicity und einen Ansturm neuer Mandanten.

Die Taten der Barlow spalteten die Nation. Einerseits gab es Stimmen, die Verständnis oder gar Sympathie äußerten, die jedem, der ein Kind auch nur finster anschaute, ein ähnliches Schicksal wünschten und für die Verteidiger von Kinderschändern gleich mit in den Sack gesteckt gehörten. Mittelalterliche Hängt-ihn-auf-Parolen, Rufe nach der Todesstrafe, dem Pranger und allgemeine Verherrlichung von Lynchjustiz feierten fröhliche Urstände. Anna-

Sophia Barlow wurde als Übermutter und Heilige verklärt und manch selbsternannter Gerechtigkeitsprediger nannte sie ein Werkzeug des Herrn.

Die andere Seite sah in ihr eine Bestie, sexsüchtig, blutgierig, zerfressen von Gier und - das war wohl das Schlimmste - unermesslich reich. Schlagt ihr den Kopf ab, an den Galgen mit ihr, in der Hölle soll sie schmoren. Alle zusammen wurden von den Medien, ganz gleich ob Nachrichtenmagazin, Boulevard- oder Regenbogenpresse, Radio, TV oder www umfassend und in Technicolor-Breitwand versorgt.

Omas unter Trockenhauben lasen mit wohligem Schaudern über das Schicksal des bösen Herrn Marks, Arbeiter strichen in der Frühstückspause die Seiten der Zeitung glatt und ärgerten sich über die schlechte Druckqualität der Fotos vom Tatort, welche die verwaisten Pfosten und die Flecken im Schnee zeigten. Ziegen jedweder Art mussten als Beispielporträt posieren und in Tiergärten wurden die bisher eher als langweilig empfundenen Tiere ehrfürchtig als blutrünstige Menschenfresser bestaunt.

Ein Heer von angeblich Sachverständigen dozierte in immer wiederkehrenden Brennpunkten, Hintergrundsendungen und Leitartikeln über die Geschichte der Barlow und ihrer Opfer. Je nach Ausrichtung der Chefredaktion gab es süße Kinderbilder des „armen" Gernot, Berichte über seine letzte Verurteilung, Interviews mit Klassenkameraden, Nachbarn und Kollegen „Er war immer ein anständiger, lieber Kerl"- „Das hätte niemand von ihm gedacht"- „Ach Gottle, so ein netter junger Mann". Oder sarkastisch kommentierte Reportagen über die Karriere der Barlow, ihr gewaltiges Firmenimperium und die feudalistische Art, wie sie es regierte. Brot und Spiele für das Volk.

Am Tag der Hauptverhandlung wurde Anna-Sophia Barlow in einem Zivilfahrzeug der Staatsanwaltschaft zum Gericht gefahren. Den Vorschlag, sie über die Lieferantenzufahrt ins Gebäude zu bringen, lehnte sie vehement ab.

Flankiert von uniformierten Beamten und begleitet von ihrem Verteidiger Stephan Glimm schritt sie hocherhobenen Hauptes, die Augen hinter einer riesigen Sonnenbrille verborgen, durch das Spalier brüllender, von den Ordnungskräften nur mühsam im Zaum gehaltener Medienvertreter auf den Eingang zu. Fragen prasselten auf sie nieder, Mikrofone wurden ihr hingestreckt, Kameras glotzten mit ihren gläsernen Augen und Diktiergeräte wurden rührend hochgehalten, um inmitten dieser Kakofonie wenigstens ein oder zwei Worte von IHR einzufangen. Es gab nichts einzufangen. Nichts, außer diesem hochmütigen, arroganten Lächeln unter den dunklen Scheiben der Brille. Die Diva hielt Hof. Das einstige Topmodel wusste sich in einem solchen Umfeld sehr wohl zu bewegen. Dies war IHR Catwalk. Der bedeutendste, den sie jemals beschritten hatte. Kein Couturier, kein bezopfter Modezar stahl ihr hier die Schau. Ein Meter sechsundachtzig betörende Weiblichkeit, Lichtjahre entfernt von den durchscheinenden Skeletten heutiger Kleiderpuppen, rauschten durch diese grölende Gasse, die nur aus aufgerissenen Mündern, fuchtelnden Händen und glotzenden Augen zu bestehen schien. Pöbel. Kleingeister. Geiler Mob.

Niemand beachtete die schmale Frau mit der billigen Umhängetasche, die dreihundert Meter entfernt aus dem

Bus stieg. Sie hielt ein etwa zwölfjähriges Mädchen an der Hand und musterte mit einer Mischung aus Angst und Unsicherheit das Tohuwabohu vor dem Eingang des Landgerichts. Sie ging weiter bis zu den Zuschauern, die hinter eilig aufgestellten Absperrgittern versuchten, einen Blick auf die „Schlächterin" zu erhaschen. Ein blondes Aufblitzen zwischen den zum Teil auf Trittleitern stehenden Journalisten war alles, was es zu sehen gab. Und doch, im Mittelalter hätte man sich wohl bekreuzigt. Der Teufel! Satan! Der Fürst der Finsternis in sündig schöner Form! Tage und Abende hatte man DAS Thema für Kantine, Stammtisch und Couchgarnitur. Man hatte sie gesehen! SO dicht war man dran! Man hatte sie förmlich gerochen. Wäre der bierbäuchige Fleischermeister ihr tatsächlich derart nahe gekommen, hätte seine von Kümmel, Blunz[4] und Räucherschinken vergewaltigte Nase wohl kaum den exklusiven Duft von Serge Lutens erkannt, der, anstatt altmodisch schwefliger Pestilenzen, die moderne Luzifere umschwebte.

Stephan Glimm hatte vor, die Festung Dr. Brandes gleich im Handstreich zu nehmen. Seine Verteidigung baute auf die moralisch verständliche Tat als Racheakt.

Der Vorsitzende, ein jovial wirkender Halbglatzer mit Uhu-Augenbrauen und der unvermeidlichen Lesebrille auf der fleischigen Rieslingnase, eröffnete die Verhandlung mit dem Aufruf zur Sache und verlas die lange Liste der erschienenen Personen.

Auf der Zeugenbank saßen neben den von Glimm bestellten Gutachtern auch die schmale Frau in der billigen

4 Blutwurst ohne Grieben

Bluse und ihre Tochter. Manch neugieriger Blick streifte die Frau und das eingeschüchtert wirkende Mädchen, das immer wieder schnelle Blicke zu Anna-Sophia Barlow warf, die, immer noch die übergroße Sonnenbrille auf der Nase, in perfekter Haltung auf der Anklagebank saß.

Dr. Brandes wies die Zeugen auf ihre Pflicht zur wahrheitsgemäßen Aussage und die strafrechtlichen Folgen bei Nichtbeachtung hin und schickte sie dann bis zu ihrem Aufruf aus dem Gerichtssaal.

Anschließend vernahm er die Angeklagte zu ihren persönlichen Verhältnissen. Anna-Sophia Barlow antwortete mit ruhiger, fester Stimme, zeigte ansonsten, sehr zur Enttäuschung der anwesenden Journalisten, nicht die leiseste Emotion.

Auch als Oberstaatsanwältin Demirel die Anklage verlas und sämtliche Details der Tatausführung darlegte, wirkte das Gesicht der Barlow wie versteinert.

Bei der anschließenden Vernehmung zu den gehörten Tatvorwürfen erklärte Anna-Sophia Barlow, nichts aussagen zu wollen, was ihr gutes Recht war.

Die anschließende Beweisaufnahme dauerte bis in den späten Nachmittag, so dass Dr. Brandes gegen 13:00 Uhr eine Pause verkündete. Nach Wiedereintritt in die Verhandlung hielt die Staatsanwältin ihr Plädoyer, in dem sie nochmals die abscheulichen Details von Marks‘ Hinrichtung erläuterte, den Mordversuch an Glimm während eines Festessens als besonders perfide hinstellte und Anna-Sophia Barlow Vorsatz sowie besondere Grausamkeit bescheinigte. Als Strafmaß beantragte sie lebenslänglich mit anschließender Sicherheitsverwahrung.

Während des gesamten Plädoyers unterhielt Glimm sich mit seiner Mandantin, studierte Schriftsätze, blätterte in Büchern und lächelte selbstgefällig, als lamentiere die Anklägerin über die kriminelle Energie eines notorischen Schwarzfahrers.

Als die attraktive Oberstaatsanwältin ihr Plädoyer abschloss, erhob sich Glimm, drückte der Barlow noch einmal freundschaftlich die Schulter und griff nach seinem Krückstock. Er hatte sich von einem Schuhservice in einem Einkaufszentrum eine Metallplatte unter die Gummikappe am Ende der Gehhilfe anbringen lassen, ähnlich denen, die Stepptänzer unter ihren Schuhen hatten. Laut und vernehmlich klackend, die offene Robe dekorativ wehend, hinkte er vor den Richtertisch, nickte dem Vorsitzenden ernst zu und bedachte die Anklägerin mit einem abschätzigen Lächeln.

Safiye Demirel revanchierte sich mit einem aufgesetzt wirkenden Sortieren von Unterlagen.

„Herr Vorsitzender“ (klack). „Frau Oberstaatsanwältin“ (klack), „meine Damen und Herren“ (klack). Glimm blieb stehen.

„Meine Mandantin hat bereits im Vorfeld bei den ermittelnden Behörden ein umfassendes Geständnis abgelegt. Sie ließ sich nach der Tat widerstandslos festnehmen, ja sie rief sogar selbst die Polizei an!“ Er machte eine bedeutsame Pause und blickte in die Runde.

„Anna-Sophia Barlow …“, er drehte sich zur Seite, damit sein deutender rechter Arm die Robe im richtigen Winkel auffaltete, so dass der rote Samt, mit der sie innen gefüttert war, auch wirklich zur Geltung kam, „… hat Gernot Marks nicht getötet, sie hat …“

Erregtes Gemurmel aus dem Zuschauerraum, das Dr. Brandes energisch beendete.

„... sie hat auch mich nicht getötet, wie Sie ja wohl zweifelsfrei feststellen können." Wieder Gezischel und Geraune, diesmal jedoch unterhalb der Notwendigkeit, aktiv einschreiten zu müssen.

„Gernot Marks, meine Damen und Herren, war nicht nur ein einschlägig vorbestrafter Pädophiler. Ein Kinderschänder der übelsten Sorte, der sein Opfer, ein zwölfjähriges unschuldiges Mädchen schließlich wissentlich in den Tod getrieben hatte und ein ..."

„Einspruch!", wie eine Kobra zuckte der Kopf der Staatsanwältin aus ihren Akten hervor, „das Vorleben des Opfers ist nicht relevant für den Prozess!"

„Stattgegeben, Herr Verteidiger, kommen Sie bitte zur Sache", knarrte Dr. Brandes.

Klack ... klack ... klack ... klack ...klack. Den Kopf gesenkt, die Augen halb geschlossen, schritt Glimm zur anderen Seite des Raumes. Millisekunden vor dem Ordnungsruf des Vorsitzenden, er hörte bereits, wie dieser Luft holte, wandte sich Glimm um (klack) und hob den rechten Arm. Wieder klaffte die Robe weit auf, allerdings nur einseitig, was Glimm als eklatanten Nachteil des Krückstocks registrierte. Spötter nannten ihn schon mal den Corcovado-Anwalt, weil er gerne die Pose jener monumentalen Christusstatue hoch über Rio einnahm.

Sei's drum. Die Long-John-Silver-Attitüde des Edelholzprügels machte dieses Manko zweimal wieder wett.

„Entschuldigung, Herr Vorsitzender. Der Satz war lediglich als Einleitung zu verstehen. Relevant für den Prozess ist jedoch zweifellos die Tatsache, dass es Gernot Marks war, der vor siebzehn Jahren einen gewissen Steve Barlow, Ehemann von Anna-Sophia Barlow und Vater ihrer gemeinsamen Tochter Caprice, auf hinterhältige und grausame Weise ermordet hat. Steve Barlow verbrannte bei lebendigem Leibe in seinem Auto, das aufgrund von vorsätzlich herbeigeführter Eisglätte von der Straße abkam und in einen zweihundert Meter tiefen Abgrund stürzte. Das Feuer wurde vom Mörder selbst entzündet, nachdem er festgestellt hatte, dass sein Opfer den Absturz überlebt hatte. Diese Tat wurde erst durch das Geständnis von Herrn Marks bekannt."

In dem folgenden Tumult gingen die energischen Bemühungen des Vorsitzenden um Ruhe komplett unter. Die Reporter überrannten die Barriere, stießen die völlig überforderten Justizwachtmeister zur Seite und versuchten sich gegenseitig zu übertönen.

Es war Glimm selbst, der stockfuchtelnd mit Stentorstimme die Meute besänftigte und eine improvisierte Pressekonferenz nach der Sitzung versprach.

Als nach langen Minuten und erst nach der Ankündigung des Richters, den Saal räumen zu lassen, eine brodelnde, widerstrebende Ruhe eingekehrt war, beantragte Glimm die Vernehmung der Zeugin Paula Boskow. Wieder raunte die Menge, als das zierliche Mädchen an der Hand ihrer Mutter den Gerichtssaal betrat und Glimm sie in den Zeugenstand begleitete.

Natürlich war ihm klar, dass ein zwölfjähriges Kind nicht unter Eid genommen werden konnte. Ebenso natürlich erwartete er den vehementen Einspruch der Staatsanwältin:

„Die Vernehmung des Kindes hat nichts mit dem Gegenstand dieser Verhandlung zu tun!“

Klack!

Glimm drehte sich um seinen Stock wie eine holländische Bockwindmühle und legte sich die freie Hand theatralisch auf die Brust.

„Herr Vorsitzender, Frau Staatsanwalt“, er wusste sehr genau, dass der feine Unterschied zwischen weiblicher und männlicher Amtsbezeichnung die Demirel furchtbar in Rage bringen konnte. Zufrieden registrierte er, wie ihre Kiefermuskeln arbeiteten.

Er machte einen Schritt auf sie zu (klack). „Paula Boskow wird hier nicht wie üblich vernommen. Ich möchte nur, dass dieses Mädchen hier“, er wandte sich zu der verschüchtert im Zeugenstand sitzenden Paula um und zwinkerte ihr fröhlich zu, „den Anwesenden über ihre Beziehung zu Anna-Sophia Barlow, die sie besser unter dem Namen Eva Kottke kennt, berichtet. Paula!“ Er klackte sich an den Zeugentisch, stützte sich schwer auf den Stock und beugte sich zu dem Mädchen hinunter.

„Erzähl uns doch mal, wer Eva ist.“

Die Lippen des Kindes bewegten sich, ohne dass ein Laut zu hören war.

„Sprich ruhig etwas lauter, Paula, du bist hier eine wichtige Person und wir sind alle ganz gespannt darauf, was du uns zu erzählen hast. Warte bitte …“, Glimm fummelte an dem Mikrofon herum und stellte die Höhe richtig ein.

„Sprich da hinein, das ist wie bei den Leuten im Fernsehen. Am besten, du schaust dabei deine Mama an, die ist ja nicht weit weg.“ Stephan Glimm, der gefürchtete Strafverteidiger, hatte sich von der streitbaren schwarzen Krähe mit dem Krückstock in einen freundlichen Teddy verwandelt, in dessen beruhigender Brummstimme so viel Wärme mitschwang, dass sich das Mädchen sichtlich entspannte.

„Eva ist meine Freundin." Klar und hell klang die Stimme durch den Saal. Kein Raunen, kein Gezischel und kein Huster störten den Moment.

„Ist Eva hier, Paula?" Glimm erntete einen mitleidigen Blick. Das Mädchen streckte den linken Arm aus, wies auf die hochgewachsene Gestalt der Angeklagten und sagte mit vorwurfsvollem Unterton: „Da drüben. Sie haben doch die ganze Zeit neben ihr gesessen!"

Unterdrücktes Gelächter aus den Reihen der Journalisten. Sie hatten zwei Zeichner mitgebracht, die hektisch die Szene neben dem Richtertisch aufs Papier warfen. Futter für die Wölfe!

„Eva ist meine beste Freundin und ihr habt sie mir weggenommen. Ihr dürft sie nicht einsperren, bloß weil sie einen anderen Namen hat!"

Niemand lachte, als die Stimme des Mädchens brach und Glimm ihr ein Taschentuch reichte. Auch der hartgesottenste Boulevardreporter dankte Gott oder wem auch immer, dass dieses Mädchen nichts von dem wusste, weswegen Anna-Sophia Barlow hier angeklagt wurde.

„Paula, magst du uns erzählen, wo du Eva kennen gelernt hast?" Glimm lächelte das Mädchen aufmunternd an und reckte sich wieder zu seiner vollen Größe.

Nicken. „Auf dem Spielplatz."

Als die Pause danach immer länger wurde und der Gesichtsausdruck des Mädchens keinen Zweifel daran ließ, dass es die Frage für ausreichend beantwortet betrachtete, insistierte der Verteidiger vorsichtig: „Der Spielplatz, an dem du auf dem Weg von der Schule immer vorbeigekommen bist?“

Nicken. Vereinzelte Zuschauer kicherten. Der Vorsitzende schickte böse Blicke abwechselnd zu Glimm und in die Reihen der Prozessbesucher.

Glimm ließ sich nicht beeindrucken, gab weiter den guten Onkel und versuchte geduldig, dem Kind Brücken zu bauen.

„Hat die Eva dich angesprochen, oder bist du zu ihr gegangen?“

„Ich bin nicht zu ihr gegangen. Mama sagt, ich darf keine Fremden ansprechen!“ Energisch, fast zornig kam dieser Satz. Glimm erkannte den Vorwurf darin: Bist du doof? Das weiß doch jeder!

„Erzähl mir doch mal von den Jungs, die dich damals geärgert haben.“

„Einspruch! Die Verteidigung versucht das Verfahren in die Länge zu ziehen!“

Paula zuckte zusammen und sank noch weiter in sich zusammen. Glimm wünschte der Staatsanwältin die Pest an den wohlgeformten Hals.

Der Vorsitzende verfiel in einen genervten Ton: „Einspruch abgewiesen, Herr Verteidiger, würden Sie bitte zur Sache kommen?“

Die helle Stimme des Mädchens tönte plötzlich unerwartet laut durch den Saal: „Die Eva hat mir geholfen. Die hat die Jungs verjagt und meine Schultasche wieder eingeräumt! Sie ist meine beste Freundin. Ihr dürft sie nicht einsperren!“

Paula sprang auf, eilte zur Anklagebank, vorbei an einem verdutzten Justizwachtmeister und warf sich in die Arme von Anna-Sophia Barlow. Die Journalisten erhoben sich, reckten die Hälse, die Zeichner kritzelten wie besessen, als die Frau dem Mädchen über die Haare strich und für wenige Sekunden ihre stoische Maske fallen ließ. Ihre Lippen bebten, als sie dem Mädchen etwas zuflüsterte und nicht wenige Reporter wollten eine Träne gesehen haben, die über ihre linke Wange rollte.

Dr. Brandes reichte es jetzt. Er ordnete an, das Kind und seine Mutter aus dem Saal zu führen und winkte Glimm zu sich an den Richtertisch.

„Wen haben Sie noch da draußen? Hänsel und Gretel, Rotkäppchen? Ich ersuche Sie dringendst, dieses Verfahren nicht in eine TV-Schnulze zu verwandeln. Setzen Sie Ihr Plädoyer fort und bleiben Sie um Gottes Willen auf dem Teppich!“

Glimm nickte in der unnachahmlich devoten und zugleich provozierenden Art, die er speziell für den Umgang mit Vorsitzenden reserviert hatte und wandte sich um. Klack!

Er hinkte zur Anklagebank, zog ein längliches Futteral unter dem Tisch hervor und begann mit Hilfe eines Justizwachtmeisters unter dem verwunderten Gemurmel der versammelten Journaille, ein etwa einen Meter fünfzig großes Gestell neben dem Zeugenstand aufzubauen.

Dr. Brandes trank einen Schluck Wasser und jeder im Saal wartete auf das Zischen, wenn die Flüssigkeit im brodelnden Inneren des Vorsitzenden ankäme.

Das Gestell war eine Art Banner und zeigte das Bild eines Mädchens. Es war ein Foto von Caprice Barlow, welches Glimm sorgfältig ausgesucht hatte und von einem angesehenen Fotografen hatte vergrößern und bearbeiten lassen. Wieder ging ein Raunen durch den Saal, als jeder erkannte, dass die kleine Paula exakt die gleiche Kleidung wie das Mädchen auf dem Bild trug. Sogar die Frisur war angepasst worden.

„Ich rufe Petra Boskow in den Zeugenstand!“

„Ein …!“

„Abgewiesen! Frau Boskow ist eine dem Gericht gemeldete Zeugin!“

Klack! Glimm schenkte der Oberstaatsanwältin ein mitleidiges Lächeln. Schöner Busen, dachte er. Besonders, wenn sie so scharf einatmet.

Der Wachtmeister geleitete eine sichtlich angegriffene Petra Boskow in den Zeugenstand. Glimm wartete, bis die Frau Platz genommen und der Richter die Zeugenformel gesprochen hatte.

Mit warmer, ruhiger Stimme versuchte er der Zeugin die Nervosität zu nehmen: „Sie wissen, was die Staatsanwaltschaft Frau Barlow vorwirft?“

Nicken. Einige Journalisten begannen belustigt zu flüstern, was der Vorsitzende mit einem energischen Appell beendete.

„Antworten Sie bitte laut und deutlich, Frau Boskow." Glimm entschärfte seine Weisung mit einem freundlichen Kopfnicken.

„Ja."

„Erkennen Sie in der Angeklagten die Frau wieder, die Sie als Eva Kottke kannten?"

„Ja."

„Woher kennen Sie Frau Barlow?"

„Frau Ko …", Petra Boskow räusperte sich, „Frau Barlow war einmal meiner Tochter zu Hilfe gekommen, als diese von mehreren Jungs bedrängt wurde. Sie hat Paula wirklich sehr gemocht und ich habe mein anfängliches Misstrauen schnell überwunden. Sie war so …", die schmächtige Frau sandte einen scheuen Blick zu der Frau auf der Anklagebank, die nun wieder eine sehr große Sonnenbrille trug. „Sie war so … anders."

„Anders in welcher Beziehung?"

„Nun ja …", die Frau im Zeugenstand suchte nach den richtigen Worten, ihre Hände rangen miteinander. „Sie machte auf mich einen traurigen Eindruck. Irgendwie … verloren, verstehen Sie? Sie schien Schlimmes hinter sich zu haben."

„Hatten Sie nie den Verdacht, Anna-Sophia Barlow könnte Ihrer Tochter etwas antun? Oder sie entführen?"

„Niemals!" Petra Boskow stieß das Wort heftig und voller Entrüstung hervor. „Im Gegenteil. Sie hat mir leid getan, obwohl es uns selber ja auch nicht gerade gut ging. Später hat sie mir dann vom Tod ihrer Tochter erzählt. Da habe ich dann vieles kapiert. Sie war auf der Suche, denke ich. Paula hat sie wohl an ihr eigenes kleines Mädchen erinnert."

„Wie geht es Ihnen heute?“ Glimm wandte sich um. Er wollte die Reaktion auf den Gesichtern der Zuschauer erleben.

„Es geht uns gut. Dank der Hilfe von Frau Barlow. Wir leben in einem kleinen Haus mit Garten, ich habe Arbeit, Paula geht in eine gute Schule. Das haben wir alles Frau Barlow zu verdanken. Sie hat uns ein neues Leben geschenkt. Sie ist ein guter Mensch. Ich danke Gott, dass er sie zu uns geschickt hat. Wir werden für sie beten.“

Im Saal hätte man ein fallendes Papiertaschentuch gehört.

„Danke Frau Boskow. Sie können jetzt gehen.“

Während Petra Boskow den Saal verließ, schritt der Anwalt mit sorgfältig bemessenen Schritten zu dem lebensgroßen Abbild von Caprice Barlow. Einige Augenblicke verharrte er, scheinbar versunken in den Anblick des blassen jungen Mädchens in Jeans und Sweatshirt.

Als die schwere Eingangstür sich deutlich vernehmbar schloss, war dies für ihn wie ein Startzeichen. Stephan Glimm inszenierte seine Auftritte vor Gericht wie ein Theaterregisseur einen großen Stoff. Nichts überließ er dem Zufall, alles hatte eine Bedeutung.

Klack. Das Innenfutter der Robe leuchtete sekundenlang rot auf, als er sich wieder den Zuschauern zuwandte. Seine Stimme hatte nichts Onkelhaftes oder Warmes mehr an sich. Der Teddybär hatte sich aufgerichtet. Er war nun ein Grizzly. Groß, dunkel, Furcht einflößend.

„Es geht ihnen gut“, grollte er, „Paula und ihre Mutter beten für Anna-Sophia Barlow. Für eine brutale, skrupellose Mörderin, die mit einem Glas Wein in der Hand zugesehen hat, wie ein Mensch auf grausame Art und Weise unmittelbar vor ihren Augen bei lebendigem Leib zerfleischt wurde."

In diesem Satz steckten sämtliche Schlagzeilen der Boulevardpresse, welche in den letzten Wochen von großen Teilen der Bevölkerung mit wohligem Schaudern beim Frühstück oder auf der Arbeit verschlungen wurden. Glimm entfernte sich von dem Bild und klackte sich aufreizend langsam am Richtertisch entlang.

„Diese Frau hier!" Er deutete auf die Angeklagte. „Diese Frau hat diese Tat begangen. Sie ist in vollem Umfang geständig. Sie hat die Tat im Vollbesitz ihrer geistigen Kräfte und nach sorgfältiger Vorbereitung begangen. Anna-Sophia Barlow, meine Damen und Herren, Herr Vorsitzender, Anna-Sophia Barlow ist eine vorsätzliche Mörderin!"

Glimm machte eine kleine Pause, um die Worte nachhallen zu lassen. Die Oberstaatsanwältin musterte ihn mit argwöhnischem Glitzern in den Augen.

Klack. Kehrtwende. Die Robe offenbarte wieder ein kurzes rotes Aufblitzen.

„Das Motiv?" Klack. Der Verteidiger wanderte zurück zu dem Bild des Mädchens. „Hier sehen Sie das Motiv! Dieses Mädchen ist Caprice Barlow. Sie hat ihren Vater abgöttisch geliebt. Steve Barlow, Sie erinnern sich? Der Mann, der von Gernot Marks auf infame und bestialische Art und Weise ermordet wurde. Ein fast perfekter Mord. Keine Staatsanwaltschaft …", ein rascher Blick zur Demirel, „... keine Soko hat diese Tat jemals aufgeklärt. Den Mord nicht und schon gar nicht das jahrelange, entsetzliche Martyrium der kleinen Caprice. Dokumentiert in diesem Tagebuch!"

Er zog ein quadratisches kleines Bändchen aus seiner Robe und schwenkte es vor den Zuschauern hin und her.

„Dieses Tagebuch, meine Damen und Herren, Herr Vorsitzender, ist ein Dokument des Grauens. Es beschreibt in den kindlichen Worten von Caprice Barlow, wie ein unschuldiges, einst glückliches Kind systematisch ausgenutzt, belogen, bedrängt und schließlich auf übelste Weise missbraucht wurde. Von einer Person, die es zunächst glühend bewundert, ja förmlich vergöttert hat. Einer Person, die ihr zunächst über den schmerzlichen Verlust des Vaters hinweghalf, einer Person, der dieses Kind bedingungslos vertraute. Die ersten Seiten dieses Buches spiegeln eine glitzernde Traumwelt, in der Caprice eine Prinzessin war und sich alle ihre Wünsche zu erfüllen schienen. Bis es dann so weit kam, dass ein Mädchen von gerade mal zehn Jahren die geheimsten und dunkelsten Wünsche von Gernot Marks erfüllen musste. Wünsche, so fürchterlich und so brutal, dass es selbst abgebrühten Ermittlern den Atem stocken lässt. Caprice Barlow wird zum willenlosen Spielzeug eines pervertierten Sexmonsters, das hemmungslos seine Triebe auslebt und ein junges, blühendes Leben schlussendlich in den Tod treibt.

Danach spielt er so perfekt den trauernden Stiefvater, tröstet seine Lebensgefährtin über den nun schon zweiten tragischen Verlust in ihrem Leben, dass sie auch nicht den leisesten Zweifel an der Betroffenheit und der Verzweiflung des armen Herrn Marks hegt. Das, meine Damen und Herren, ist die Krone dieses abscheulichen Verbrechens, was hier an einem unschuldigen Kind begangen wurde. Es zeigt, dass Gernot Marks ein Mann ist, der wohl Sklave seiner abnormen Triebe ist, zugleich aber auch ein Mensch mit zwei Gesichtern. Ein Schauspieler, der seine beiden Rollen perfekt beherrscht. So beherrscht, dass er sogar eine welterfahrene, hochintelligente Geschäftsfrau wie Anna-Sophia Barlow täuschen kann. Jahrelang täuschen kann …“

Kunstpause. Es herrschte absolute Ruhe im Gerichtssaal.

Glimm fuhr fort. Er senkte die Stimme und wählte einen eher emotionslosen Ton: „Anna-Sophia Barlow hat erst Jahre später durch Zufall dieses Tagebuch entdeckt. Der Tag, an dem sie es aufschlug, die ersten, verklärten, träumerischen Einträge las, die sich Seite für Seite zu einem wahren Horrorszenario entwickelten, war für sie der schlimmste Tag ihres Lebens. Schlimmer noch als der Tag, an dem man sie zu dem Wrack des ausgebrannten Porsche gebracht hatte, in dem ihr Mann bei lebendigem Leibe verbrannt war. Verbrannt worden war, wie wir nun wissen.

Schlimmer noch als der Tag, an dem sie an genau der gleichen Stelle ihr einziges Kind verlor, das sich die Felsen hinuntergestürzt hatte, um zu seinem Vater zu gelangen. Das, was diese Frau zutiefst erschütterte, war die Gewissheit, dass sich dies alles unmittelbar vor ihren eigenen, blinden Augen zugetragen hatte. Dass sie selbst den Mörder ihres Mannes, den Schänder und Mörder ihres Kindes, leidenschaftlich geliebt hatte. Dass sie Trost in den Armen des Mannes gefunden hatte, der systematisch ihre gesamte Familie ausgelöscht hatte.

Nun frage ich Sie, liebe Anwesenden: Was würden Sie tun? Was hätten Sie getan? Was hätten Sie sich zumindest gewünscht, zu tun? Ich bin Jurist. Ich habe gelernt, Funktion und Person penibel auseinanderzuhalten. Ich selbst habe diesen Mann schon verteidigt. Ich habe einen Mordanschlag überlebt. Anna-Sophia Barlow hat auf mich geschossen, weil sie mich mit verantwortlich dafür gemacht hat, dass Männer wie Marks nach relativ kurzer Zeit wieder herauskommen. Herauskommen und wieder auf die Jagd gehen. Ich habe selbst eine Tochter. Als ich dieses Tagebuch las, war ich mir nicht mehr sicher, wie ich an Stelle von Frau Barlow reagiert hätte.

Sie ist eine Mörderin. Das sagt sie selbst über sich. Sie hat einen Menschen getötet und damit nicht nur ein Gesetz, sondern auch eines von Gottes Geboten gebrochen. Sie ist bereit, die Konsequenzen zu tragen. Sie hat alles verloren. Mann, Tochter und sich selbst. Anna-Sophia Barlow beugt sich jedem Urteil, das hier in diesem Raum gesprochen wird.

Mein Plädoyer zielt nicht auf einen Freispruch oder eine besonders milde Strafe. Dieses Plädoyer hat den Sinn, dieser Frau das Monströse zu nehmen. Hier vor Ihnen sitzt ein Mensch, der nichts mehr hat. Ein Mensch, der einmal an die Liebe geglaubt hat und dem Teufel die Hand gereicht hat. Einem Teufel namens Gernot Marks.

Abschließend wiederhole ich noch einmal meine Frage: Was hätten Sie getan? Danke für die Aufmerksamkeit."

Klack … klack … klack …

Diese letzte Frage des Verteidigers prangte am nächsten Morgen nicht nur auf den bunten Seiten der Boulevardblätter, sondern auch auf den Titelseiten der meisten großen Tageszeitungen:

WAS HÄTTEN SIE GETAN?

Anna-Sophia Barlow und ihrem Anwalt Stephan Glimm wurden von Agenturen und Verlagen astronomische Summen für die Rechte am Tagebuch von Caprice geboten. Doch kein Wort daraus sollte jemals an die Öffentlichkeit dringen. Das war der letzte und einzige Wunsch von Anna-Sophia Barlow, bevor sie sich ohne Widerstand von zwei Justizwachtmeistern in den wartenden Transporter bringen ließ.

Nach dem Plädoyer des Verteidigers war die Stimmung fühlbar umgeschlagen. Die angekündigte Pressekonferenz im Anschluss an die Verhandlung tat ihr Übriges. Glimm hatte es geschafft, aus einem blutrünstigen Monstrum eine vom Schicksal geschlagene Frau zu machen. Verständnis wogte auf in der Nation, die noch vor Kurzem einer modernen Hexenverbrennung frenetisch applaudiert hätte.

Anna-Sophia Barlow wurde zu einer Art Jeanne d'Arc hochstilisiert. Brave Hausfrauen beteuerten beim morgendlichen Einkauf, dass sie es ganz genauso gemacht hätten, andere wollten es ja gleich gewusst haben und alle waren sich mehr oder weniger einig, dass Kinderschändern das „Ding“ sowieso abgeschnitten gehörte.

Das Urteil lautete auf neun Jahre wegen Tötung im Zustand einer geistigen Ausnahmesituation, was rechtlich fast wie eine Affekthandlung behandelt wird, entgegen dem von der Staatsanwaltschaft geforderten Lebenslänglich mit anschließender Sicherungsverwahrung.

Die Oberstaatsanwältin Safiye Demirel kündigte unmittelbar nach der Verlesung der Urteilsbegründung an, in Revision zu gehen.

Die Verteidigung verzichtete auf derartige Mittel. Glimm gedachte die Barlow nach spätestens sechs Jahren wieder herauszuholen.

2010

Der Mann setzte die Bierflasche ab, rülpste verhalten und betrachtete nachdenklich das wüste Durcheinander in dem ehemals schicken Loft in der Weselerstraße. Sein Alter war schon immer ein Schlamper gewesen. Künstler hat er sich gerne genannt. Ha, Träumer hätte es genauer getroffen. Der Mann stellte die Flasche zu den anderen auf den überladenen Schreibtisch und erhob sich aus dem knarrenden Ledersessel. Missmutig schaute er sich um. Durch das verschmutzte Glasdach drang trübes Tageslicht und tauchte den riesigen Raum mit seinem Sammelsurium aus Sperrmüll und schwarz verfärbten Gründerzeitmöbeln in ein schattenloses tristes Licht. An der unverkleideten Backsteinwand hingen wellige, eingerissene Fotos im Großformat. Sie zeigten spärlich bekleidete gutaussehende Frauen, die mittlerweile sicher fett und unansehnlich eine Schar verzogener Bälger kommandierten.

Davor liefen in einem hochmodernen Audio-Center, welches von einem monströsen Flachbildschirm beherrscht wurde, dutzende Kabel zusammen.

Wenigstens etwas, dachte der Mann und überlegte, wie er das Geraffel wohl in seinen Astra bekäme. Würde er wohl zweimal fahren müssen oder sich einen Transporter mieten. Das Atelier hatte er gestern schon ausgeräumt. Er hatte nicht viel Zeit. In einer Woche war eine weitere Monatsmiete fällig. Die Industrieraumvermittlung Mülheim an der Ruhr war froh, dass ihr langjähriger Mieter auf unkomplizierte Weise das wertvolle Objekt geräumt hatte. Die Fotoapparate, die Lampen, Stative und Hintergründe hatte er bereits fotografiert und ins Internet gestellt. Die sauteure Nikon war bei dem Unfall mit draufgegangen. Scheiße. Die hätte ordentlich was gebracht.

Ein Teil des ehemaligen Lagerraums war mit Regalen und einer Spanplattenschrankwand als Schlafbereich abgeteilt. Ein billiges Futonbett, ein alter Röhrenfernseher und mehrere, nicht zueinander passende Kommoden voller Unterhosen, Socken und sonstiger Klamotten bildeten die Einrichtung. Das Bett stand an einer der Seitenwände. Ein gerahmtes Bild einer nackten Frau, die sich vor einer auf- oder untergehenden Sonne im Wüstensand räkelte, gefiel dem Mann. Schöne Titten und Beine, deren Flaumhärchen sich golden im Gegenlicht abhoben. Das Bild war mit einem Markerstift signiert. Ein unleserliches Gekrakel, das in einem schiefen Herz endete.

Dem Mann kam die Frau irgendwie bekannt wurde. Wohl irgendeines dieser Models, die einem aus Katalogen oder Illustrierten angrienten. Musste aus der Zeit stammen, als der Alte noch gute Aufträge bekam. Bevor er das Saufen anfing.

Der Mann stieg mitsamt seinen abgewetzten Cowboystiefeln auf das Bett und reckte sich, um das Bild abzunehmen. Dabei rutschte sein T-Shirt aus der Hose und ein haariger Schmerbauch wurde sichtbar. Mit einiger Mühe gelang es dem Mann, das Bild von den Haken zu lösen und er lehnte es vorsichtig gegen die Wand. Ein leiser Pfiff entfuhr ihm und er strich sich die strähnigen Haare aus der Stirn.

Hinter dem Bild war eine kleine Metalltüre in die Wand eingelassen. Ein Tresor. Ein billiger aus dem Baumarkt. Gerade recht um Papas Pornosammlung vor den frühreifen Sprösslingen zu sichern. Die Laune des Mannes stieg augenblicklich und er holte sich eine weitere Flasche Bier aus dem Kühlschrank. Der Alte hatte wenigstens noch einmal die Vorräte aufgefüllt, bevor er sich auf der B8 von dem besoffenen Sprinterfahrer hatte plattmachen lassen.

Im Atelier fand der Mann dann eine verbeulte Werkzeugkiste, aus der er einen großen Schraubendreher und einen Hammer heraussuchte. Binnen weniger Minuten sprang die Tür des Wandsafes auf. Enttäuschung machte sich auf dem Gesicht des Mannes breit. Ein dickes braunes Kuvert im DIN A5 Format, ein Etui mit einer Omega-Uhr und ein Tütchen mit weißem Pulver.

Was hatte er denn erwartet? Bündelweise Geld, wo der Alte doch immer brav aufs Amt gedackelt war, Stütze abgreifen? Die alte GS und die Kameras waren alles, was er noch hatte. Er trug den Inhalt des Tresors zum Esstisch, fegte den Pappkarton mit dem Rest kalter Nr. 5 mit extra Zwiebel zu Boden und setzte sich auf den fleckigen Küchenstuhl.

Das Tütchen! Grinsend klappte er sein Taschenmesser auf, ritzte die Plastikfolie ein und nahm mit dem Zeigefinger eine Probe. Nachdem er vorsichtig daran gerochen hatte, leckte er den Finger ab, nickte anerkennend und brummelte leise vor sich hin: „Bist doch ein alter Drecksack gewesen. Hartz-Vier-Bier vom Discounter, aber guten Stoff schnupfen. Deine Quelle hättste mir noch verraten können, Arschloch.“ Sorgfältig verschloss er das Tütchen wieder mit einem Streifen Klebeband und steckte es in die Tasche seiner Armeejacke. Das war für heute Abend, für ihn und Jeannie. Die würde abgehen wie ne Rakete.

Die Uhr schien ein bisschen was wert zu sein. Er nahm seine Swatch ab und streifte den dicken OMEGA-Brocken über. Das Armband müsste enger gemacht werden, aber so sah die ganz ordentlich aus.

Das Kuvert! Abgegriffen und zerknittert machte es den Eindruck, als sei es häufiger aus dem Safe geholt worden. Es war auch nicht verschlossen und der Mann seufzte vernehmlich, als ein speckiges Notizbuch und wieder Fotos einer jungen Frau herausrutschten. Kurz überflog er die Bilder. Augenblicklich erkannte er den Unterschied zu den tausenden anderer Fotos, die hier überall herumlagen, in Schubladen steckten und aus Pappkartons quollen. Die Bilder aus dem Safe waren zum Teil verwackelt, manche unscharf und die Ausleuchtung war unter aller Kanone. Der Mann erkannte das sofort, schließlich war er als Kameramann einer Hinterhof-Pornoklitsche quasi auch vom Fach. Die Bilder zeigten zwei Frauen in einem Zelt. Feldbetten mit Moskitonetzen. Das Ganze wirkte wie aus einem uralten Stummfilm. Eine der Frauen lag auf dem Bett und eine andere hockte davor. Sie hielt etwas in der Hand.

Resigniert wollte er den ganzen Ramsch zu dem anderen Müll auf den Boden werfen, da blieb sein Blick auf einem Detail hängen. Er leckte sich die trockenen Lippen, befeuchtete den linken Zeigefinger mit der Zunge und versuchte die Bilder zu sortieren. Nachdem er sie eine ganze Weile auf dem Esstisch hin und hergeschoben hatte, glaubte er eine logische Reihenfolge zu erkennen: Nummer1: Frau steht neben Bett, zweite Frau sitzt auf dem anderen Bett. Nummer 2: Frau liegt neben Bett, zweite Frau beugt sich zu ihr, reicht ihr die Hand. Nummer 3: Frau liegt im Bett, zweite Frau hantiert mit Moskitonetz. Nummer 4: Frau liegt im Bett, zweite Frau hockt daneben auf dem Boden. Nummer 5: Die zweite Frau hat etwas in der Hand. Es war dieses Bild, welches den Mann stutzig werden ließ. Er nahm das Foto, hielt es unter die funzelige Hängelampe und versuchte zu erkennen, was das für ein Gegenstand war, den die schlanke blonde Frau da in der Hand hielt. Als ihm die Augen tränten, fiel ihm etwas ein. Er nahm das Bild mit ins Labor. Dort legte er es auf die fleckige Arbeitsplatte und schaltete die starken Neonröhren an der Decke ein. Eine spezielle Aufsetzlupe fand er in einer der Schubladen.

Enttäuscht stieß er die Luft aus. Bei dem Gegenstand schien es sich um ein Glas zu handeln. Es war kaum zu erkennen, da zu der miserablen Bildqualität noch der Umstand hinzukam, dass die Frau das Glas unter das Moskitonetz hielt.

Blöd … Der Mann kratzte sich sein stoppeliges Kinn. Was zum Teufel machte die da?

Er ging zurück zum Esstisch und betrachtete gedankenverloren die anderen Bilder.

Bier! Er griff nach der angebrochenen Flasche, nahm einen tiefen Schluck und spuckte gleich darauf von Ekel geschüttelt einen gelben Regen über den Tisch. Etwas war an seine Lippen geraten. Etwas was sich kribbelig anfühlte und mit Sicherheit nicht in eine Flasche Kaiser-Export gehörte. Angewidert musterte er die hellgrüne Flasche und stieß sauer auf. Eine fette Fliege trieb in der schaumigen Flüssigkeit. Tot oder im Delirium, das war ihm in diesem Moment so richtig scheißegal.

Der Alte war ein Dreckschwein gewesen. Die ganze Wohnung war voller Fliegen, Spinnen und solchem Krabbelzeugs. Verfaultes Obst, nachlässig eingewickeltes Brot, Flecken von verschüttetem Essen auf der Küchenarbeitsplatte und auf dem Herd. Kein Wunder. Pfui Deibel!

Der Mann spuckte in den Ausguss und ließ Wasser nachlaufen, mit dem er sich noch den Mund spülte. Drecksungeziefer, verrecktes. Die Bierflasche leerte er aus und beobachtete, wie die blau schillernde Schmeißfliege durch die Löcher des Abflusses verschwand.

Der Mann erstarrte.

Hastig ging er zurück zum Esstisch und beugte sich wieder über die Bilder. Auf zwei weiteren Aufnahmen war zu sehen, wie die Frau vor dem Bett mit dem Glas hantierte. Er ordnete die Bilder um und jetzt ergaben sie fast so etwas wie eine Bildergeschichte: Die Frau brachte das Glas, schob es unter das Moskitonetz und schien es dann umzudrehen …

Warum dreht man ein Glas um? Um es auszuleeren. In ein Bett in dem jemand schläft? Der Mann nahm die relevanten Fotos mit ins Labor und benutzte wieder die Aufsetzlupe. Das Erlebnis mit der Fliege im Bier hatte ihm gezeigt, wonach er suchen musste.

Es dauerte noch nicht einmal fünf Minuten, bis er es gefunden hatte. Es war schon auf dem Bild zu sehen gewesen, das er als erstes untersucht hatte. Nur hatte er den schwarzen Fleck für eine Verunreinigung bei der Entwicklung gehalten. Der Alte hatte bis zum Schluss das digitale Fotografieren abgelehnt. Bilder aus Nullen und Einsen haben keine Seele, hatte er einmal gesagt. Der Depp.

Der Mann fixierte die Lupe, während seine Nase fast das Glas berührte. Wenn man wusste, wonach man suchten musste, war es gar nicht so schwer, in dem dunklen Fleck einen Skorpion zu erkennen.

Die folgenden Bilder belegten diese Theorie eindrucksvoll. Der „Fleck“ war jedes Mal ein Stückchen weiter vom Glas entfernt. Ein Bild zeigte, wie die Frau vor dem Bett die dünne Leinendecke anhob …

Der Fleck war verschwunden.

Der Mann nahm die Bilder, ging wieder an den Esstisch und griff nach dem schwarzen Notizbuch. Es war eine von diesen nostalgisch aussehenden Kladden mit gelblichen Seiten und hartem Einband. Es wirkte abgegriffen und zerfleddert, beim Öffnen fielen einige Seiten heraus.

Frustriert blätterte der Mann Seite für Seite um. In einer engen steilen Handschrift reihten sich hier endlose Kolonnen von Daten aneinander: Ortsnamen, Zeitangaben, Firmennamen und dahinter Details zu Bildern wie Verschlusszeiten, Blendenwerte und ISO-Angaben.

Fast am Ende des Buches lag zwischen den Seiten ein Foto. Es zeigte die Frau, die auch im Riesenformat über dem Bett gehangen hatte. Sie machte einen Kussmund und hielt kokett ihre Hände vor ihre nackten Brüste.

Annika … stand auf der Folgeseite. Der Mann blätterte um und seine Augenbrauen zogen sich zusammen, als er angestrengt versuchte, die Schrift zu entziffern. Je länger er las, desto besser ging es. Trotzdem brauchte er fast eine halbe Stunde, bis er den Text zu Ende gelesen hatte.

Danach erhob er sich, kratzte sich am Kopf und steuerte auf die Schrankwand im Wohnbereich zu. Eiche-rustikal mit Stollen und integriertem Kleiderschrank … und einem Barfach.

Zwischen billigem Rum, einer Flasche Korn und einem Obstler fand er eine noch halb volle Flasche Jim Beam. Er griff nach einem der plumpen Whiskygläser auf dem Glaseinlegeboden und goss reichlich ein. Mit einem Zug kippte er sich die braune Flüssigkeit in den Hals. Rasch breitete sich wohlige Wärme in seinem Inneren aus und er ging in den Schlafbereich. Nachdenklich betrachtete er das gerahmte Großfoto.

Die Mörderin war wunderschön …

Justizvollzugsanstalt Schwäbisch Gmünd.

Das braune Kuvert enthielt einen handgeschriebenen Brief und schlecht aufgelöste Kopien einiger Fotos. Anna-Sophia Barlow setzte sich auf den einfachen Stuhl an den kleinen Tisch und betrachtete ungläubig die Bilder. Auf den ersten Blick hatte sie erkannt, was sie zeigten und wo sie aufgenommen worden waren. Wie könnte sie es jemals vergessen.

Mit zitternden Fingern entfaltete sie den Brief:

Liebe Annika,

beim Aufräumen habe ich noch ein paar alte Bilder und Notizen meines Vaters gefunden. Arme kleine Josepha, sie musste so einen grässlichen Tod sterben. Aber damit kennst du dich ja bestens aus. Gerne lasse ich dir Bilder und Notizen im Original zukommen, was ja in der heutigen Zeit nichts bedeuten muss, aber ich bin in solchen Dingen etwas altmodisch. Ich bin ein Mann, der sein Wort hält. Darum verspreche ich dir zwei Dinge: Solltest du mein Angebot ablehnen, so gehen die Informationen über den Mord an dem hoffnungsvollen Nachwuchsmodel Josepha Pawlitschko an die zuständige Staatsanwaltschaft und die Presse. Kommen wir zwei aber ins Geschäft, dann darfst du, bei guter Führung wohlgemerkt, eventuell in fünf bis sechs Jahren deine jetzige Bleibe als freie Frau verlassen. Meine Forderung mag lächerlich gering erscheinen, bedenkt man, was lebenslänglich mit anschließender Sicherungsverwahrung bedeutet. Nichtsdestotrotz bin ich als typischer Vertreter der von Leuten deines Schlages gerne als „Unterschicht" titulierten Bevölkerungsgruppe doch auf etwas materielle Unterstützung zur Wahrung meines bescheidenen Lebensstandards angewiesen. Ich denke so an zwei Millionen US-Dollar, sowie an die Überschreibung deines Weingutes in Napa-Valley. Das Geld bitte in bar, Stückelung 100, 50, 20. Fortlaufende Nummern sind mir wurscht, am besten neue Scheine mit Banderolen, das erleichtert das Nachzählen. Solch eine Transaktion erfordert natürlich Offenheit von meiner Seite und ich bin sicher, dass die Nennung meiner persönlichen Daten mir nicht zum Nachteil gereicht. Verpfeif mich. Es ist mein erster Coup dieser Art. Ich kriege zwei bis drei Jahre, wahrscheinlich auf Bewährung. Und du?

Ich erwarte deinen Anwalt mit den erforderlichen Papieren und dem Geld bis spätestens zum 31. September diesen Jahres.

Gruß, Raimund Konen

Der Haftraum schien sich um sie zu drehen. Das relativ große Fenster mit den weiß lackierten Gitterstäben, das Bett mit der blauen Bettwäsche, die Sanitärkabine aus Rigipsplatten, der kleine Fernseher an der Wand. Es hätte auch eine Jugendherberge aus den Siebzigern sein können, wäre da nicht die massive Tür mit Guckloch und Klappe gewesen.

Ihr wurde übel. Sie erhob sich unsicher, schlurfte, immer eine Hand an der Wand, in die winzige Nasszelle und spritzte sich kaltes Wasser ins Gesicht. Fragend und erschreckend alt, schauten ihre Augen sie an.

Die Aufnahmen zeigten zwei Frauen in einem Zelt. Eine lag im Bett, eine hockte davor. Sie wirkten wie Erinnerungsschnappschüsse an einen Urlaub, an schöne Tage in irgendeinem Sommer an irgendeinem Fleck auf dieser Welt.

Erinnerungen an einen Mord.

Das wusste nur sie … und Raimund Konen.

Al hatte nie davon gesprochen, dass er einen Sohn hatte. Ihr Lachen sprang hysterisch in der Zelle hin und her. Wie denn auch? Womöglich hatte er damals noch gar keinen. Wie lange war es jetzt her? Dreißig Jahre, beinahe einunddreißig.

Mord verjährt nicht. Scheiße. Wenn Konen Junior die Beweise der Staatsanwaltschaft übergab, würde sie hier drin verrotten. Ihre Gedanken spielten Fangen. Sie griff nach der Plastikflasche auf dem Tisch, nahm einen langen Zug. Besser.

Die geständige Mörderin wusste sehr genau, warum sie eine vergleichsweise milde Strafe für einen geplanten und besonders grausamen Mord erhalten hatte. Es war ein perfekt inszeniertes Schauspiel gewesen. Die teilnahmslose, ergeben auf das Urteil wartende Täterin. Der Krückstock-Verteidiger, der mit viel Pathos ihr Leben und besonders den Tod ihrer Familie geschildert hatte. Dies und die Meinung der Öffentlichkeit, die, wieder einmal, umgeschwungen war und nun lauthals oder hinter vorgehaltener Hand den Tod des Kinderschänders und Mörders guthieß, waren die Zutaten zu diesem Drama, das wohl niemals eine Bühne aufführen wird.

Wenn allerdings ruchbar werden würde, dass die verzweifelte Mutter schon einmal gemordet hatte, und zwar durchaus aus niederen Beweggründen, einzig und allein um ihre Karriere voranzutreiben, ja dann … dann würden alle Glimms dieser Welt ihr nichts mehr nutzen. Man würde sie braten auf dem Grill des Boulevards. Die Millionen in der Schweiz, in Luxemburg und auf den Kaymans wären unerreichbar. Sie würde sie auch nicht mehr brauchen. Sie würde bis zu ihrem Ableben gesiebte Luft atmen.

Nein! Langsam beruhigte sich ihr Innenleben. Der Verstand meldete sich zurück. Beim Aufräumen hatte er die Bilder und Notizen gefunden. Wann räumt ein Sohn die

Sachen seines Vaters auf? Wenn er sabbernd im Altersheim mit dem Kopf wackelt? Wenn er tot ist?

Al war tot. Der Gedanke wurde schnell zur Gewissheit. Klar. Der Junior fleddert die Bude seines alten Herrn, findet nichts verwertbares außer jeder Menge Bilder … und Notizen. Die Fotos als solche waren harmlos. Ihr wurde klar, dass die Notizen der Katalysator waren. Notizen …

Al hatte sie beschattet. Das Schwein. Aber warum? Wohl nicht wegen Fotos von jungen Mädchen im Nachthemd. Al konnte jeden Tag und jede Nacht Bilder machen, bei deren Anblick Max Mustermann die Luft weggeblieben wäre. Bekam sogar noch Geld dafür.

Hatte er etwas gemerkt? War der raue Kerl doch sensibler, als sie geahnt hatte? Wenn ja, warum hatte er sein Wissen nicht selbst ausgenutzt? Anna-Sophia Barlow ahnte, dass sie niemals eine Antwort auf diese Frage bekommen würde.

Sie kaute nachdenklich auf ihrer Unterlippe. Fakt war, irgendein Dreckskerl versuchte sie zu erpressen. Ein Dreckskerl, der wahrscheinlich noch nicht einmal etwas zu verlieren hatte. Was ihn umso gefährlicher machte.

Auf dem Gang draußen näherte sich laut klappernd der Essenwagen. Anna-Sophia Barlow strich sich eine Strähne ihrer langen Haare aus der Stirn. Sie würde Glimm kontaktieren. Der unbekannte Briefschreiber ließ ihr gar keine andere Wahl. Sie sog tief die abgestandene Zellenluft in ihre Lungen. Langsam, wie aus Rauch und Nebel, formte sich eine Idee in ihrem Kopf.

Ein Satz aus einem Krimi kam ihr in den Sinn. Ein FBI-Profiler hatte es gesagt: *„Jede Erpressung ist zum Scheitern* *verurteilt, denn jede Erpressung hat eine schwache Stelle: die Übergabe des Lösegeldes.“*

2015

Der Mann saß auf der Terrasse und hielt das Glas mit dem schimmernden Rotwein gegen das weiche Licht der untergehenden Sonne. Der Online-Wetterbericht sagte Nieselregen und Temperaturen nahe dem Gefrierpunkt voraus. Nachts und am frühen Morgen sei auf den Straßen verbreitet mit Eisglätte zu rechnen. Im Westen und in der Südhälfte Deutschlands. Hier am Südhang der Silver Hills in der Nähe von Oakville im Napa Valley waren es an jenem Novemberabend immer noch angenehme siebzehn Grad. Der Mann lächelte und prostete im Stillen der Frau zu, die ihm dies hier alles ermöglicht hatte.

Prosit, Anna-Sophia, schönste aller Mörderinnen, auf dein ganz besonderes Wohl …

2010

Raimund Konen hatte sich auf der Düsseldorfer Königsallee den ersten Anzug seit seiner Konfirmation gekauft. Der schwule Typ im Mason’s, der zur Zeit angesagtesten Herrenboutique auf dieser Flaniermeile, hatte ihn zunächst angesehen, als trüge er Pest und Cholera in seine heiligen Hallen, hatte sein Verhalten aber schnell und professionell umgestellt, als Konen ihm seine Armeejacke reichte und vorher ein mit einer goldenen Klammer zusammengehaltenes enormes Geldbündel aus der Tasche nahm. Knapp dreitausend Euro später besaß Konen das aktuelle Business-Modell von Brioni, einen braunen BOSS-Dreiteiler „für alle Tage“ nebst vier Hemden samt perfekt abgestimmter Krawatten, einen Kaschmirmantel sowie dazu passende Louis-Vuitton-Schuhe. Die Anzüge mussten wegen Raimunds unvorteilhafter Hydrantenstatur geringfügig geändert werden und man vereinbarte einen Termin in drei Stunden. Gläschen Heidsiek, bis dahin, Herr Konen, wir sehen uns …

Noch ganz schwindelig von seinem neuen Leben schlenderte Konen ziellos umher, bestellte sich in einem Bistro ein Tagesessen und ein Alt und freute sich auf Morgen. Morgen kam dieser Schicki-Micki-Anwalt, den er aus der Zeitung und dem Fernsehen kannte, zu ihm. Stephan Glimm, diese fette schwarze Krähe mit dem Pferdeschwanz. Er brachte das Geld und die Papiere für Anna’s Vineyard. Die viertausenddreihundertzweiundfünfzig Euro, die Konen heute Morgen eingesteckt hatte, waren alles, was die Sparkasse in Düsseldorf Oberbilk ihm geben konnte.

„Das ist dann die absolute Obergrenze Ihres Dispo-Kredites, Herr Konen“, hatte das bebrillte Muttchen hinter der Panzerglasscheibe bemerkt. Dabei hatte sie ihn angesehen, als wolle sie solch ungehöriges Verhalten gleich seinen Eltern stecken.

Am liebsten hätte er ihr einen Hunderter in den faltigen Ausschnitt gestopft und gesagt „Kauf dir was Schönes, am besten ein neues Gesicht.“ Aber dann hatte er doch nur ein vernuscheltes Tschüss gemurmelt. Sie würden staunen. Alle würden sie staunen, wenn sie es denn jemals erfuhren. Raimund, der Penner ohne Schulabschluss. Ein millionenschwerer Winzer in Kalifornien. Vielleicht sollte er das ganze Pack einfach einmal einladen. Zu einer Party am Pool.

„Sorry!“, beinahe hätte er einen älteren Mann umgerannt, der seinen Hund ausführte.

„Träumen Sie? Passen Sie doch auf!“ zeterte der Mann und sein übergewichtiger Terrier kläffte schrill.

„Nein Opa, ich träume nicht, es ist wahr! Hörst du: Es ist wahr!“, rief er rückwärtsgehend dem Mann zu und winkte dabei linkisch.

Er trank sein drittes Alt und schaute auf die Uhr. Zeit, die Anzüge zu holen. Der Schicki-Micki-Rechtsverdreher sollte nicht glauben, er hätte es mit irgendeinem versoffenen Hartz-Vierler zu tun. Er rülpste verhalten und wischte sich den Mund ab. Morgen bin ich reich, dachte er und trottete in Richtung Kö. Morgen!

Der Wecker summte und Konen wälzte sich mit brummendem Schädel herum um das nervige Geräusch abzuschalten. Das Ding fiel mitsamt einer halb vollen Flasche Sekt vom Nachttisch und kollerte unter das Bett. Der Geruch abgestandenen Alkohols vermischte sich mit dem sauren Aroma lange nicht gewaschener Bettlaken und den Ausdünstungen einer wilden Liebesnacht. Der Körper der Nutte neben ihm sah im hellen Morgenlicht lange nicht mehr so makellos aus, wie er ihn in Erinnerung hatte, die Brüste schlaff, die Haut an den Schenkeln zeigte erste Anzeichen von Cellulitis. Oberhalb des linken Knies prangte ein hässlicher grün-gelber Fleck. Das Gesichtchen mit den mandelförmigen Augen, der winzigen Stupsnase und den aufgeworfenen Lippen grinste ihn an. Ihre Finger kraulten sein drahtiges Brusthaar, begannen abwärts zu wandern.

„Verschwinde!“, knurrte er und wischte ihre Hände weg.

Beleidigt wandte sie sich ab, stopfte die Geldscheine in ihre grässliche Lackhandtasche und stieg aus dem zerwühlten Bett.

Ihr Arsch war okay, befand Konen, der ihr aus verquollenen Augen nachsah. Gequietscht hatte sie auch ganz ordentlich. Schauspielerei oder nicht. Er hatte seinen Spaß gehabt. Als er die Wohnungstür hinter ihr zufallen hörte, stand auch er auf, reckte sich und kratzte sich ausgiebig im Schritt. Zeit für eine Dusche, Zeit für einen neuen Tag. Zeit für sein neues Leben.

Die Vettel vom dritten Stock ließ vor Schreck beinahe den Mülleimer fallen, als ihr eine Stunde später ein gut gekleideter, nach teurem Eau de Toilette duftender Gentleman im Treppenhaus entgegenkam.

„Moin, Frau Koch!“

„Morgen, Herr …“, die alte Frau musste tatsächlich einen Augenblick überlegen, ob das wirklich der unfreundliche, verlotterte Typ aus der Dachwohnung war, „… Herr

Konen.“ Doch das hörte Raimund Konen schon gar nicht mehr. Schwungvoll riss er die Tür zum Hof auf, schwang die nagelneue Aktentasche wie ein Autoverkäufer, der gerade einen Ladenhüter verkauft hatte und stieg in das wartende Taxi, welches er vor einer Viertelstunde bestellt hatte.

„Nikko-Hotel“, er hoffte, dass die kurze Anweisung beiläufig genug klang, um dem Fahrer zu signalisieren, dass er fast täglich in derartigen Nobelherbergen verkehrte.

Wenig später suchte er sich einen Platz in der weitläufigen Hotelhalle, lauschte verzückt dem Summen und den verhaltenen Geräuschen seiner neuen Welt und orderte einen Kaffee mit Milch und einen Korn. Er hatte seinen Platz so gewählt, dass er die große Eingangstür im Auge behalten konnte. Der barocke Anwalt war sicher nicht zu übersehen.

Das Geld war unterwegs zu ihm. Nie wieder würde er einen Fuß in die stickige kleine Dachwohnung in der ehemaligen Arbeitersiedlung setzen. Nie wieder das nach Kohl und Katzenpisse riechende Treppenhaus benutzen müssen.

Er schaute auf die Omega. Eine Welle von Dankbarkeit wallte in ihm hoch. Danke Pa. Danke, dass du so unglaublich blöd warst. Hättste selber haben können, was ich jetzt hab‘. Der Idiot hat das Weib geliebt. Hatte ihr kitschige Briefe geschrieben, die zwischen den Unterlagen seiner Versicherungen herausgerutscht waren. Briefe, die er niemals abgeschickt hatte. Volltrottel … Trotzdem: Danke.

„Herr Konen?“ Er schrak aus seinen Gedanken hoch und musterte verwundert den jungen Mann in dem schlecht sitzenden Anzug, der vor ihm stand und einen neu aussehenden Aluminiumkoffer in der Hand trug. Er nickte und bat den schlaksig wirkenden Jüngling, er schätzte ihn auf höchstens Anfang zwanzig, Platz zu nehmen. Ohne den Koffer aus der Hand zu geben, setzte sich der Neuankömmling.

„Mein Name ist Jan Hamberg, ich bin ein Mitarbeiter der Kanzlei Glimm und soll Ihnen diesen Koffer übergeben. Darin befinden sich eine gewisse Menge Geld sowie die Unterlagen für Ihren Flug nach USA und ein persönliches Schreiben unserer Mandantin, Frau Barlow. Wir können gerne auf Ihr Zimmer gehen, dort können Sie ungestört den Inhalt prüfen."

Scheiße. Er hatte doch gar kein Zimmer in dieser überteuerten Bude!

„Ich äh … habe bereits ausgecheckt, ich …"

„Kein Problem, Herr Konen, ich ordere einen der Konferenzräume. Entschuldigen Sie mich einen Augenblick."

Das Bübchen ging mitsamt dem Koffer zur Rezeption. Lächelnd kam er zurück. Einen der Pagen im Schlepptau.

„Wir können Raum Curie kurzfristig nutzen, Herr Konen. Ich habe außerdem ein kleines Frühstück bestellt, ich hoffe, das ist in Ihrem Sinne."

Konen grinste. Die Enttäuschung, dass der Staranwalt nicht selbst gekommen war, wich dem Bewusstsein, das wohl noch nie ein fieser kleiner Erpresser mit so viel Höflichkeit und so stilvoll bei der Geldübergabe behandelt worden war. Immerhin, er musterte sich kurz im Spiegel des Aufzugs, er sah auch nicht aus wie irgendein Vorstadtproll. Eher wie ein … ein Fondmanager, ein Aufsichtsratsmitglied, ein … ein wahnsinnig cleveres Arschloch eben. Fast hätte er laut gelacht. Er riss sich gerade noch zusammen, als sich die Türen des Lifts öffneten und der Page ihnen vorauseilte.

„Das Frühstück kommt in fünf Minuten, Herr Hamberg“, verkündete der Hotelangestellte und verbeugte sich devot, als der Junganwalt ihm einen Schein als Trinkgeld in die Hand drückte.

Der Kaffee in Konens Tasse war längst kalt geworden, die Croissants und die Brötchen wurden, eines nach dem anderen, nur von dem jungen Kerl aus Glimms Kanzlei verschlungen. Konen hatte keinen Appetit. Verzückt nahm er die gebündelten Scheine in die Hand, blätterte sie mit dem Daumen durch, lauschte dem steifen Rascheln der neuen Scheine, sog den Geruch tief ein. Nein, Geld stank wirklich nicht. Es roch gut. Besser als die kleine Nutte von letzter Nacht, besser als das teuerste Parfum, besser als ein frisch gezapftes Altbier.

Er hatte es nicht gezählt. Er hatte jedes Bündel in den Fingern gehabt, war aber außerstande gewesen, seine Gedanken in mathematische Bahnen zu lenken. Sie hatte gezahlt. Die Knastschickse hatte anstandslos gelöhnt. Der Brief enthielt lediglich Informationen über den Ablauf der Immobilienüberschreibung. Dies ginge nur vor Ort durch einen beauftragten amerikanischen Notar. Es wäre alles arrangiert. Er würde von Mr. Gonzalez am Flughafen abgeholt werden.

Blieben noch die Einreiseformalitäten. Jan Hamberg hatte den hoteleigenen Laptop hochgefahren und sich auf der Seite der Einwanderungsbehörde eingeloggt. Er ließ sich Konens Pass aushändigen und tippte mit rasanter Geschwindigkeit die Daten in die Maske auf dem Bildschirm.

Ein leises Ping kündigte das erfolgreiche Ende der Aktion an und Hamberg druckte auf dem angeschlossenen Drucker die Bestätigung aus.

Er reichte Konen den Zettel. „Ich hoffe, es ist alles in Ordnung, Herr Konen?“ Dieser nickte, klappte den Koffer zu und steckte die Papiere mit den Anweisungen für den Flug und die Einreiseerlaubnis in die Innentasche seiner Anzugjacke.

„Dann möchte ich mich verabschieden, mein Zug geht in einer halben Stunde. Ich wünsche Ihnen noch einen angenehmen Flug, Herr Konen.“

Die bärenstarken Rolls-Royce-Turbinen der Gulfstream G550 machten sich lediglich durch ein dezentes Summen bemerkbar. Der schlanke Jet hatte vor etwas mehr als einer halben Stunde den Düsseldorfer Flughafen verlassen und näherte sich bereits der englischen Küste. Konen schaute dem breitschultrigen Glatzkopf nach, der sich mit den geschmeidigen Bewegungen eines durchtrainierten Kampfsportlers in Richtung WC bewegte. Der Mann mit der Ausstrahlung eines nachdenklichen Gorillachefs hatte sich als Alexander Tremmel vorgestellt. Ehemaliger KSK-

Feldwebel, Träger des zweiten Dans in Karate, Landesmeister im Pistolenschießen und nun zuständig für die körperliche Unversehrtheit von Raimund Konen.

Ein Bodyguard! Konen lümmelte sich in den breiten Ledersessel und platzte fast vor Stolz. Er saß hier in einem 48-Millionen-Dollar-Flugzeug, ließ sich von einer der schönsten Blondinen, die er jemals gesehen hatte, Whisky servieren und hatte einen eigenen Bodyguard. Zugegeben, wäre er dem Mann in seinem Wohnviertel begegnet, seinem Ex-Wohnviertel, verbesserte er sich rasch in Gedanken, dann hätte er wohl die Straßenseite gewechselt.

Alex, wie er nur genannt werden wollte, trug einen millimetergenau getrimmten sogenannten „Böse-Buben-Bart“, wie ihn vornehmlich Gangsta-Rapper und Türsteher bevorzugten, sowie eine Unzahl farbiger Tattoos, die deutlich durch den Stoff seines weißen Hemdes erkennbar waren, sofern sie nicht durch die dichte schwarze Behaarung verdeckt wurden, die dem Muskelpaket sogar aus dem Hemdausschnitt quoll.

Trotz des sämtliche Klischees bedienenden Aussehens, sprach Tremmel mit warmer ruhiger Stimme und drückte sich gewählt aus, was auf einen recht hohen Bildungsgrad schließen ließ. Als er von der Toilette zurückkam, lächelte er Konen freundlich zu, nahm wieder auf seinem Einzelsessel unmittelbar hinter ihm Platz, nippte an seinem Espresso und vertiefte sich wieder in ein Buch mit vielen Fotos und Abbildungen, das Konen erstaunt als einen Leitfaden für werdende Väter erkannte.

Der Pilot, Robert W. Shaw, meldete sich. Die gesamte Crew hatte Konen an der Einstiegstreppe begrüßt. Er trug einen militärisch wirkenden, eisgrauen Bürstenschnitt auf seinem kantigen Adlerkopf, der Kopilot war eine hochgewachsene Brünette Mitte vierzig mit slawisch wirkenden, hohen Backenknochen und faszinierend schräg gestellten Katzenaugen. Sie wurde ihm als Katharina Samarow vorgestellt. Die süße Blonde vom Kabinenservice hieß nur Susan.

„Sehr geehrte Fluggäste, in wenigen Minuten wird Ihnen Susan einen kleinen Imbiss servieren, wir erreichen in etwa einer Viertelstunde die irische See. Unsere Route wird uns über den Süden Grönlands und Kanada, sowie über den Nordwesten der USA führen. Es herrscht zur Zeit eine gute Bodensicht und wir werden über Grönland einen stabilen Jetstream nutzen können, so dass unsere Ankunftszeit in Los Angeles eventuell etwas früher als geplant sein wird. Kapitän Shaw und seine Crew wünschen Ihnen weiterhin einen angenehmen Flug."

Konen streckte seine Beine aus, rollte mit den Schultern und rekelte sich genüsslich in dem duftenden Ledersessel. Welch ein Leben! Von nun an ging's bergauf. Die zwei Millionen waren erst der Anfang. Gingen sie zur Neige, würde er wieder einen Brief schreiben. Sie würde wieder zahlen. Sie war seine Bank. Eine Bank, die Geld in Strömen fließen ließ. Was war er doch für ein cleveres Kerlchen. Eine der reichsten Frauen der Welt, ein Staranwalt, diese Besatzung hier, nicht zu vergessen der Muskelprotz direkt hinter ihm. Alle tanzten sie nach seiner Pfeife. Die süße Blonde, die gerade in der Galley mit dem edlen Geschirr klapperte, würde er nach der Landung mitnehmen. Sie hätte bestimmt nichts gegen eine wilde Nacht mit einem so tollen Hecht wie ihm einzuwenden.

Raimund Konen war glücklich. Nicht nur das. Er war besoffen vor Glück. Besoffen und hungrig. Verführerische Düfte breiteten sich aus.

Das leise Klirren geschliffener Gläser und teurem Porzellans näherte sich. Das blonde Wunder beugte sich vor und breitete eine weiße Tischdecke auf der Edelholzplatte vor ihm aus. Ihre Brüste waren statisch gesehen freitragend und Konen hatte für einen Augenblick ungehinderten Blick auf große dunkle Höfe und rosige Warzen. Trotz klimatisierter Kabine bildete sich ein feiner Schweißfilm auf seiner Stirn. Sie ordnete Teller und Gläser auf dem Tisch und schenkte ihm einen Grand Cru von Anna's Vineyard ein. Wie aufmerksam!

Dann nahm sie ein kleines Tablett, welches mit einer silbern schimmernden Haube abgedeckt war zur Hand und hielt es ihm vor sein entspanntes, blöde grinsendes Gesicht.

Mit dem geübten Schwung einer erfahrenen Servicekraft hob Susan den Deckel ab und schenkte ihrem Passagier ein triumphierendes Lächeln, welches dieser jedoch noch nicht einmal bemerkte.

Fassungslos starrte er auf den blauschwarz schillernden Skorpion, der, drapiert auf einem Salatblatt und eingerahmt von kunstvoll geschnitzten exotischen Früchten, auf dem Teller lag.

Es war die letzte bewusste Wahrnehmung des Raimund Konen. 1,8 Gramm Blei bohrten sich mit einer Geschwindigkeit von zweihundertzwanzig Metern pro Sekunde durch Großhirn, Kleinhirn und Hirnstamm bis sie, zu einem pilzförmigen, schartigen Klumpen verformt, im Rückenmark stecken blieben.

Alex Tremmel schraubte zufrieden den Schalldämpfer von seiner Beretta und zwinkerte Susan freundlich zu. Maßarbeit. Ein Meisterschuss von geradezu chirurgischer Präzision. Sofort eintretender Tod des Opfers, kein Zucken oder Schreien, keine übel riechenden Ausscheidungen. Das kleine rotschwarze Einschussloch ging im dichten braunen Haar des Toten beinahe unter. Konens Leiche saß wie festgenagelt auf dem Sitz. Der Jet lag wie ein Brett in der eisigen Luft hoch über dem Nordatlantik.

Tremmel reinigte Waffe und Schalldämpfer, ölte beides sorgfältig ein und packte sie in ein abgegriffenes Kästchen, welches er sorgfältig schloss und in seiner Reisetasche verstaute. Als Boss einer weltweit tätigen Security-Agentur besaß er sämtliche erforderlichen Papiere und Genehmigungen zum Transport und Führen von Handfeuerwaffen. Danach widmete er sich wieder seinem Buch. Das Kapitel über Babyschwimmen fesselte ihn ganz besonders. Als ehemaliger Kampfschwimmer hatte er schon immer ein sehr inniges Verhältnis zu Wasser gehabt. Nächste Woche würde seine Frau in die Geburtsklinik gehen. Er würde sie begleiten. Er bat den lieben Gott um Kraft, damit er nicht wieder in Tränen ausbrach, wie beim Frauenarzt, wenn er seinen Sohn auf dem Schirm des Ultraschallgerätes sah, oder gar aus den Latschen kippte.

Susan deckte den toten Skorpion wieder mit der silbernen Haube ab und räumte den Tisch ab. Sie ging zum Cockpit um den Piloten Vollzug zu melden. Shaw und Samarow wussten, was sie nun zu tun hatten.

Robert W. Shaw ging auf die Frequenz von Shanwick Oceanic Control im westenglischen Prestwick: „Shanwick Control from Charlie-Echo-Tango-Foxtrott, Shanwick Control …“

„Shanwick Control. Tango-Foxtrott, good evening, what happens?“

Shaw schilderte dem Mann in der Flugsicherung für den Bereich östlicher Nordatlantik einen Druckabfall in der Kabine und bat um die Genehmigung für eine Umkehr und Flughöhenänderung. Nach wenigen Augenblicken erteilte ihm der Lotse die Freigabe. Ein 747 Frachter der Japan Airlines bewegte sich etwa viertausend Fuß unter ihnen in einem Abstand von über vierzig Meilen. Shaw und Samarow hatten freie Hand für ihr Notmanöver. Der Lotse fragte an, ob Rettungsmaßnahmen eingeleitet werden sollten, was Shaw verneinte. Es handele sich wahrscheinlich nur um eine verzogene Dichtung im Einstiegsbereich, es bestehe keine unmittelbare Gefahr. Er werde Shanwick umgehend über den Verlauf der Aktion unterrichten.

Samarow schaltete die Anschnallen-Zeichen in der Kabine an und der Kapitän leitete in einer weiten Kurve den Sinkflug ein.

„Wir wären dann soweit“, klang es zehn Minuten später aus dem Kabinenlautsprecher der Gulfstream.

„Na dann“, Alex legte sein Buch zur Seite löste den Gurt und erhob sich. Susan stand schon an der Tür.

„Seid ihr bereit?“, fragte der Pilot und Susan nahm den Hörer des Interkoms. „Wir sind klar. Ich öffne jetzt die Tür.“

Brüllend brauste eisiger Fahrtwind herein. Shaw hielt die Maschine dicht über der Meeresoberfläche. Die Sonne, die den ganzen Flug über schon versucht hatte, hinter dem Horizont zu verschwinden, war seit dem Wendemanöver nicht mehr zu sehen. Nasskalte Finsternis umgab das schlanke Flugzeug, die Stroboskoplichter an den Tragflächenenden warfen flackernde Blitze durch die offene Luke. Die roten Blinklichter am Rumpf spiegelten sich in den schaumgekrönten, weiß geäderten Wellenbergen wenige Meter unter ihnen.

Der Pilot hielt die Maschine knapp vor dem Überziehen und versuchte, sie in der böigen dichten Luft so ruhig wie möglich zu halten. Susan hatte sich mit einem Leinengeschirr gesichert und sah aus wie ein Bergsteiger vor dem Einstieg in die Wand. Alex hatte Konens Leiche im Affengriff und schleifte den schweren Körper durch die Kabine, als wäre er eine Stoffpuppe. Er verzichtete auf Leinen und Karabinerhaken. Unbeeindruckt von dem infernalischen Lärm des Windes und der brüllenden Hecktriebwerke begann er, eine mit Verbundsteinen gefüllte Reisetasche an der Leiche zu befestigen. Die Tasche stand schon während des ganzen Fluges unter dem Tisch gegenüber von Konens Sitzgruppe. Man war ja schließlich vorbereitet.

Zufrieden betrachtete er sein Werk, während Susan sich mit flatternder Kleidung und wild zerzaustem Haar an den Haltegriff neben der Türe klammerte. Alex zerrte die Leiche mitsamt der daran befestigten Tasche unmittelbar vor die

Kante, hinter der ein schwarzes Inferno tobte. Gischtspritzer fanden den Weg ins Innere des Jets und benetzten Susans angespanntes Gesicht. Alex packte den toten Körper ohne viel Federlesens am Hosenbund und beförderte ihn nach draußen. Dumpf schlugen die Schuhe an den Rand der Luke. Das Platschen, mit dem Konens sterbliche Überreste in die aufgewühlte See eintauchten, war in der heulenden und tosenden Kakophonie nicht zu hören. Es war, als hätte Raimund Konen niemals existiert.

„Augenblick noch, Susan!“ brüllte Alex gegen den Lärm an, „Er bekommt noch eine Grabbeigabe!“ Er tastete sich mit zusammengekniffenen Augen in die Galley und kam mit dem Skorpion-Gedeck zurück. Susan hob fragend die Augenbrauen und Alex fletschte die Zähne, was wohl ein Grinsen sein sollte. Er hob die Haube und schüttete den Skorpion samt der Garnitur aus Salat und Früchten in die fauchende Nacht. Den Teller behielt er in der Hand.

„Den werf’ ich ihm nicht hinterher. Meißner. Ist zu schade für so einen. Kein Stil, der Mann.“

Gemeinsam schlossen sie die Tür und legten den massiven Sicherungshebel um. Schlagartig kehrte fast unwirkliche Ruhe in der Kabine ein. Nur die nassen Wände und feuchte Stellen im dichten Teppichboden zeugten von dem seltsamen Begräbnis.

Susan griff zum Interkom: „Cabin clear.“

„Roger“, kam es knapp zurück. Das Summen der Triebwerke veränderte sich, die Maschine begann spürbar zu steigen, gleichzeitig verschwand das unstete Rütteln und leichte Gieren um die Längsachse, das der extrem langsame Flug verursacht hatte. Nach wenigen Minuten lag die G550 wieder ruhig in der Luft.

Kapitän Shaw meldete das erfolgreiche Manöver an Stanwick Ocean Control und bat um die Erlaubnis auf Reiseflughöhe zu gehen.

Schimmernd und mit blitzenden Stroboskoplichtern glitt die pfeilschnelle Maschine durch die sternklare Nacht.

Zwölftausend Meter unter ihr wogten die Wassermassen des Nordatlantik. Das Bündel, welches taumelnd in Richtung des an dieser Stelle bis zu dreitausend Meter tiefen Meeresbodens sank, würde in den nächsten Minuten von dem ungeheuren Wasserdruck zu einer foliendünnen Masse gepresst werden. Die Steine nicht. Sie würden in der ewigen Finsternis auf dem Grund des Ozeans im Schlick versinken. Raimund Konen würde von der Natur schlicht in die reichhaltige Nahrungskette dieser Gewässer eingegliedert werden. Raimund Konen gab es nicht mehr.

2015

Der Mann saß auf der Terrasse und hielt das Glas mit dem schimmernden Rotwein gegen das weiche Licht der untergehenden Sonne. Ein Merlot. Nicht ganz so raffiniert wie der seines Lieblingswinzers aus Freinsheim, aber mit einem unbestreitbaren Vorteil: Es war sein eigener. Stephan Glimm sog das Aroma tief ein, schloss genießerisch die Augen und konzentrierte sich auf das Summen der Insekten, das Zirpen der Zikaden und den fernen Ruf eines

Raubvogels. Ein Paradies. Er lebte mitten in einem Garten Eden. Anna's Vineyard war das, wovon er sein ganzes Leben schon geträumt hatte, ohne sich dessen wirklich bewusst gewesen zu sein.

Anna-Sophia Barlow hatte darauf bestanden, ihm ihr Weingut zu überschreiben. Als Honorar und als Basis für eine gemeinsame Zukunft.

In wenigen Monaten würde sie frei sein. Es hatte ihn noch einmal fast seine ganze Energie gekostet - von Geld ganz zu schweigen - um die richtigen Leute dazu zu bringen die richtigen Gutachten anzufertigen und die richtigen Prognosen zu erstellen. Es hatte sich gelohnt. Sie hatte bereits zwei Drittel ihrer Haftstrafe verbüßt. Sie war eine Vorzeige-Gefangene, war stets kooperativ, arbeitswillig und freundlich. Sie war Sprecherin des Gefangenenrates, sportlich sehr aktiv und betreute einsitzende Mütter mit ihren Kindern.

Stephan Glimm freute sich auf ein Wiedersehen wie ein kleines Kind auf den 24. Dezember. Anna-Sophia Barlow würde unmittelbar nach ihrer Entlassung in ihren Privatjet steigen und nonstop zu ihm fliegen. Die Papiere waren vorbereitet. Das Aufgebot bestellt. Anna-Sophia Barlow, verurteilte Mörderin, würde die dritte Frau Glimm werden. Die Mariachis sollten schon einmal damit anfangen, ihre Instrumente zu stimmen.

Epilog

Sie konnte es erwarten. Geduld war schon immer eine ihrer Stärken gewesen. Weder malte sie Striche an die Wand der Zelle, noch hakte sie die Tage in ihrem Kalender ab. Sie arbeitete in der Gefängniswerkstatt wie immer, sie sprach mit den Mitgefangenen in ihrer Betreuungsgruppe, sie war freundlich, korrekt und niemals schlecht gelaunt. Warum auch? Schließlich lief alles nach Plan. Der fiese kleine Erpresser, der sie damals so erschreckt hatte, stellte keine Gefahr mehr dar. Niemand hatte eine Vermisstenanzeige aufgegeben. Sollte es tatsächlich irgendwo jemanden geben, dem sein Verschwinden aufgefallen war, so hielt derjenige es wohl nicht für nötig, diesen Umstand irgendeiner Behörde zu melden. Wahrscheinlich hatten ihre Leute einer ganzen Menge Menschen einen Gefallen getan, indem sie den Kerl sang und klanglos ins Jenseits beförderten.

Glimm hatte gute Arbeit geleistet. Wieder einmal. Der Mann war ein Glücksgriff. Ohne ihn und seine Verbindungen hätte sie noch einige Jahre hier die gute Seele geben müssen. Doch nun war es offiziell: In sieben Wochen würden sich die Türen der JVA Schwäbisch-Gmünd für sie öffnen. Vorzeitige Entlassung ohne jegliche Auflagen. Die Presse ahnte nichts. Alle hielten sie dicht. Das Geschrei der Moralisten würde noch früh genug durch die selbstgerechte Republik schallen.

Sie freute sich auf die Sonne Kaliforniens. Stephan Glimm hatte den Ertrag von Anna's Vineyard um fast dreißig Prozent gesteigert. Er hatte einen Kellermeister aus der Pfalz eingestellt, der wahre Wunderdinge vollbrachte. Er hatte Weinlagen aufgegeben und neue hinzugewonnen. Er hatte zwar nicht wirklich viel Ahnung vom Weinbau, aber er hatte einen ausgeprägten Geschäftssinn und eine gute Nase für die richtigen Mitarbeiter. Die Bilanzen glänzten wie poliertes Gold. Anna-Sophia Barlow war zufrieden.

Sie würden in der winzigen weißen Kapelle oberhalb von Greenbow heiraten. Der alte Reverend Abel Finch würde ihnen den Segen erteilen. Es würde eine hübsche kleine Zeremonie werden. Nur das Brautpaar und der weißbärtige Gottesmann.

Wenn Finch glücklich die Flasche Single Malt unter dem Sitz seines klapprigen 63er Chevy-Apache verstaut hätte, und in einer roten Staubwolke verschwunden wäre, würden sie gemeinsam den Sonnenuntergang genießen und anschließend nach Hause fahren. Niemand würde Annas Hochzeitsnacht stören. Die Angestellten hätten frei, die Telefone würden abgestellt werden, der Wein wäre wohltemperiert.

Sie würde ein exklusives Dinner vorbereiten. Ein Dinner für zwei …

Danach würde sie die Abstinenz der letzten Jahre in einer noch nie da gewesenen Nacht ausleben. Auf diese Nacht freute sie sich seit ihrer Überstellung in die JVA Gotteszell. Alles hatte sie abgewiesen: die Annäherungsversuche einiger Mitgefangener, das unverhohlene Angebot einer der Schließerinnen, verlogene Befriedigung aus eigener Hand und später die Möglichkeit Besucher in einem der Langzeitbesuchsräume zu empfangen. Sie hatte sich aufgespart. Für ihre Hochzeitsnacht. Eine Hochzeitsnacht, wie sie die Welt noch nicht erlebt hatte.

Auszug aus WIKIPEDIA: Skorpione/Sozialverhalten/ Paarungstanz

Beim Paarungstanz führt das Männchen das Weibchen manchmal über viele Meter, und versucht mit den Kammorganen (Pectines) auf der Bauchseite einen geeigneten Ablageplatz für seine Spermatophore zu finden. Hat es ihn ertastet, verharrt es kurz und setzt die Spermatophore ab. Dann zieht es das Weibchen darüber hinweg, so dass das Sperma direkt in dessen Genitalporus eindringen kann. Damit ist der Tanz beendet und die Partner trennen sich schnell –

manchmal endet der Tanz allerdings auch mit dem Verzehr des Gatten …

Ende?

Danke:

Ralf und Barbara Waldkirch. Der Mann mit den ungewöhnlichen Ideen und dem richtigen Gespür für die modernen Medien. Die Frau, die trotz aller Power und Kompetenz ihre Herzlichkeit und ihr Menschsein bewahrt hat. Wir drei haben noch viel vor!

Das gesamte Team von **WAP Waldkirch Produktion GmbH** und dem **Verlag Waldkirch**, sowie der Verlagsbuchhandlung Waldkirch. Hier fühlt sich ein Autor zuhause. Danke dafür!

Manfred Braun und alle Kollegen der **Spedition Knubben**, Mannheim. Für ganz viel Verständnis für einen manchmal etwas schwierigen Autor/Fahrer und für die stets gewährte Unterstützung!

RA Steffen Kling. Sollten Sie diesen Strafverteidiger einmal brauchen, so geben Sie mir bitte Bescheid. Ich werde dann Ihre Geschichte niederschreiben. Freund und Berater in juristischen, karnevalistischen, önologischen und musikalischen Disziplinen. 1:1 Modell für die Figur des Stephan Glimm im Buch. Zu Ihrer Beruhigung: Er würde niemals einer Skorpionin in die Falle gehen. Er hat das ideale Gegengift. Grüße an die Liebste!

Bodo Doering. Erster Kriminalhauptkommissar i.R. und unerschöpflicher Quell an Fachkenntnis, Beziehungen und Anekdoten. Nachzulesen auch in seinen Büchern „Der Mäusegittermann“ und „Die uniformierten Jahre des Ulf Hornung“. Wahres Manna für einen Krimiautor!

Sylvia Steiner. Die Schöpferin des teuflischen Dinner-for-two auf Waltham-House. Künstlerin an Herd und Küche, perfekte Gastgeberin, Weinkennerin und Lieblingsnachbarin. (Strengt euch nicht an, die Dame ist vergeben!)

Monika. Meine geliebte Ehefrau und schärfste Kritikerin. Danke für das Abtippen krakeliger Texte, für die herrlichen Missverständnisse derselben und für über 33 Jahre an meiner Seite. Es ist nicht immer einfach, ich weiß. Wir sehen uns um acht auf dem Mallory-Square.

Fabian. Mein Sohn, Friseur und Visagist, stand mir ergrautem Modemuffel beratend zu Seite, wenn es um die Garderobe der Anna-Sophia Barlow sowie um gewisse Eigenschaften der im Sternzeichen des Skorpions geborenen Menschen ging. (Er ist selber einer!) „Sie sind böse!“ Zitat Ende.

Jessica. Meine Tochter, Erstleserin und kompetente Kritikerin, die stolz auf mich ist, worauf ich mir etwas einbilde!

Sascha. Der niemals aufgibt, an den Traum vom Bestsellerautor-Schwiegervater zu glauben. (Ich wünsche es dir!)

Alle meine Freundinnen und Freunde, die hier nicht genannt wurden und die doch so wichtig für mein Leben sind. Es ist mir eine Ehre und ich bin glücklich, euch Freunde nennen zu dürfen. Tanze dein Leben!

Meine **Leserinnen und Leser**. Die wichtigsten Personen für mich als Schriftsteller.

ODENWÄLDER HASE IN ROTWEINSAUCE MIT PFIFFERLINGEN UND GRÜNKERNGALETTE

Zutaten für 4 Portionen

2	Wildhasenkeulen
2	Wildhasenläufe
80 g	Zwiebel, weiß, gewürfelt
1 Zehe	Knoblauch, gewürfelt
80 g	Knollensellerie, gewürfelt
80 g	Karotten, gewürfelt
30 g	Tomatenmark
	Lorbeerblätter
	Wacholderbeeren
	Thymian
600 ml	Rotwein
	Salz
	Pfeffer
	Pflanzenöl
½ l	Wildfond
80 g	Walnüsse, gehackt
	Preiselbeeren

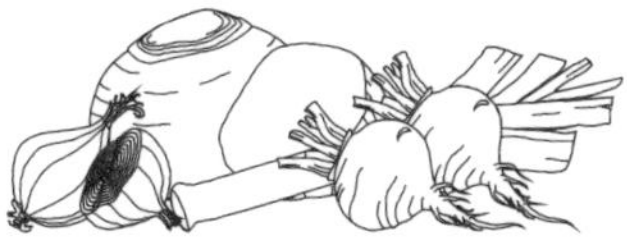

250 g	Pfifferlinge
	Eschalotten
	Salz
	Pfeffer
	Petersilie, gehackt
	Schnittlauch
	Butter
20 g	Weißwein

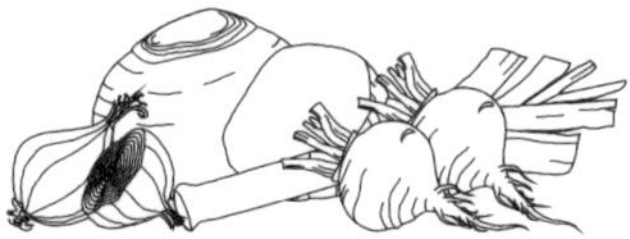

250 g	gemahlenen Grünkern
1 l	Fleischbrühe
60 g	Zwiebeln
	Karotten
	Knollensellerie
	Muskat
	Salz
	Pfeffer
	Petersilie
3	Eier
50 g	Butter
	Rapsöl

Zubereitung

Fleisch würzen, anbraten, herausnehmen. Gemüse anrösten, Aromen dazugeben, mit Rotwein ablöschen, reduzieren, Fleisch und Kräuter zugeben, mit Wildfond auffüllen, im Rohr
ca. 1 Stunde bei 180°C schmoren lassen.

Pfifferlinge in heißem Öl scharf anbraten, abschütten.
Eschalotten in Butter anschwitzen, mit Weißwein ablöschen, Pfifferlinge zugeben, mit Salz, Pfeffer und den Kräuter abschmecken.

Gemüse würfeln, in Butter andünsten, Grünkern dazugeben, leicht anrösten und mit Brühe nach und nach auffüllen, kochen, Eier in die Masse einrühren und abschmecken. Die Masse auf ein gebuttertes Blech geben und mit Pergamentpapier abdecken. Nach dem Erkalten runde Formen ausstechen, in Ei wälzen und in Rapsöl anbraten.

Fleisch aus dem Ofen herausnehmen, Sauce passieren, bis zur Sämigkeit reduzieren, Fleisch und Nüsse einlegen, mit Preiselbeeren verfeinern.

GUTEN APPETIT!

Spargelmord

Ein Rhein-Neckar-Krimi

ISBN 978-3-927455-83-2
11,7x18,7 cm
Taschenbuch
264 Seiten
9,95 €

Beschmierte Wände, Brandstiftung und ein versuchter Mord! Wer will mit allen Mitteln verhindern, dass die Lampertheimer Landwirte die romantischen alten Spargelhäuschen abreißen?

Solo und Tarzan, Krämers kultige Ermittler, geraten wieder einmal unfreiwillig zwischen die Fronten.

Birgt eine der maroden Hütten ein grausiges Geheimnis? Tarzan steht kurz davor, dieses Rätsel zu lösen, da wird er plötzlich selbst zur Zielscheibe eines kaltblütigen Mörders.

Ein rasantes Abenteuer rund um die Spargelstadt Lampertheim. - Solo und Tarzan in absoluter Topform!

Mit Bonus für treue Fans:

- Das kleine Lampertheimer Wörterbuch: Loambaddarisch fa Främme.
- Leckere Spargelrezepte

ISBN 978-3-927455-86-3
11,7x18,7 cm
Taschenbuch
Erscheint Frühjahr 2012

Leseprobe Kohlemord

Zuerst kam das Rauschen. Als nähere man sich einem Wasserfall. Stetig im Grundton, mit einem schwingenden Rhythmus, begleitet von unregelmäßigem Platschen, wenn sich das aufgewirbelte Wasser des nachtdunklen Flusses am kantigen Bug des Frachters brach. Dann das dumpfe Wummern der Schiffsmaschine, begleitet vom hellen Singen des Turboladers. Mit jedem Meter, den der Frachter zurücklegte, änderte sich die Symphonie aus Bugwelle, Motorenlärm und Schraubengeräusch, bis zuletzt das hohl stampfende Atmen des Auspuffs dominierte.

Es war nicht dieses Lied, komponiert aus Fluss und Schiff, aus Wasser und resonierendem Stahl, das ihn aus dumpfem Schlaf geholt hatte. Zu sehr gehörte das Geräusch vorbeiziehender Schiffe zu seiner feuchten, kalten Welt unter den Brücken der Quadratestadt, war Teil seines stumpf tappenden Lebens auf der Suche nach weggeworfenen Pfandflaschen.

Etwas anderes musste die Schwaden des Alkoholnebels durchdrungen haben. Etwas, das nichts mit den gewöhnlichen Lauten einer Nacht unter den Brücken gemein hatte. Etwas, was nicht hierhergehörte, wie das fern verklingende Geräusch eines Martinshorns, das Hupen eines Taxis oder das Kreischen und Quietschen der Stadtbahn.

Als das helle Peitschen erneut über die Wasserfläche schallte, wusste der Mann, was ihn geweckt hatte. Sicher war das Geräusch noch anderen Menschen aufgefallen. Nachtschwärmern, Liebespaaren, Jugendlichen, allen möglichen Geschöpfen der zur Neige gehenden urbanen Nacht. Doch wahrscheinlich konnten es die Wenigsten, wenn überhaupt irgendjemand, identifizieren. Zu groß und vielfältig war die Fülle von akustischen Reizen, die eine moderne Metropole selbst zu dieser frühen Stunde hervorbrachte.

Der Mann unter der Brücke schälte sich schwerfällig aus seinem fleckigen, sauer riechenden Schlafsack. Er konnte einen Gewehrschuss zweifelsfrei zuordnen. Selbst wenn dieser sich erst mühsam den Weg durch haarig verklebte, halb taube Ohren hinein in sein vernebeltes, schlaftrunkenes Säuferhirn bahnen musste. Und was er da gehört hatte, war ein Gewehrschuss. Mittleres Kaliber, Hochgeschwindigkeitsgeschoss. Tödliche Präzision in den richtigen Händen. Oder den Falschen, je nachdem auf, welcher Seite der Mündung man sich befand …

*

Er schaute dem dunklen Umriss des Frachters hinterher. Das Schiff ragte hoch aus dem Wasser. Leerfahrt. Die Positionslichter wurden kleiner. Ein modernes Schiff. Große, kantige Aufbauten, breites Steuerhaus. Am Heck blitzte etwas auf. Sekundenbruchteile später wehte wieder dieses helle, peitschende Geräusch herüber.

Gebannt beobachtete der Mann unter der Brücke die Silhouette des Schiffes. Es entfernte sich flussabwärts, „zu Tal", wie die Schiffer sagten. Der Mann erhob sich mit knackenden Gelenken und ging zwei, drei unsichere Schritte in Richtung Neckarufer. Seine geröteten, wässrigen Trinkeraugen versuchten Einzelheiten zu erkennen. Da: Schatten am Heck des Frachters. Gestalten bewegten sich aufgeregt hin und her. Kurz blitzte der Strahl einer starken Taschenlampe über das schwarze Wasser des unteren Neckars, streifte für einen Augenblick die rot-weiß-blaue Flagge. Das Schiff war jetzt schon mehrere hundert Meter vom Standort des Mannes entfernt.

Dann sah er den dunklen Ball. Er tanzte in der Hecksee des Schiffes auf und ab. Verschwand in einem Wellental, wurde wieder sichtbar. Verschwand erneut. Die überanstrengten Augen des alten Mannes brannten, als er wie hypnotisiert den Gegenstand verfolgte, der mit der schwachen Strömung in Richtung Neckarspitze trieb. Dort mündete der Neckar in den Rhein. Vereinte sich mit dem mächtigen Strom um in Richtung Norden zu fließen. Der Ball bekam plötzlich einen Auswuchs. Entsetzt blickte der Mann auf den deutlich sichtbaren Schattenriss einer menschlichen

Hand. Der „Ball" war ein Kopf. Die Hand glitt zurück ins Wasser, tauchte erneut daraus hervor und schien hilfesuchend in die Luft zu greifen. Dann war da nur noch Wasser. Schwarz, glitzernd, erleichtert fließend, befreit von Schleusen und Wehren, nahm es alles mit auf seinem Weg in die nasse, kalte, namenlose Nacht ... alles ...

Der Mann ging mit hastigen Schritten den schmalen Uferweg entlang, taumelte, wäre beinahe gestürzt. Der Nebel aus billigem Fusel in seinem Gehirn war verschwunden. Gebannt starrte er auf den Fluss. Der Neckar zeigte wieder sein übliches, glattes Gesicht. Der grausige schwarze Ball war fort … Der Mann stolperte weiter. Eine weggeworfene Bierdose knirschte metallisch unter seinen Stiefeln. Dann sah er die Tasche. Genaugenommen wusste er zu diesem Zeitpunkt noch gar nicht, dass der unförmige Gegenstand, der direkt vor seiner Nase im Neckar trieb, eine Tasche war. Auf jeden Fall war es kein Baumstumpf, keine Mülltüte oder sonstiger Dreck, den der Fluss hier zuhauf anspülte. Der Instinkt des Stadtstreichers ließ ihn näher ans Ufer treten. Er balancierte auf den glitschigen Steinen, beugte sich vor, um den Gegenstand näher in Augenschein zu nehmen. Er erkannte Messingbeschläge, stabiles Gewebe und Tragriemen. Eine Tasche. Eine große. Sie ragte nur zu einem kleinen Teil aus dem nach Öl stinkenden, trüben Wasser. Der Mann schaute sich suchend um, ergriff einen weißgebleichten, dürren Ast und stocherte damit nach der Tasche. Dabei rutschte er mit dem rechten Fuß ab und landete bis zum Oberschenkel im Wasser. Fluchend startete er einen neuen Versuch. Diesmal gelang es ihm, eine Astgabel in den Tragriemen einzuhaken. Er zog die Tasche näher ans Ufer. Sie war schwer. Vollgesogen mit Wasser. Wahrscheinlich wäre sie in wenigen Minuten völlig untergegangen. Endlich hatte er sie soweit zu sich heranbugsiert, dass er sie mit der Hand greifen konnte. Er schwitzte unter seinem alten Bundeswehrparka. Vor Anstrengung und vor Aufregung. Wahrscheinlich enthielt die Tasche nur einen gelben Sack voller schimmeliger Joghurtbecher oder tote Katzen oder irgendwelche anderen ekligen Dinge. Endlich hatte der alte Mann die Tasche geborgen. Erschöpft saß er neben dem triefenden Gepäckstück im Gras. Als sein rasselnder Atem sich wieder halbwegs beruhigt hatte, schaute er sich sorgfältig nach allen Seiten um. Niemand zu sehen. Kein Pennbruder, der unbedingt wissen wollte, was er denn da habe. Keine jugendlichen Kiffer, die ihn verhöhnten, keine neugierigen Schatten in den Fenstern der Häuser.

Mit klammen, arthritischen Fingern nestelte er den Reißverschluss auf und starrte auf den Inhalt der Tasche. Was er sah, ließ ihn an seinem Verstand zweifeln, seinen Augen misstrauen, die ihm schon so oft die unmöglichsten Dinge vorgegaukelt hatten. Das konnte nicht sein. Das gab es einfach nicht. Seine Augen waren weit aufgerissen, doch sein Gehirn konnte den Anblick nicht zuordnen. Er verharrte minutenlang in tranceartiger Starre, bis ihn sein Rheuma wieder in die reale Welt zurückholte. Eine Welt, die nie wieder dieselbe sein würde.

... für die Region

Bildband
MANNHEIM
Ein Stadtspaziergang

Fotos: ANNA

ISBN 978-3-927455-48-1
Hardcover
96 Seiten
12,80 €
dtsch./engl.

Texte: Volker Keller,
Peter W. Ragge,
Barbara Waldkirch

Mannheims Schönheit wird oft verkannt. Die Stadt hat jedoch ihren ganz eigenen Charme und eine besondere Offenheit. Mannheim muss man mit dem Herzen erobern, was jedoch gar nicht schwer fällt, denn Ankommende werden herzlich empfangen. Trotz der gravierenden Zerstörung des letzten Weltkriegs und dem oft kurzsichtigen Umgang mit dem Übriggebliebenen in der Nachkriegszeit, gibt es noch viel Schönes, Historisches in Mannheim zu sehen. Vieles Neue, Spannende ist dazugekommen und ergibt die charakteristische „Mannheimer Mischung", so wie die Blumenrabatten vor dem Wasserturm, dem Wahrzeichen der Stadt. Mannheim auf 45 Stationen eines Stadtspaziergangs entdecken, dazu will dieses kleine Buch animieren. Entdecken Sie mit.

www.buchhandlung-waldkirch-shop.de